姫騎士様のヒモ
He is a kept man
for princess knight.

「お疲れ様、大変だったろう。首尾はどうだい」

「順調だ」
「それは何より」

「俺の武器はこいつだ」
「バカな。貴様にそんな力あるはずが」
「問題ないさ」

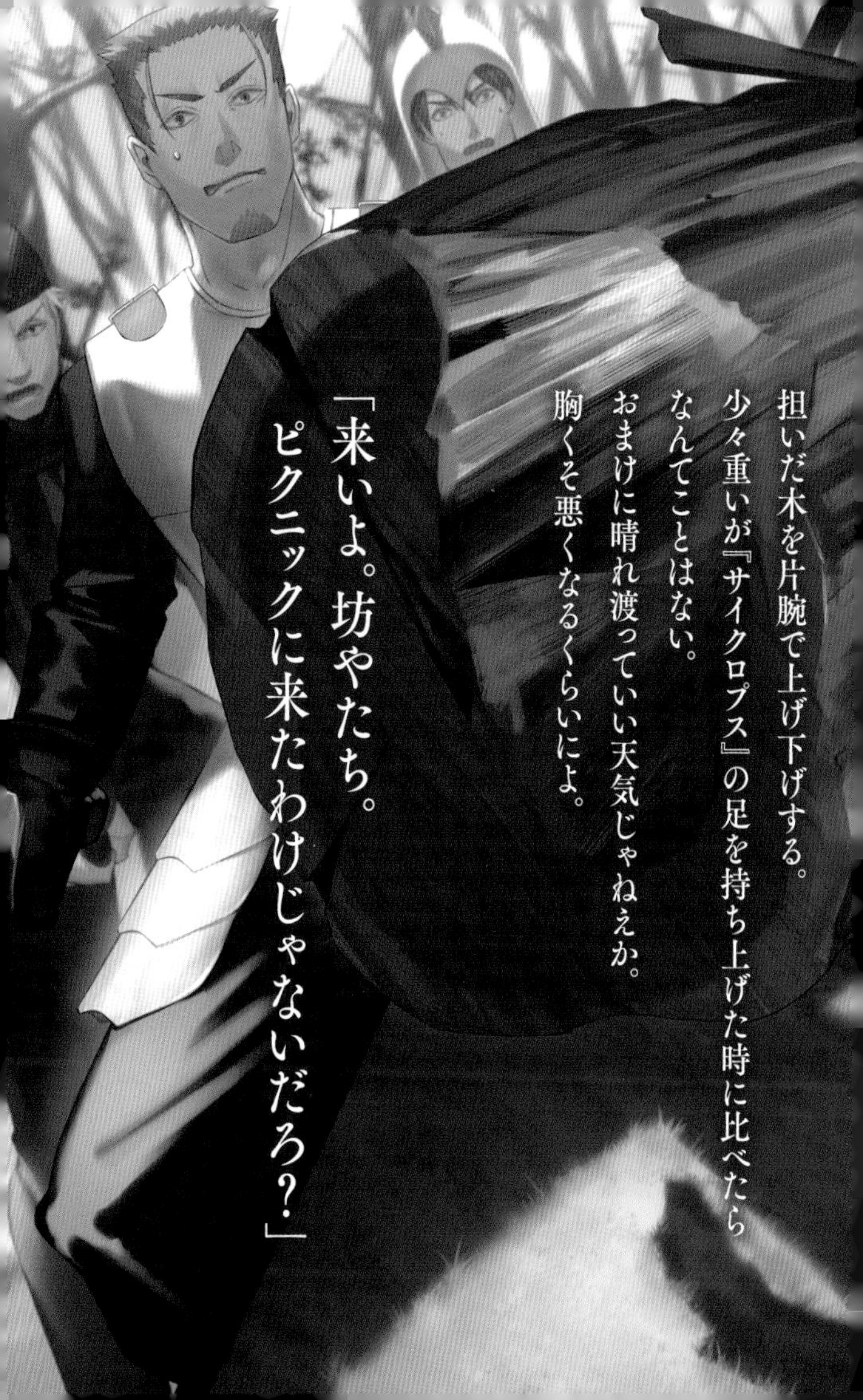
担いだ木を片腕で上げ下げする。
少々重いが『サイクロプス』の足を持ち上げた時に比べたら
なんてことはない。
おまけに晴れ渡っていい天気じゃねえか。
胸くそ悪くなるくらいによ。
「来いよ。坊やたち。
ピクニックに来たわけじゃないだろ？」

言っただろ。俺は、君のヒモだって。
私にとっては大切な命綱だ
アルウィン・
イベル・プリムローズ・
マクタロード
物に滅ぼされた祖国
再興を誓い、秘宝を求
ダンジョン攻略に励む。
シューの前だけでは、
供っぽい一面を見せる
しい。
マシュー
経歴不詳の元冒険者。街
では腰抜けの『減らず口《ワイズクラック》』
とバカにされているが、あ
る秘密を抱えている。

ヴァネッサ
一流の鑑定眼を持つ、ギルド所属の鑑定士。しかし、男を見る目がなく、現在の彼氏は酒浸りの画家志望のクズ。マシューは恋愛対象外。
酔っ払いは嫌えだ。
なれなれしいのも嫌えだ。
デズ
桁外れの実力を持つ冒険者ギルドの専属冒険者。気難しいドワーフだが、マシューとは旧知の仲で彼の過去を知る数少ない人物。

『マシューはろくでもない奴だから
相手にするな』ってじーじ……
じゃなかった、
お爺様が言ってた。

エイプリル

ギルドマスターの孫娘。冒険者からは煙たがられているが、養護施設で身寄りのない子供たちの世話をする心優しい少女。マシューとなぜか仲がいい。

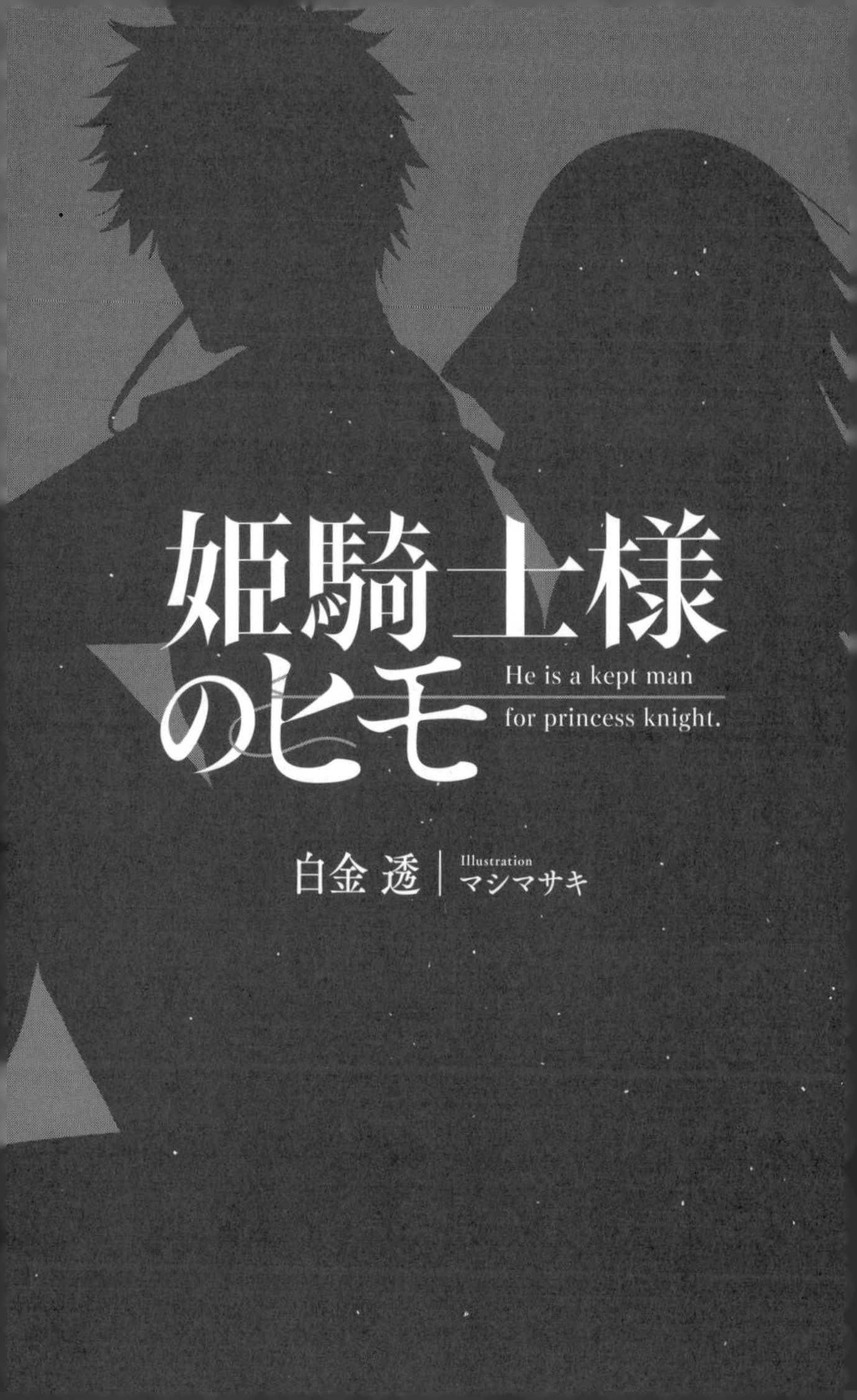

姫騎士様のヒモ

He is a kept man for princess knight.

白金 透 | Illustration マシマサキ

CONTENTS

第一章　ありふれたヒモの日常

「君と暮らしてもう一年近くになるが」

手のひらに載せられた銀貨の軽さを感じながら俺は深々とため息をついた。

「まさか五歳児に見られているとは思わなかった」

「何が不服だ？　マシュー」

アルウィンはやや苛立《いらだ》った口調で問い返す。腰まで届く赤髪、翡翠《ひすい》色の瞳、麗《うるわ》しき我が姫君。運命の女《ファム・ファタル》。

この街でも有数の冒険者パーティ『戦女神の盾《イージス》』のリーダーだ。

「たった三日だ。ならそれくらいあれば十分だろう」

玄関先で渡されたのは、アルナー銀貨が三枚。彼女の言うとおりアルナー銀貨、通称大銀貨一枚あれば一日三食にエール二杯飲んでおつりが来る。

「私はそこまで世間知らずではないぞ」

フルネームはアルウィン・メイベル・プリムローズ・マクタロード。かつて大陸の北部にあったマクタロード王国の元お姫様だ。

「知っているよ。今じゃ一人前の冒険者だ」

　大量発生した魔物のせいで王国は壊滅、王様も王妃様も死んじまった。生き残った彼女はあちこちの親類を頼ったが、色よい返事は得られなかった。魔物の数は数千万とも数億ともいわれている。しかもドラゴンやベヒモスのような伝説や神話クラスの魔物までいる。そいつらを一掃するなんてのは、大陸中の国々が総力を結集しても不可能だろう。

「だったら、余計な手間を取らせるな。お前のワガママのために、命がけで戦っているのではないのだぞ」

　頼みの綱は、何でも願いを叶《かな》えるという伝説の秘宝『星命結晶《せいめいけつしょう》』だ。そいつを手に入れるために志を同じくする仲間と、大迷宮『千年白夜《せんねんびゃくや》』へ挑んでいる。

「もちろんだよ。崇高な志は理解している。本当なら君と一緒に戦いたいくらいだよ。自分の非力さが心苦しくってならない」

　大迷宮なんて言われるだけあって、『千年白夜《せんねんびゃくや》』の中は過酷だ。ただの地下室や洞窟とは訳が違う。恐ろしき魔物はうじゃうじゃ湧いてくる。ワナはそこかしこに仕掛けられている。それ自体が『迷宮』という名の巨大な魔物なのだ。おまけに、ライバルである冒険者も妨害してくる。数多《あまた》の困難が行く手を阻《はば》む。

「だったらおとなしく待っていろ。攻略が長引けば、国土奪還はそれだけ遅れる。残された時間は、そう長くはない」

けれど麗《うるわ》しき姫は歩みを止めることはない。愛する民のために。王国再興のために。それでついた二つ名が『深紅の姫騎士』だ。マクタロード王国の生き残りどもからは女神とも戦乙女ともあがめられているそうだ。そんなお姫様のお側《そば》で仕えているのが、今の俺だ。

「君の志は重々承知の上だ。その上で頼んでいる。先立つものは何より金だ。金がなけりゃあ、食料も買えないし、秘宝だって手に入りはしない。それに、今日明日で攻略出来るものでもないだろう？」

今日は地下十七階へ潜ると聞いている。もっとも何階まであるかは誰も知らない。『千年白夜《せんねんびやくや》』が発見されて以来、最下層までたどり着いた者は誰もいない。

攻略するためには、最下層にある心臓部を破壊するか取り除くしかない。その心臓こそが『星命結晶《せいめいけつしよう》』だ。過去には砂漠を一瞬で緑の大地に変えたり、死んだ人間すら甦《よみがえ》らせたという。

「何より君は勘違いをしている」

「何をだ」

「男のプライド、ってものをだよ。俺一人ならこれでもいいだろう。でも、そうじゃない。今日は飲みに行く約束があってだね」

「行けばいいだろう」

下らない、とその表情が雄弁に物語っている。

「けれど、ほら。男には付き合いが大事だからさ。酒だけちびちび飲むってわけにもいかない」

「ならば問おう」

アルウィンの目が鋭く細められる。

「どうして、お前がよその女のところに転がり込む金を出さなくてはならない。この私が、だ」

俺の仕事は世間ではヒモと呼ばれている。ほかにも男妾《だんしょう》、ジゴロ、つばめ、スケコマシ、色事師、プレイボーイ、男のクズ、クズの男。呼び方は色々あるが、要するに女に働かせて日がな一日働きもせず、退屈や退廃と戦う。時には酒を飲み、博打《ばくち》を打つ。よその女に手を出す御仁もいる。軽蔑されつつも羨ましがられる。そんな商売だ。

「しないよ。本当に酒を飲みに行くだけだって」

なだめすかすような声音で取り繕う。我ながら苦み走った色男だ。短くきりそろえた焦茶色の髪に、茶褐色の瞳も昔はご婦人方を夢中にさせたものだ。まあ、今ではすべてを姫騎士様に捧《ささ》げているが。

今着ている紺色のチュニックにゆったりした黒の長ズボンもアルウィンの金で買ったものだ。

「ウソをつくな。私が何も知らないと思ったら大間違いだぞ」

「そんな怒らないでよ」

「甘えたってダメだ」

肩に伸ばした手をぴしゃりと払われる。ここでめげるようじゃお相手は務まらない。もう一度手を伸ばそうとするがやはり拒否される。

「本当に？」

その隙に反対の手で髪の毛を撫《な》でる。傷つけたり抜いてしまわないよう、丁寧に優しく。上質の絹糸でも触っているみたいで心地よい。日頃戦いの中にいる割には、色艶もいい。生まれなのか、育ちなのか。高貴な方々は蜂蜜と薬草と香料を混ぜた汁で洗うって聞いたことがあるけれど、アルウィンのは、もう少しいい材料を使っていたのかも。お姫様だったからな。

「あ、おい」

弱々しい抗議を無視して、赤くなった耳元をかすめて首筋を通って背中まで、手櫛《てぐし》で赤い髪を梳《す》いていく。なだらかな腰から小さなお尻のあたりまで通り抜けると、今度はお尻の方から背中へと逆に梳《す》いていく。同時に、反対の手で同じように髪の毛を梳《す》いてあげる。こっちはつむじから広がるように指先でなぞるように。いつも頑張っているからな。いい子いい子。

「おい、よせ」

「好きでしょ、こういうの」

耳元でささやくように言う。

「んっ」

頬を赤らめ、気持ちよさそうな声を上げる。我慢しちゃってまあ。

顔がいいだけではヒモはやっていけない。当然、あちらの技術も必要になる。けれど、カラダだけでは長続きもしない。女に飽きられ、捨てられればそれでおしまいだ。ご機嫌取りの話術やそれなりの気遣いもいる。ある時はなだめすかし、ある時は泣きつき、甘える。タチが悪いのになると暴力を振るってムリヤリ金を奪い取るようなのもいるが、俺はゴメンだ。何より、アルウィンとまともに戦って勝てるとは思えない。

「やめ、ろ」

アルウィンは俺の両手首をつかんで体を離す。

「見え透いた手を、ごまかされないぞ、私は」

熱い息を吐きながら自分で髪を整え、恨めしげに俺をにらむ。

失敗か。やはりそう何度も同じ手は通用しないようだ。どうしたものかね、と次の策を練っていると家の扉が叩《たた》かれる。

「姫様、そろそろ向かいませんと日が昇ってしまいます、姫様」

戦士のラルフだ。『戦女神の盾《イージス》』のメンバーで、まだ二十歳かそこらの若造だが、アルウィンに心酔している。甘ったれた声出しやがってあの腰巾着。

「ほら見ろ。お前がつまらないことで粘るからもう迎えが来てしまったではないか」

「そうだ。もう時間がない」

俺は意を決し、彼女の手を握りながら言った。

「だから決めようじゃないか。君が金貨一枚払うか、俺が連れにも酒をおごれないみじめな男になるか」

「姫様」

扉が開いた。金髪の坊やがあっという間に顔を赤くする。

「貴様何をしている」

俺の胸倉をつかみかかる。本当ならおっかないって身震いする場面なんだろうが、俺ときたらガタイだけは良くってラルフ坊やよりも頭一つ分も高い。そのせいで、サルがエサつかみたくって歯をむいているようにしか見えないのが困るな。

「何もしちゃいないさ」

俺は首を振った。

「昨日はちょいと激しすぎたからね。キスマークが残っていないか確かめていたところだよ」

口笛が聞こえた。振り向くと四人の男女がぞろぞろと入ってくる。いずれもアルウィンのパーティメンバーだ。それからラルフ坊やを加えた六人で毎日のように『迷宮』に潜っている。

「ふざけるな、貴様」

「ふざけてなんかないさ。俺もアンタも麗《うるわ》しき姫騎士様のためにできることやっている。おたくは日々『迷宮』で剣を振り、俺はベッドで腰を振る。俺たちの仕事は等価値だ」

あっという間に俺の頬に拳がめり込んだ。ぐらりと頭が揺れて床に倒れ込む。起き上がろうとしたところにラルフ坊やが、腹や腰を何度も踏みつける。

「貴様のようなゲスな男が！　この、このっ！」

「その辺にしておけ」

止めたのは同じく『戦女神の盾《イージス》』のメンバーであるラトヴィッジだ。白銀色のプレートメイルを着込んでいる。白髪にしわの深い顔立ち。侍従長でも似合いそうなおじさまだ。元々は、マクタロード王国に仕えていた騎士だそうだ。

「これから『迷宮』へ潜るというのに、いらぬ力を使うな。貴様もだ、マシュー。戯《ざ》れ言《ごと》も大概にしろ」

「へいへい悪かったよ」

足跡だらけの体を払いながら立ち上がる。ラルフ坊やの拳も蹴りもさほど痛くない。頑丈さは、俺の数少ない取り柄だ。多少の蹴りや拳なんぞ、撫《な》でられたようなものだ。

「からかって悪かったよ。あめ玉なめるか？　俺のお手製だ」

「いらん！」

美味《おい》しいのに。

マシュー、とアルウィンが倒れている俺に手を差しのばす。

「私はもう行かねばならん。これ以上、ワガママを言うな」

「はいよ」

その手を取って立ち上がる。その勢いを利用して、覆《おお》い被《かぶ》さるように彼女の耳元に唇を近づける。

「あれはまだ大丈夫？　耐えられそう？」

「……問題ない」

「欲しくなったらいつでも戻ってきていいんだよ。我慢しすぎて、集中力が乱れちゃったら元も子もないからね」

「心配ない。私なら平気だ」

ぷい、と顔を背けると、ラルフ坊やたちを押しのけるように外へ出てしまった。意地張っちゃって、まあ。

「ご武運を」

ハンカチ片手に手を振るとラルフが露骨に舌打ちして戸を閉めた。五十ほど数えてから手の中を見る。

期待通りの金貨の輝きにほくそ笑みながら緑色のあめ玉を頬張る。

どうやら今夜は二番館で娼《しょう》婦《ふ》を抱けるらしい。

この街の名前は『灰色の隣人《グレイ・ネイバー》』という。大陸の西、亡霊荒野の真ん中にある城塞都市だ。世間では『迷宮都市』と呼ばれている。

理由は簡単。街のど真ん中に大迷宮『千年白夜《せんねんびやくや》』への入り口があるからだ。正確に言えば、『千年白夜《せんねんびやくや》』への入り口を中心にこの街は作られ、広がっていった。

大昔には『迷宮』が山ほどあって、ここみたいな『迷宮都市』が世界中にいくつも作られたらしい。ところが年月が経《た》つにつれて一つ、また一つと攻略されていき、役目を終えた『迷宮都市』は廃れていった。ここが世界最後の『迷宮都市』だそうだ。

『千年白夜《せんねんびやくや》』を踏破するために毎日、冒険者という名前のアリンコが群がり、巣穴に入っていく。そうなると冒険者相手の商売も増えていく。雑貨屋には非常食やロープ、ナイフ、ランタンといった冒険者の必需品が並ぶようになり、宿屋をはじめ武器屋、防具屋、鍛冶屋、そして酒場に娼館《しょうかん》が軒を連ねるようになった。

冒険者なんて毎日死と隣り合わせの商売だ。景気よく金を落とし、運のない奴《やつ》は命も落とす。それでも名声と報酬を手にするため、自ら危険に飛び込んでいく。

かくいう俺も昔はその一人だった。

今では姫騎士様のヒモだ。

事を済ませてベッドに寝転がっていると、裸の女が気怠《けだる》そうにしなだれかかってきた。娼《しょう》婦《ふ》のシンシアだ。馴染《なじ》みの娼婦《しょうふ》がふさがっていたので、お願いしたのだが、なかなか相性がいい。水差しから水をくんで渡してくれる気遣いも悪くない。

「アンタってつくづく変わり者ね」

「どうしてだい？」

「あんなステキな姫騎士様がいるっていうのにこんなところに来ちゃって。怒らないかな」

「君だってステキだよ」

長い黒髪も吸い付くような肌も乳房も素晴らしかった。

「寛大なお方だからね。色々好きにやらせてもらっているよ」

アルウィンなら今頃は『迷宮』の中だ。ミノタウロスやらオーガやら相手に剣を振り回していらっしゃるのだろう。

「姫騎士様だけじゃあ足りないってわけ？」

「そんなことはないさ。ウチの姫騎士様は世界一だ」

彼女の名誉のためにもきっちりと否定しておく。

「あんまり素晴らしすぎてね。俺なんかじゃ歯が立たない。だから常に訓練は欠かせない。側《そば》仕《づか》えのたしなみさ」

「あら、わたしは練習台ってわけ？」

「否定はしない」

「憎らしい」

俺の脇腹をつねる。反射的に痛い、と言うとシンシアは小声で謝りながら自分のつねった場所を撫《な》でさすった。

「姫騎士様ってあっちの方もすごいんだ。ねえ、どうして付き合うようになったの？」

一緒に暮らすようになって以来、その手の話をよく聞かれる。本当によく聞かれる。どうやってものにしたのだとか、あっちの具合はどうなのか、とか。だが、その件に関しては口止めもされている。話すつもりもない。だから俺はこう答えることにしている。

「何も特別な事なんてないさ。彼女だって人間だよ。泣きもすればおなかも空く。周りが勝手に特別視しているだけさ」

「口説いたら上手《うま》くいったって感じ？」

「まあ、そんなところ」

「へえ」シンシアが興味深そうに俺の顔を覗《のぞ》き込んできた。

「姫騎士様ってアンタみたいなのがタイプなんだ」

「かもね」

「確かにカラダだけはいいよね。顔は好みじゃないけど」

シンシアの手が今度は俺の腹に伸びる。割れた腹筋の溝を指先でなぞっていく。

「こんなにいい体しているのに。本当にアンタってケンカも出来ない腰抜けなの？」

「この前、十三の女の子に腕相撲で負けたばかりだよ」

「アンタも昔は冒険者だったんでしょ？」

「そうだよ」

お返しにへそのあたりをなで回す。シンシアはくすぐったそうに身をよじった。

「どうしてやめちゃったの？　ケガしたようには見えないけど」

「オーガなんぞ屁《へ》みたいなものだったよ。あんまり楽勝過ぎて退屈になっちゃってね。今度はご婦人方と剣を交えることにしたのさ」

「そっちは今でも凄腕《すごうで》なのね」

シンシアが含み笑いを漏らす。

「それより、どうする？」

会話に飽きたのか、シンシアがサイドテーブルに載った皿を見た。赤紫色の香草がくすぶっている。娼館《しょうかん》によって時間の計り方は違うが、ここでは香草に火を付けている。こいつが灰になるまでがお楽しみの時間だ。ついでに言うと、この香草には気分を昂《たか》ぶらせる効果もあるらしい。燃え残りから察するに、まだ半分くらいといったところか。

あと一回くらいはいけそうだ、とシンシアの肩を抱いた時、窓の外から奇声が聞こえた。

窓の外を覗《のぞ》いた。店の前で三十過ぎとおぼしき男が頭を抱えながら声を上げていた。いや、違う。あれは悲鳴だ。

「あれ、アランね」シンシアが隣に肩を並べて言った。

「知り合い？」

「半年くらい前まで通ってくれてたの。冒険者。結構羽振りも良かったのよ」

「そうは見えないな」

裾や肘の辺りがすり切れ、遠目にもわかるほど薄汚れている。少なくとも荒事をこなす冒険者のそれではない。よく見れば、首筋や手首に黒い斑点が見える。

「しばらく前に大けがをしたの。命だけは助かったんだけど、それ以来『迷宮』にも潜らずに街の中をあてうろついているって」

「『迷宮病』か」

冒険者は死と隣り合わせの商売だ。一歩間違えれば冥界行き。

特に『千年白夜《せんねんびやくや》』のような『迷宮』の中は最悪だ。暗黒の中で突然現れる魔物、仕掛けられたワナ、ほかの冒険者からの妨害や仲間割れもある。死は母親より身近だ。死線をさまよい、生き残ったとしても全てが元通りになるわけではない。地獄に片足突っ込んだ恐怖は心に強く残り続ける。そうなればもう『迷宮』には潜れない。それどころか、体を張った命がけの荒事が何もこなせなくなる。しまいには常に恐怖に苛《さいな》まれ、日常生活すら送れなくなっちまう。それが『迷宮病』だ。冒険者の宿痾《しゆくあ》といってもいい。

「それにしちゃあ、あの暴れ方は普通じゃあないな」

「『クスリ』でも切れたんじゃない？」

『迷宮病』に特効薬はない。あったとしてもそこらの冒険者に手が出せるシロモノではないだろう。だから、たいていの冒険者は『クスリ』に手を出して紛らわせようとする。特に出回っていたのが『解放《リリース》』だ。見た目はただの粉薬だがこいつを飲むと気分がハイになって、この世がまるで楽園か理想郷のように思えるらしい。が、一度飲むと止められなくなる。感情が抑えられなくなって、怒ったり泣いたり笑ったりする。挙げ句の果てが幻覚や幻聴を見て、錯乱まで起こす。肌に浮き上がる黒い斑点は典型的な中毒者の症状だ。

「前は『三頭蛇《トライ・ヒドラ》』あたりが仕切っていたんだけど、ここのところ出回らなくなったらしくって、ああいうのが増えているの」

この街に限らず、大陸のほとんどの国ではその手の『クスリ』を禁じている。禁止されれば、欲しくなるのが人の常。おっかない連中や組織が『クスリ』の製造から販売を一手に仕切って、『迷宮病』患者や世の憂いを忘れられない貧乏人にばらまいて、暴利をむさぼっている。一年ほど前に潰れちまった『三頭蛇《トライ・ヒドラ》』もそういう組織の一つだった。

窓の外ではアランが柄の悪い男に絡《から》まれている。この娼館《しょうかん》の用心棒どもだ。ろくな抵抗もできずに近くの路地に連れ込まれる。運が良ければ骨の二、三本で済むが、悪ければゴミとゲロの上で屍《しかばね》をさらす羽目になる。ここはそういう街だ。かわいそうだとは思うが、俺にはどうすることもできない。

窓を閉めると、シンシアが哀れむように見つめてきた。

「もしかして、アンタも『迷宮病』なの？」

「まさか」

真っ暗闇だとおトイレに行けないようなおちびちゃんでもない。ただ生きては帰れないだろうってだけだ。ゴブリンの一匹とでも出くわせばそこでおしまい。ネズミのフンよりもしょうもない人生ではあるが、自殺するつもりはこれっぽっちもない。今の俺には姫騎士様だけが生きがいだ。

「俺が戦えるってところ、見せてやるよ」

宣言とともにシンシアの胸に覆《おお》い被《かぶ》さった。すぐに艶《なま》めかしい喘《あえ》ぎ声が聞こえる。二回目だけあってこなれてきたらしく、反応も悪くない。シーツを握りしめながら絶え間なく声を上げる。準備も整ったようだし、そろそろと思ったところで軽く達したのか、白い足でサイドテーブルを蹴っ飛ばす。香草の載った皿が派手な音を立てて転がる。

「おっと」

俺はシンシアから離れ、サイドテーブルを起こす。幸い皿は割れていないようだが、万が一火事になったら大変だ。

「ん？」

ふとベッドの下をのぞき込む。シンシアのものだろう。かごの中に女物の衣服が入っている。その上に、けったいな形のネックレスが大事そうに載っている。

「ねえ、どうしたの？　早く続きしようよ」

シンシアは仰向けのまま、甘えた声で俺を呼ぶ。俺はネックレスを取った。

「これ君の？」

「ええ、そうよ。前にそこの裏手にある教会でもらったの。お守り」

「それって太陽神の宗派だよね」

「うん。いつかわたしにも『啓示』が来るかなって」

体のほてりも幾分静まったらしく、シンシアは大儀そうに身を起こす。

神話によれば太陽神は、この世界を作った神の一人だ。神々の中でも最強に近い力を誇っていたが、それ故にほかの神々に疎《うと》まれ、テメエの宮殿ごと封印されてしまったという。身動きがとれないため、信者にむけて『啓示』を送るのだそうだ。『啓示』を受けた者は奇跡の力を得るという。叡智《えいち》を授けられたり、新たな技術を発見したり、人並み外れた体力を得たりもするそうだ。奇跡を求めて信仰する者も多い。この街にも二つほど教会がある。

「『太陽神はすべてを見ている《ソル・ニア・スペクタス》』」

シンシアがぽつりと漏らしたのは、太陽神信仰でよく唱えられる祈りの言葉だ。別大陸の古語で唱えるのが正式なのだという。

「本当に見てたら怖いよね。ノゾキだよね」

シンシアは喉を鳴らして笑った。俺は笑わなかった。さっき脱いだ服を拾い、着替える。

「え、どうしたの？」

「悪い。ちょっち用事を思い出した。また来るよ」

「でも、まだ時間が」

もどかしそうに皿の上の香草を見る。ほとんど灰になってしまったが、まだ燃え残りが煙を上げている。俺は水差しの水をその上に垂らした。じゅっ、と音を立てて火は消えた。

「時間切れだ」

呆気《あっけ》にとられたシンシアを置き去りにして外に出る。扉を閉めてから俺はため息をつく。悪い子ではなかったが、おそらくもう二度と来ないだろう。女を抱くときにまであのクソ野郎を思い出したくない。

帰りがけに庭の井戸で水浴びしてから娼館《しょうかん》を出る。既に日が沈み、真っ暗になっていた。フード付きのコートを着込んでいても身震いがする。灰色のフードを被《かぶ》ると背を丸めて帰路に就こうとして、ふと路地をのぞいた。アランはまだそこにいた。ズタボロになってはいるが、まだ息はある。

「大丈夫か？」

「……うるせえ、ヒモ野郎」

俺の素性をご存じらしい。俺も有名になったもんだ。悪態つく元気があるなら大丈夫だな。

「お前さん、故郷はどこだ？」

「え？」

「地元の人間じゃないだろ。どこだって聞いているんだよ」

どうせ一攫千金《いっかくせんきん》を夢見てこの街にやってきたってところだろう。

「……バラデールだ」

「なんだ、お隣じゃないか」

『灰色の隣人《グレイ・ネイバー》』のあるレイフィール王国の南にある国だ。農業や酒造りが盛んで、この街の食料も一部はそこから輸入されている。

俺はポケットの中に入っていた紙を取り出した。落ちていた炭のカケラで書き殴ると、それを黒い斑点が浮かんだ手に握らせる。

「東の『青犬横町』にトビーってじいさんがいる。お前さんみたいなアホを外に連れ出す名人だ。マシューからだって言ってその紙見せろ。そうすりゃ、この街から抜け出せる」

この『灰色の隣人《グレイ・ネイバー》』は周りを高い壁で囲われている。外に出るには必ず門を通る必要がある。当然、門番もいる。いくら能なし揃《ぞろ》いといっても、一目で中毒者とわかる奴《やつ》を見逃すほど甘くはない。金がないなら尚更だ。

「何のマネだ？」

「国に帰れ。それから、ゆっくり体を治すんだな。ここはお前さんのいる場所じゃない」

「余計なお世話だ」

それからちらりと手の中の紙を見る。書いてあるのはたった一言。『出せ』。

アランはがっくりと壁にもたれかかる。

「金じゃねえのかよ」

「俺がそんなうっかりさんに見えるか？」

ヤク中に渡したらすぐに『クスリ』に消えちまう。賭けにすらならない。トビーじいさんには闘鶏バクチの予想を当ててやった貸しがあるし、俺の字もご存じだからこれで通じる。

「おまけだ」

懐《ふところ》から小袋を取り出し、中身を反対の手に握らせる。アーモンドだ。どうせ何も食ってないだろう。腹ぺこじゃあろくな考えは浮かばないからな。

「じゃあな。命は粗末にするなよ」

その場を立ち去る。生きていればまだ逆転の目はあるはずだ。野垂れ死によりはマシだろう。

「お前は……」

「勘違いするなよ。別に善意じゃない。お前さんみたいなのにうろつかれたくないだけさ」

俺は振り返りながら言った。

「ウチの姫騎士様のおめめが汚れちまうからな。拝謁《はいえつ》の栄誉《えいよ》を賜《たまわ》りたいのなら、もうちょいまともな人間になってからにしてくれ」

『灰色の隣人《グレイ・ネイバー》』の酒場に休みはない。夜明けまで冒険者が浴びるほど酒を飲み、酒樽《さかだる》に頭から浸《つ》かる。無事に戻れた祝いか、『迷宮』の恐ろしさを忘れるためか。

酒場や娼館《しょうかん》の立ち並ぶ通りを前屈《まえかが》みで進む。通称『追いはぎ横町』と呼ばれる歓楽街だ。のんびり通っていたら尻の毛まで抜かれちまう。客引きや街娼《がいしょう》の呼び込みを断りながらくぐり抜け、貧民街に入ると途端に静まりかえる。家へ戻るには東へ行って大通りへ出るより、ここを突っ切った方が早い。

人通りもめっきり減った。外灯や窓から路地に落ちる明かりがなんとも頼りない。路上では物乞いらしき連中が毛布にくるまり、そこかしこに寝転がっている。かと思えば仕事熱心なのもいて、酔い潰れた男にカラスのようにたかり、靴を脱がし、ズボンを剥いでいる。ご愁傷様。あくびをかみ殺しながら頭の中で明日の予定を練り始める。

その時だ。

三階建ての家の間にある路地の辺りからイヤな気配がした。

腕っぷしはさっぱりだが、冒険者時代から残っているものもある。頑丈に出来たこの体と、勘働きだ。人の気配を察知するのは、散々鍛えられた。わずかに乱れた空気の流れだとか、かすかな衣擦《きぬず》れ、筋肉の軋《きし》み、まばたき、そういうものを肌で感じ取る。理屈じゃあない。こいつのおかげで何度も命拾いした。

おかげでかくれんぼの鬼役には自信がある。特に、相手が殺意丸出しの場合は、だ。

物取りか、怨恨《えんこん》か。あいにくどちらも心当たりがある。今朝、敬愛すべき姫騎士様より拝領した金子がまだ懐《ふところ》に残っている。恨みの方もまあ、それなりだ。女を寝取ってやった奴《やつ》とか、カードのイカサマを見抜いてやったとか。

足は止めない。声も掛けない。相手にわざわざ気づいてますよ、と教えてやる必要はない。自殺行為だ。忘れ物を思い出した振りをしてゆっくりと手前でぐるりと方向転換する。

これでうまく行ってくれればと思ったが、甘い考えだったようだ。

道ばたに寝転がっていた物乞いがむくりと起き上がった。

毛布を投げ捨てる。現れたのは三十歳らしき細面の男だった。まばらに生えたひげに青白い肌は冴《さ》えない風体のように見えるが、目つきだけは腐泥のように濁っていた。間違いなく、人を殺した経験のある目だ。革の鎧《よろい》に手甲、何より手には短剣を握っている。

続けて背後からも動く気配がした。

視界の端に映ったのは、路地から背の低い男が身を乗り出すところだった。やはり革鎧《かわよろい》を着込んでいて、やはり手には何かしら武器を握っているようだ。こちらは顔を布で覆っているが、その目にはやはり粘り着くような殺意がこもっている。

「その格好じゃあ寝にくいんじゃないかね」

俺は細面の男に視線を戻して言った。まだ事態がつかめていません、と精一杯アピールする。

「急ぎなんだ。早く帰らないと、かみさんにどやされちまう。用事なら早くしてくれないか」

返事はなかった。無精ひげは視線だけを俺の腕やら足やらに注ぐ。俺の話を聞き流しながら隙をうかがっているようだ。

「わかったよ」俺はゆっくりと懐《ふところ》に手を突っ込むと、財布を放り投げた。男の足下にぽとりと落ちる。

「そいつが欲しいんだろう？　やるよ。持っていくといい」

無精ひげが動き出した。大股で近づくと腰をかがめて財布に手を伸ばす。

その瞬間、背後の男が動き出した。振り返ると、小柄な体で蜘蛛《くも》のように飛び跳ねて、俺に短剣を振り下ろす。

俺は横っ飛びになると自分から寝転がる。石畳の上を転がりながら石を削る刃先の音を聞いた。素早く壁際《かべぎわ》で立ち上がると、今度は無精ひげが襲いかかってきた。短剣を腰の辺りに構え、体ごとぶつかってくる。

銀色の刃がぎらりと光る。蛇のように噛《か》みついてくるそいつを、俺はタイミングを見計らって横に体を滑らせる。鈍い音がした。避けながら横目で見ると、石を積んだ家の壁に短剣が根元まで突き刺さっているのが見えた。無精ひげは苛立《いらだ》った様子で壁に足の裏を付け、一気に引っこ抜いた。

互い違いに積んであった石壁の一部がごとりと落ちる。路上で寝ていた物乞いたちが、関わり合いはゴメンとばかりに逃げ出していく。

「火事だ！　火事だぞ！」

俺は叫んだ。人を呼ぶにはこれが一番だ。強盗だ人殺しだと叫んでも引きこもって出てきやしない。テメエのケツに火でも付きやしない限りな。

案の定、あちこちの家からざわつく気配がした。

笛の音が聞こえた。短い音を繰り返し吹きながらこちらに近づいてきている。街の衛兵が使っている呼び笛だ。

ちびの目にためらいが生まれた。その隙に二人と距離を取る。呼び笛の音が大きくなってきた。

無精ひげが悔しそうに舌打ちすると、身を翻《ひるがえ》し、路地の奥へと走り込んでいく。ちびもその後を追いかける。遠ざかっていく足音を聞きながら俺は壁に背を預けて座り込み、ため息を吐いた。入れ違いに二人の衛兵が走ってきた。どちらも灰色の兜《かぶと》にプレートメイルを付けている。中にはチェインメイルを着込んでいるので動くと金属のこすれる音がする。

四十男のちょびひげと、二十歳くらいの色黒だ。名前は知らないが、何度も見かけている。

「またお前か」

ちょびひげの方が面倒くさそうに顔をしかめる。この前、酔っ払ってやっこさんの足にゲロぶちまけたのをまだ覚えているようだ。

「どうした？　何があった」

色黒が聞いた。特徴のあるダミ声なので、記憶に残っている。

「たいしたことはないよ」

俺は肩をすくめた。

「どうやら俺を大劇場の役者と勘違いしたらしくってね。金髪の女が腹を出しながらここにサインしてくれってせがんできたんだよ。今、誤解が解けておなかしまいながらあっち行ったところ。もし見かけたら伝えてくれる？　寝冷えしないように腹巻きした方がいいって」

色黒が露骨に顔をしかめる。

「さっき火事だと叫んだのはお前か？」

「さてね」

ちょびひげの質問に、白々しくすっとぼける。偽りの通報をしたと因縁をふっかけられて牢《ろう》屋《や》にぶち込まれたくはない。衛兵どもは街中の警備や防犯、犯罪の取り締まりなんかも手がけている。まあ、仕事ぶりはこの街の惨状を見ればお察しだ。

「さっきそこで路上の紳士方がお盛んのようだったからね。色々と燃えたんじゃないかな」

ちょびひげ殿はそこで興味をなくしたように顔を背けた。酔っ払いの戯《ざ》れ言《ごと》とでも思ってくれたようだ。事実、酒も入っている。

「さっさと行け」

「はいよ」

俺は立ち上がると背中のホコリを払い、石畳に落ちていた財布に手を伸ばした。

「いや、これ俺のだから。さっき落としたの。本当に」

衛兵諸君からとがめるような視線を感じたので弁明する。突っ込まれる前に懐《ふところ》にしまい込むと、背を丸めて走った。


俺たちの家は、北側の上流地区にある。ご近所さんは貴族の別邸やら大商人の屋敷《やしき》ばかりだ。当然、付き合いはない。

家は石造りの二階建てだ。壁を白く塗っていて、年季は入っているが傍目《はため》にはキレイに見える。門はない。背の低い石壁に囲われている。周囲の家に比べるとこぢんまりとしているが、居心地は悪くない。もちろん姫騎士様の地位と名誉と稼ぎがあっての話だ。俺じゃあ金があっても門前払いが関の山だ。彼女にとっては使用人の家みたいなものだろうが、不平不満を漏らしたことは一度もない。

鍵を開ける。燭台《しょくだい》のロウソクに火を付けると、ほのかな明かりが玄関を照らす。

入ってすぐに二階へ上がる階段と奥へ続く通路が伸びている。脇の扉は離れの倉庫と便所へと続く。通路の先には台所と食堂。といっても姫騎士様は料理なんてなさらない。俺も一人だと外で済ませることが多い。南に行けば冒険者相手の飲食店が軒を連ねている。アルウィンは『迷宮』に潜ったばかりなので、当然今日は外で済ませてきた。

料理をするのは彼女がいる時だ。特に『迷宮』から帰還した時なんかは手料理を振る舞うようにしている。予定外の運動に小腹は空いたが、パントリーをあさる気力もなく階段を上る。

二階は三部屋。アルウィンの寝室と俺の寝床、そして物置部屋兼武器庫。『迷宮』では珍しい武器やら鉱石が見つかる。たいていは売りさばいてしまうが、その一部がここにおさめられている。鍵は姫騎士様が保管している。以前、知り合いの故買屋に横流ししたのがばれて以来、俺は立ち入り禁止だ。

自分の部屋に入る。木窓のついた部屋にはベッドとイス。床には今朝脱いだばかりの服が落ちている。朝になれば洗濯屋が回ってくるからそいつに頼めばいい。イスの上に燭台《しょくだい》を置くとベッドに倒れ込む。今日は疲れた。さっさと寝ちまうに限る。アルウィンもいないからご奉仕の必要もない。目を閉じるとすぐに眠気に包まれた。


目を開けるとまだ真っ暗だった。外の空気や窓の隙間から差し込む光の具合から察するにまだ夜明け前だろう。昔から寝付きはいい方だ。特別なご奉仕でもなければ、朝までぐっすりなのだが、目が覚めたのは階下で物音がしたからだ。目を閉じ、耳を澄ませる。やはり家の前に誰かがいる。俺の知り合いはこの家には来ないし、そもそも来客って時間ではない。

泥棒か？　と身構えた途端、扉をノックする音がした。

「冒険者ギルドの使いの者だ。開けてくれ」

返事をしないでいると、もう一度扉をノックしてきた同じ文言を繰り返す。俺はため息をついた。音がしないように気を配りながら木窓を開ける。

俺の部屋からは玄関の扉が斜め下に見えるようになっている。目を細めながら来訪者を確認する。黒いフードに頭をすっぽり被《かぶ》った男が二人、玄関に立っている。一人はランタンを手に、扉をノックしている。声色を変えてはいるが、さっきの二人組だとすぐに分かった。俺は今後の方針を考えた。階段を下りて、扉越しに話しかける。

「何の用だ」

「大変だ。姫騎士様が『迷宮』でケガをされた。お前に会いたいとおっしゃるので呼びに来た。すぐに来てくれ」

「了解だ」俺は言った。

「すぐ支度する。待っていてくれ」

俺は階段を駆け戻ると、姫騎士様の部屋に向かう。鍵はかかっていない。

ロウソク片手に部屋の中を漁《あさ》り、失っては困るもの、見られてまずいものを麻袋に詰め込む。軽いので非力な俺でも背負うことができた。やり残したことはないか確認すると、下に戻り、台所の勝手口から外に出た。

用心していたつもりだったが、存外に勘がいい。玄関の方から駆けてくる足音がした。俺は足もノロマになっちまっている。まともに追いかけっこをしてはあっという間に追いつかれるだろう。だが、勝算はあった。この辺りはお偉方が大勢住んでいるため、衛兵が重点的に見回っている。さっき色黒たちに見つかった件も考えれば、深追いはして来ないだろう。案の定、角を二つ三つ曲がると、足音は途絶えた。

けれど油断は禁物だ。まだ待ち構えているかもしれない。今夜は戻らずに酒場で夜を明かすとしよう。

今頃、家捜しされているかもしれない。あのオークの金玉を顔とすげ替えたような二匹が、姫騎士様の寝室に踏み込んで、シーツの臭いを嗅ぎながら股間に手を伸ばしているかと思うと胸が焼けそうだ。ほかの部屋もこじ開けられているかもしれないが、そちらはあまり心配していない。地下室への扉は素人《しろうと》にはまず見つからないし、物置には金目のものはあまり残っていない。半分以上はすでに二束三文のがらくたとすり替えてある。こんなこともあろうかと、ひそかに合鍵作って忍び込んだ甲斐《かい》があるってもんだ。酒代や娼館《しょうかん》通いやその他諸々《たもろもろ》に消えてしまったが、賊の懐《ふところ》に入るよりはナンボかマシだろう。

夜が明けた。

街に人通りが戻ってきた。見張りが付いていないのを確かめて、俺は家に戻ってきた。

行きがけの駄賃とばかりに荒らされているかと思っていたが、二階まで踏み込まれた形跡はなかった。玄関の扉にいくつか傷が付いているだけだ。根性なしめ。物置の扉までぶち破ってくれれば、すり替えた分をあいつらのせいにしようと思ってたのによ。

あくびをかみ殺しながら眠気の取れない頭で今後の対策を練る。

連中は俺の命を狙っている。一晩に二度も狙ってきたんだ。三度目も必ず来る。かといって逃げるつもりはない。俺にはお留守番という使命もある。誰かに助けを求めるつもりもはないが、今か今かと待ち構えるのも神経をすり減らすだけだ。予定では明後日《あさって》の夕方には姫騎士様も戻ってくる。できるならそれまでに片を付けたい。

幸いにも心当たりはある。

俺が向かったのは街の中心部だ。そこには『千年白夜《せんねんびやくや》』への入り口と、冒険者ギルドがある。

冒険者の取引先にして管理団体、それが冒険者ギルドだ。

あちこちの街にあって、ギルドに所属する冒険者にはその実力と功績に応じて、星が与えられる。最高で七つ星。星の数が多いほど、冒険者の間ででかい顔ができる。

要するに野良犬《のらいぬ》に首輪を付けて、首輪の派手さを互いに自慢し合わせているのだ。

誰が考えたか知らないが上手《うま》く出来ている。きっと俺と同じくらい頭の切れる奴《やつ》なのだろう。

冒険者ギルド『灰色の隣人《グレイ・ネイバー》』支部の門をくぐると、正面には城のように頑丈そうな三階建てが見える。実際、いざという時には籠城《ろうじょう》できるようになっている。その隣には職員の詰め所や、倉庫や買取場が立ち並ぶ。『迷宮』には時折、キテレツなものが落ちている。地上では手に入らないような貴重で希少なシロモノを買い取る。ギルドではこういう珍品や貴重品を冒険者から買い取り、好事家《こうずか》や業者に売りつつ、連中の鼻を高くする。その利ざやがギルドの収入になる。

正面の建物に入る。

入り口の右側に長いカウンターがある。受付にはごついおっさんや、顔に傷のある男が冒険者を射すくめるようににらんでいる。

その性質上、冒険者の大半は男だ。ギルドもそれを見越してか、受付には物腰の柔らかな女を置くところが多い。だが、中には受付の姉ちゃんをテメエの女と勘違いして、お下品な言葉を吐いたり、商売女と勘違いして堂々と口説いたり、密《ひそ》かに後を付けて手込めにしようとする奴《やつ》までいる。そういう柄の悪い地域では逆に強面《こわもて》連中に受付をやらせ、数少ない女たちは事務や金勘定といった奥の仕事を振る。その辺りはギルドを管理しているギルドマスターの裁量だ。悲しいことにここの受付は強面揃《こわもてぞろ》いだ。カウンターは空いているが、話しかけただけで殴られそうなので正直遠慮したい。と思っていたらちょうどいいのがいた。

「よう、おちび」

カウンターの奥に声をかけると銀髪の少女が振り返った。黒地のワンピースに腰を革のベルトで巻いて、くびれを作っている。歳《とし》は十三、いや十四だったか。目鼻立ちの整った、将来有望な女の子だ。今でも十分かわいらしいが、別にそっちの趣味があるわけじゃない。ただ、一番近くにいて、一番話しかけやすいからだ。

おちびは俺をちらりと見た。一瞬頬を膨らませると、また手紙に目を戻した。

「無視するなよ。おい」

俺は爪先程の小石を拾い、放り投げる。背中に当たった。

「ちょっと、やめてよ」

声を荒らげながらカウンターまで駆け寄ってきた。

「見てわからないの。ワタシ、忙しいの。ジャマしないでよ」

イスに座って手紙を読んでいただけじゃねえか。

「誰からだ?」

「マシューさんには関係ないよ」

つれないねえ。まあ、聞かなくても誰から届いたかはわかる。締まりのない顔しちゃって。

「あと、おちびでもないし」

「分かったよ、エイプリル。悪かった」

少女のプライドを傷つけたことは素直に謝罪する。荒くれ揃《ぞろ》いの冒険者ギルドには似つかわしくない少女だが、その気になれば冒険者どもの首を飛ばす力を持っている。ギルドマスターのかわいいお孫さんだからな。

「この前、お前さんに腕相撲で負けたのが悔しくってな。それで子供みたいなマネしちまった。

済まなかった。大人気なかったよ。許してくれよ」

　仕方がないなあ、とエイプリルが苦笑する。

「騒ぎを起こさないでよ。ワタシだってそうそうかばいきれないんだからね」

「へいへい」

　祖父の職場を遊び場と勘違いして、しょっちゅう顔を出す。職員として働ける年齢ではないのだが、たまに字の読めない冒険者に字を読んでやったり、代筆なんかもしている。手伝いのつもりだろうが、ほかの職員はそのたびに顔を青くしている。愛らしい顔にかすり傷でも付けば、自分たちの首が切られるからだ。どちらの意味かは、ご想像にお任せする。

「そいつは手紙だろ？　あとで俺にも読ませてくれよ」

「えー、どうしようかなあ」

　思わせぶりに目線をあさっての方向にそらす。

「これはワタシに届いた手紙だしなあ」

「いいじゃねえか。俺のこととか何か書いてないか。会えなくて寂しいとか。将来はマシューさんみたいに素敵な大人になりたいの、とか」

「書いてあるわけないでしょ！」

　バカを言わないで、と俺の耳を引っ張った。

「痛えな、おい」

「さっきのお返しだよ」

ぷい、と奥に引っ込もうとするところをあわてて呼び止める。本題を忘れるところだった。

「すまないが、デズを呼んでくれないか?」

エイプリルがやっぱり、とつぶやく。

「そうさ。このギルドで一番背が高くて足が長くてやせっぽちでお肌がつるっつるのデズさ。珍しいものが見られると思うよ。君は知らないだろうけどやっこさん、俺が来るとうれしくって、いつも大慌てで飛んできて俺のほっぺにキスするんだ」

「デズさんなら外の解体場だよ。いいところなんだからジャマしないで」

俺の話を無視して、外を指さすとまた手紙を読み出す。

「呼んできてくれないか。俺、血なまぐさいのダメなんだよ」

「待っていたらそのうち来るよ」

そっけなく言ってカウンターの奥にある仕切りの向こうに消えていった。奥で手紙を読むことにしたようだ。愛想《あいそ》もへったくれもない。じいさまの教育が悪いんだな。

「仕方ねえな」

俺の方から出向いてやるか。そう思い、カウンターから離れようとした時、俺の後ろで重たいものが落ちる音がした。振り返ると、目の前に黒いハゲが立っていた。言い間違えじゃない。ハゲ頭で色黒の男が立っていたのだ。

「よう、マシュー。珍しいじゃねえか」

名前は確かビル、だったか。俺より少し背は低いが、体格のいい男だ。腰には肉厚の剣を提げている。黒く塗った鎧《よろい》は傷だらけで、塗料もまだらに剝がれている。胸には冒険者ギルドの組合証をぶら下げている。四つ星だ。

冒険者の星の格上げには取り決めがある。詳しい条件は忘れちまったが、四つ星以上に行こうとすると、途端に条件が厳しくなる。だからたいていの冒険者は三つ星まで。それ以上は、行く前に死ぬか引退する。四つ星というからには、このおハゲ様もそこそこの腕前なのだろう。

足下には六本足の黒熊が仰向けに横たわっている。ダーク・グリズリーだ。二ユール（約三・二メートル）はあるだろう。『千年白夜《せんねんびやくや》』の八階か九階によく現れる。初心者ではまず食われておしまい、の厄介な奴《やつ》だ。まだ死んでそう時間は経《た》っていないのか、背中から赤黒いシミがギルドの床に広がる。こいつは毛皮が高く売れる。

わざわざこんなデカブツの死体を運んできたとは思えないから、『運び屋』にでも運ばせたのだろう。『迷宮』に入るのは冒険者だけじゃない。魔物の死体を運ぶ『運び屋』や、傷薬やランタンといった消耗品を『迷宮』の中で売りさばく『潜り屋』もいる。どれも冒険者ギルドの一員だ。

「ここはペットの持ち込みは禁止じゃなかったっけ？」

「相変わらずの『減らず口《ワイズクラック》』だな。ええ、おい」

ビルが俺の胸倉をつかみ上げると、今度は優越感に満ちた笑みを浮かべる。

「冒険者でもねえのに面出《つらだし》しやがって。ゴミあさりにでも来たか？　ウジ虫野郎が」

「お下品な口は控えた方がいいね」

俺は心底親切で注意してやる。

「ここにはうら若き乙女も出入りしているんだ。変な口調でも移ったらおっかないじいさまに舌切られちまうぜ」

「けっ、じじいが怖くて『迷宮』に潜れるかってんだよ」

ベロベロ、と俺の鼻先で赤い舌をちらつかせる。

「どうでもいいけど、お口くさいよ」

拳が飛んできた。かわそうと思ったが、距離が近すぎた。拳が俺の頬に突き刺さった。疾風のように動いたつもりが、泥の中に潜っているかのようにのろのろとしか動かないんだから、イヤになる。

「なめた口きくんじゃねえぞ。ヒモ野郎」

仰向けに倒れた俺の腹にブーツがのし掛かる。体重をかけているので呼吸がしづらい。

「テメエなんぞあの姫騎士がいなけりゃただのゴミじゃねえか。残念だったな、あの女は今頃『迷宮』の中だ」

「知っているよ」

俺は鼻をつまんだ。

「アンタの足が洗ってない野良犬《のらいぬ》の臭いがするってことはたった今知ったばかりだけどね」

持ち上げたブーツのつま先が今度はみぞおちに入った。息が詰まった。

周囲には冒険者はたくさんいるが、誰も止めようとはしない。

気性の荒い連中にとってケンカなんぞ当たり前だ。万が一死んだとしても、死体は『千年《せんねん》白夜《びゃくや》』に放り込めばいい。ギルドも冒険者同士のもめ事には関わらない。一人二人死んだとしても、代わりなんぞいくらもいる。反対に冒険者が街で起こしたトラブルには敏感だ。冒険者ギルドは魔物退治や用心棒といった荒事を引き受け、冒険者に紹介する仲介業者でもある。依頼人と冒険者、両方から手数料を二重取りして懐《ふところ》をぬくぬくさせているのだから実に腹立たしい。だからこそカタギからの評判には人一倍、気を使う。難癖付けて武器屋の店員を殴りつけたとか、金払い惜しさに娼館《しょうかん》から裸で逃げ出したとか、そういうバカには厳しい処罰が下る。最悪、首が飛ぶ。もちろん二重の意味で、だ。

だから冒険者は基本、街中で暴力沙汰は起こさないようにしているし、カタギに因縁をつけることもない。

ただし俺は例外だ。

俺は冒険者ギルドからはめちゃくちゃ嫌われている。

理由は単純。ギルドの花形スターであらせられるところの姫騎士様が「ビッチ」だの「淫乱」だのと陰口叩《たた》かれるのは、俺のせいだと思っているからだ。

冒険者に絡《から》まれていてもせせら笑うだけで、何もしやしない。カウンターの奥でちらちらと横目で見るだけだ。

俺はカタギとは言いがたいし、バックに金持ちや権力者もいない。姫騎士様の手前、表だって攻撃はしないが、助けてもくれない。まったく、情に満ちた組織であらせられる。

「ほら、立てよ。威勢がいいのは口だけか」

ビルが俺の頭をわしづかみにして持ち上げる。ついでにツバも吐きかけてくれた。目の上辺りに当たって、まぶたの上をしたたり落ちていく。

「あなた、何をしているの」

奥から駆け寄ってきたのはエイプリルだ。ギルド以外にも養護施設《ホーム》で身寄りのない子供たちの世話をしたり、勉強を教えたりもしている。優しい子なのだ。

「ケンカはダメってお爺様《じい》に言われているでしょ。弱い者いじめなんて、最低よ。あなた、それでも冒険者なの？」

ビルがためらう。手を出せばどうなるか、判断する程度の知恵はあるようだ。

「ダメです、危険ですよ」

「マシューに関わってはいけないといつも言っているでしょう」

「ささ、奥に」

厄介事に巻き込まれるとまずいと判断したのだろう。ギルド職員どもが総出でエイプリルを抱え、奥に運んでいった。

「ちょっと、待って。このままだとマシューさんが……」

エイプリルの声はむなしく遠ざかっていった。援軍は撤退。これでマシュー軍は孤立無援と相成ったわけか。

「残念だったなあ」

ビルがにたりと笑う。

「命乞いでもしてみろよ。靴の裏でもなめてみるか」

それとも、とビルはそこでにたりと笑った。

「俺にもあの姫騎士とやらせろよ」

それがダーツやダンスの意味でないってことはすぐに分かった。

「どんな風に鳴くんだ？　何回くらいやったんだよ」

「大したことはないよ」

俺は言った。

「アンタが母ちゃんとやったのと同じくらいさ」

衝撃が来た。今度は鼻っ柱を殴られた。鼻の奥がつん、と痛くなる。そう感じると今度は俺の頭をギルドの床に叩《たた》き付《つ》けた。鞠《まり》のように何度も弾ませる。さすがにめまいがしてきたところでビルは俺の顔を踏みつけた。

「寝ぼけたこと言ってんじゃねえぞ、テメエ！」

ビルが激高《げきこう》した様子で吠《ほ》えると体重をこめる。

「もういっぺん言ってみろ、コラ」

「違うんだよ」

俺は両手を振った。

「誤解なんだ。ちょっち言葉が足りなかった。反省している。許してくれ、頼むよ」

ギルド中から爆笑が巻き起こる。ビルの足が浮いた。

俺は座り込みながら顔の汚れを払い落とす。

「本当はこう言いたかったんだ」

俺はビルの顔を見つめた。

「今頃テメエの母ちゃんは、オークやゴブリン相手に乱交パーティの真っ最中だ。連中のアソコをくわえながら腰振っているだろうぜ。さっさと帰ってお前も交ざってきたらどうだ？　角を生やした弟か妹が出迎えてくれるぜ、お兄ちゃん」

不意にギルドが静まりかえった。どうやら俺の冗談は見事に滑っちまったらしい。ちらりとカウンターの奥を見たらエイプリルは目をぱちくりさせていた。女性のギルド職員がその後ろから耳をふさいでいる。いい仕事するね。

唯一俺の冗談を理解してくれたビルが顔を赤黒く染めた。言葉を詰まらせながら腰の剣に手を掛ける。

その瞬間、ビルの体は宙を舞った。轟音《ごうおん》とともに頭から天井に突き刺さった。再びギルドが静寂に包まれる。

舞い落ちる天井の破片を手で払い落としながらそいつは不機嫌そうな顔で言った。

「血抜きもしてねえケダモノを中に持ち込むんじゃねえ」

短足で背丈も俺のみぞおちほどまでしかない。袖のないシャツに革のベスト、茶色いズボン。顔の半分は黒く長いひげで覆われている。ドワーフの特徴そのままだ。

「またテメエか」

ドワーフのデズは心底嫌そうに言った。

「だからここには来るなと言っただろうが。来るたびにもめ事ばっかり起こしやがって」

俺は伸ばされた手をつかみながら立ち上がる。

「逆だよ。もめ事の方が俺にすり寄ってくるんだ。盛りの付いた犬みたいにな」

「寝言はいい。何の用だ」

「お前さんに聞きたいことがあったんだよ。時間いいか？」

デズがちらりと床に伸びたダーク・グリズリーの死体を見た。

「上で待ってろ。こいつを解体に回してから俺も行く」

デズは自分の身長の三倍もあるような魔物をダンゴムシのように丸めると、ひょいと担《かつ》ぎ上《あ》げる。冒険者たちが息をのむ。このドワーフのおちびちゃんが、自分たちを小指でひねり殺せるってことをようやく思い出したらしい。

冒険者ギルドはその支部ごとに専属の冒険者を雇っている。

冒険者という荒くれ者を統括・監督するためには、暴力装置が必要になる。規則違反するバカ、命令に従わないバカはどこにでもいる。腕っぷしに自信のある冒険者なら尚更《なおさら》だ。そんなバカどもを従わせるのだから、専属にはそれなりの実力が求められる。

デズはそのための雇われた男だ。表向きはギルド職員という扱いだが、いざという時には冒険者の捕縛や制裁に加え、『迷宮』に潜って行方不明者の捜索に当たる。

特にデズの実力は桁外れだ。一人で火龍を仕留めたり、ゾンビの大群と夜通し戦ったりと、その手の話題には事欠かない。まさに生きる伝説だ。デズがいなかったら俺もとっくに冥界に旅立っていただろう。

俺もデズの後ろについて外へと向かう。

「おい、そこの」

扉から出るところでデズが振り返った。話しかけた相手は、ビルの仲間だ。

「は、はい！」びくつきながら背筋を伸ばす。

「こいつはバラしておく。金は後で受け取りに来い」

「わかりました！」

「それと、そこの床拭いとけ」

こくこくとうなずくと、床に四《よ》つん這《ば》いになりながらテメエのマントやら服の裾でダーク・グリズリーの血痕を拭き取っていく。

「あ、俺からも伝言頼むわ」

天井に突き刺さったままのビル君を見ながら言った。

「テメエの母ちゃんはもうお前のお粗末なシロモノじゃ満足できないってよ。残念だったな」

「とっとと来い」

デズにスネを蹴られながら俺も外に出た。


「それで、聞きたいことってのは何だ？」

いつもの仏頂面《ぶっちょうづら》でデズが言った。

俺たちがいるのはギルド職員の待機室だ。石造りの部屋にそっけのないイスとテーブル、季節外れの暖炉、明かり取りの窓があるだけで、味も素っ気もない。用事のない時、デズはここに待機することになっている。といってもこの無愛想で不器用なデズには友人もいない。仕方なく俺がたまに話し相手になってやっている。

家はギルドから南にある『金槌《かなづち》通り』沿いある。小さな二階建てに妻と子供の三人で暮らしている。

「昨日ちょっち厄介事に巻き込まれてな」

俺が二度も襲撃を受けた件を伝えると、デズの眉毛がかすかに動いた。

「お前さんに心当たりがないかと思ってな。あいつらは冒険者だ」

「根拠は？」

「記憶を探ったが、あいつらとは初対面だ。かといって暗殺者って柄じゃない。足音立てながら不意打ち仕掛けるような騒がしい連中だ。けれどそこいらのごろつきでもない。武器の使い方もサマになっていたし、俺をだまし討ちしようって知恵もある。荒事に慣れすぎている」

人を殺した経験もあるだろう。ある程度は修羅場をくぐっていると見た。

「おまけに色白。体つきは鍛えてあるのに日焼けしていない。この街で日焼けもせずに荒事をこなす連中といったらまず冒険者だろう？　少なくとも真っ先に疑うべきだ」

「『裏紙』に手を出した連中がいるってことか」

冒険者ギルドは無頼漢の集まりではあるが、建前上はカタギの商売だ。窃盗や暗殺といった犯罪行為は受注しない。だが、金さえもらえば多少危ない橋でも渡ろうかってバカが多いのも事実だ。ギルドを介さずに冒険者が非合法な仕事を受けることを、ギルドでは『裏紙』と呼んでいる。冒険者ギルドでは依頼を紙に書いた表にして、掲示板に貼り付けている。そこから派生した符牒《ふちょう》だ。当然、ばれれば処罰される。最悪は、退会からの『処刑』もあり得る。

「俺の見た風体で、そういう依頼に首突っ込みそうな奴《やつ》を知らないかと思ってね。アンタなら心当たりはあるだろう」

「もしそれが本当なら、お前の出る幕はねえ。上に報告して、俺がカタをつける」

『裏紙』に手を出したバカどもをとっ捕まえて二度と手を出させないようにする。デズなら簡単にやってのけるだろう。

「そう言うと思ったよ。だから今日直接ここに来たんだ」

俺は言った。

「この件は俺に任せて欲しい」

「なんだと？」

デズが目をむいた。

「何のために？」

「表沙汰にはしたくなくってね」

俺の予感が確かならアルウィンの名誉に関わる。

「ろくに戦えもしねえお前が、どうやってカタをつけるつもりだ？」

デズは俺の事情を知っている。冒険者としても、戦士としてもポンコツなことも。

「一応、考えはある。剣が持てなくっても何とかなる」

「引っ込んでろ」

「なあ、頼むよ」

俺は身を乗り出し、デズのあごひげをなで回す。

「ギルドの安い給金で命張るのか？　いいじゃねえか、俺とお前の仲だろ」

「やめろ！」

デズが俺の手を払いのけと、ちみっこい指を伸ばして俺の鼻先に突きつけた。

「いいか。テメエには二つほど言っておきたいことがある。一つはな、『俺のひげにさわるんじゃねえ』だ。そして、あともう一つはな、『俺のひげにさわるんじゃねえ、ボケ』だ！」

「わかった、悪かったよ」

俺は両手を上げた。

「実を言うと俺、アンタにヤキモチ焼いてたんだよ。いくらひげを伸ばしてもさ。アンタみたいにもじゃにならない」

デズの怒りは収まる様子はなく、肩をいからせたまま拳を固めている。

勘弁して欲しい。今、本気でデズに殴られたら絶対に死ぬ。

「お願いだよ、デズ」

俺は方針を変えることにした。

「お前さんが、美人の嫁さんと子供といられるのは誰のおかげだ？　毎朝、ギルドに出かける前にキスしてもらえるのは？　あったかいパンが毎朝食えるのは？　家に帰ってきてかわいい子供をだっこできるのは？」

デズときたら昔から腕も度胸も抜群だが、女にはてんでダメだった。惚《ほ》れた女がいてもろくに話しかけることも出来ない。ただその子の勤めている金物屋に毎日のように通って、使いもしない鍋やら包丁やら鎌やら買い込む。不器用なおバカさんだった。

このままでは百年経《た》っても進展しない、と見かねた俺が仲を取り持ってやったのだ。

デズの顔に血の気が差した。怒っているのではなく、照れ屋さんなのだ。殴るに殴れず、拳を解くとでかい手のひらにテメエのあごを乗せる。

「古い話をねちねちと」

「そのセリフは別れてから言えよ」

別れる気は更々ないだろうが。

デズは舌打ちすると、イスを座り直した。足が床まで届かずに子供のようにぶらぶらさせている。

「アストン兄弟だ」

言葉の意味を理解するのに少々時間がかかった。

「俺を襲ってきた連中か？」

「お前の話が確かならな」

デズは不愉快な心を落ち着かせるように自分のひげをなでさする。

「いつも兄弟だけで連れ立っている。ちびの方が長男のネイサン、不精ひげが次男のニールだ」

ちっこい方が兄貴なのか。

「ギルドでも評判が悪い連中だ。しょっちゅうほかの冒険者に絡《から》んでいやがる。やれ、俺の獲物を横取りしただの、生意気な態度だのってな。あいつらに潰された新入りもいる。性格はクソだが、腕はそれなりに立つ。全員三つ星だ」

三つ星ってことは冒険者としては一人前、というところか。

「ここのところ『迷宮』にも入ってねえはずなのに、金回りは悪くねえ。筋者と付き合いがあるって話もあるからテメエの首もぎ取ろうって以外にも色々手を出しているんだろうな」

「そこまで分かってて捕まえなかったのか?」

「証拠がねえ」

デズは大儀そうに首を振った。

「強盗騒ぎはここのところ起こってねえし、故買屋もいくつか回ってみたが、それらしい奴《やつ》は来なかったってよ。だとしたら殺しの方だろうが、この街でいきなり姿を消す奴《やつ》は珍しくもねえ。借金抱えて夜逃げしたか、バラされて『迷宮』に捨てられたかも分からねえ。貯《た》めている金があったと言われればそれまでだ」

ひげもじゃにしては色々調べたようだ。短い足を引きずりながらあちこち駆けずり回ったのだろう。大した給金ももらってないのに。律儀《りちぎ》な奴《やつ》だ。

「オーケー、ご苦労さん。ご協力感謝する」

俺は立ち上がった。

「連中のねぐらは？」

「『双子の金羊亭』だ」

冒険者相手の安宿だ。小汚くって隙間風も吹きすさぶ。ギルドのある大通りから裏筋に入って入り組んだ道を二百歩も歩けば着く。

「ありがとうよ」

俺は財布から取り出した銀貨を指ではじいた。ごつい手のひらに収まるのを見届けてから俺は言った。

「ついでといっちゃあ何だが、もし連中が顔を出したら、どちらか一人を適当に引き留めておいてくれ。理由は何でもいい。時間さえ稼いでくれたら構わない。じゃあな」

「おい、俺は引き受けるとは」

最後まで聞かずに俺は部屋を出た。どうせ引き受けるに決まっている。デズはそういう奴《やつ》だ。

『双子の金羊亭』は一階が食堂兼酒場で、二階の六部屋が宿になっている。亭主はもう七十を越えた老人だ。髪もすっかり灰色に変わり、背中も牛のケツのように丸い。耳も遠く、多少の物音では反応すらせず、いつもカウンターの中で船をこいでいる。おかげで宿帳をのぞき見るのに不自由はしない。

ニールとネイサンの部屋は二階の端にある。都合のいいことに二人部屋だった。今は昼間だけあって、閑散としている。夜になれば『千年白夜《せんねんびやくや》』から戻ってきた冒険者でやかましくなる。亭主の耳が遠くなったのもそのせいだろう。

部屋には鍵が掛かっていた。俺は懐《ふところ》から針金を二本取り出し、鍵穴に突っ込む。昔、知り合いの盗賊から教わった鍵開けの術だ。熟練とは言いがたいが、安宿の鍵なら俺程度の腕前でも何とかなる。

部屋の中にはベッド二つと、木製のテーブルと椅子が二脚だけの質素な造りだ。天井には大きな梁《はり》がむき出しになっている。

連中の荷物らしき麻袋が二つ。中身はランタンやロープ、ナイフ、火打ち石といった冒険用の小道具だ。金目のものはなかった。こんな安宿に預けておくほど、不用心ではなかったようだ。心の中で舌打ちをしながら準備を整える。

ロープを拝借すると、片方に大きな輪っかを作り、そちらを上に放り投げて梁《はり》に通す。もう片方は長さを調節しながら俺の腰の辺りに通し、ほどけないようにきつく結ぶ。あとはイスを扉の真横に移動させるとその上に乗った。あとは帰ってくるのを待つだけだ。

日も傾き、ぽつぽつ『迷宮』から冒険者たちも戻って来ようかという頃、『双子の金羊亭』の階段を上る足音がした。扉の隙間から覗《のぞ》くと、無精ひげの男が不機嫌そうな顔で階段にツバを吐きかけていた。間違いない。昨日俺を襲ってきた奴《やつ》だ。名前は確かニールだったか。

「あのちびドワーフ、つまらねえことでグチグチ言いやがって」

やはりデズは約束通り足止めをしてくれていたようだ。ありがとうよ、親友。

俺は首を引っ込め、息を殺しながらやって来るのを待つ。

扉のノブに手を掛ける気配がした。

「おい。ネイサン、今日は飲もうぜ。あいつらも呼んで」

扉が開き、ニールが入ってくる。

足が止まった。部屋の真ん中に銀貨が落ちている。俺が置いた、撒《ま》き餌《え》だ。

「なんだ？」

ニールが身を屈《かが》めながら腕を伸ばす。俺はその首にロープを引っかける。きちんと首に掛かったのを横目で見ながらイスから飛び降りた。くぐもった音がした。

振り返ると、ニールが宙づりになって浮いていた。成功だ。

腕力は虫けら同然でも、俺にはこの人並みより少しばかりでかい図体《ずうたい》と体重がある。正確な重さは知らないが、多分姫騎士様の倍はある。

今、ニールの首には俺の全体重が掛かっている。人間を絞め殺すには十分だ。

ニールが言葉にならないうめき声を上げる。ロープと首の隙間に指を引っかけながら、足場を求めてもがいている。俺はその声を聞きながら扉を足で閉めた。

「やあ、どうも。勝手に入って悪かったね」

俺が話しかけるとニールの目が血走っていくのが見えた。

「デメェッ！」

ニールの蹴りが飛んでくる。俺はとっさに仰向けに倒れ込む。

俺の体が沈んだ分、ニールの体がわずかに浮き上がる。再び悲鳴が上がる。

「時間がない。用件を手短に話そう」

俺は蹴り飛ばされないように警戒しながらニールの背後に回り込むと、腰の鞘《さや》からナイフを引き抜く。

「俺を襲うように命令したのは誰だ？」

「なんのことだ？」

「おとぼけはなしにしようか」

俺は背後からニールの右太股《ふともも》にナイフで切りつける。きちんと研いであるから俺程度の腕力でも服の上から傷を付けられた。

赤黒い血が吹き出す。さして深い傷ではなかったはずだか、太い血管を傷つけたからか、血は止まる気配もなくズボンをつたって床に斑点を作る。

「助けてくれ！　誰か」

「ムダだよ」

この宿には人がいないのは確認済みだ。耳の遠いじいさま以外はな。

それにこの街では冒険者同士の争いは日常茶飯事だ。金にもならない厄介事に関わろうなんてお節介は、ウチの姫騎士様くらいだ。

「このままだと首が絞まるか、出血多量で死ぬかのどちらかだ。腹を割って話そうじゃないか。アンタも死にたくはないだろ？」

後ろからのぞき込めば、ニールの顔が赤黒く染まる。怒りのためか呼吸困難のためか。

「決まっているだろ」

ニールはにやりと笑った。

「あの姫騎士様だよ。テメエがジャマになったんで、始末してくれって頼まれたんだよ」

「そうか」俺はあわれっぽく言った。「残念だよ」

今度は左の太股《ふともも》を切りつけた。先程のような勢いはないものの、血はズボンをまだらに染めていく。

「これでアンタの寿命がますます短くなった」

「殺してやる！」

「見ろよ。アンタが正直に答えないせいで床が濡《ぬ》れちまった。でもこれはまだマシな方なんだ。

このままだとアンタは窒息死してここでお漏らしすることになる。知っている？　あれ結構掃除するの大変なんだぜ」

「ころし、て、や」

ニールはもがき続けている。抵抗はしなくなったが、命乞いすらする気配はない。どうやら依頼人の名前を冥界まで持っていくおつもりのようだ。依頼人への義理立てというよりは俺への嫌がらせだろう。いい度胸だ。

「あんまりガマンはよくないぜ。ほら」

俺が指さすと、ニールの顔がはっとなる。二つあるベッドのうち、シーツが膨らんでいることに気づいたらしい。枕の辺りには小さな後ろ頭が見える。

「ネ、ネイサン？」

「お前さんが来る前にね。薬で眠ってもらったのさ。言わないってんならお兄ちゃんに聞かないといけなくなる」

血の付いたナイフをぐさりと突き立てるマネをする。

「この、悪魔め」

「自己紹介ならまた今度にしてくれ」

金もらって見ず知らずの男を殺そうって奴《やつ》とどちらがマシだろうね。ニールは目を充血させながら歯を食いしばる。まだ話す気配はない。ここでしゃべったところで俺が約束を守るはずがない、と疑っているのだろう。

「迷っている時間はないぜ」

流れ出た血がニールの足下で水たまりみたいになっている。この分だとあと千も数え終わらない間に失血死だろう。

「……」

「心配ないよ。アンタがしゃべってくれれば俺はこのまま部屋を出て行く。そこのお兄ちゃんに傷一つ付けやしないよ。もちろん、仲間はいないから俺以外の誰かがやってきてアンタらを始末するなんてイヤらしいマネはしないさ」

俺の真剣かつ丁寧な説得に心動かされたのだろう。

ニールがようやく重い口を開いた。

「やっぱりか」

案の定、予想通りの名前が出てきた。

「ご苦労さん」

ここで「バカめ、お前らにもう用はない」と赤い舌を出してとどめを刺すのがきっと正しい選択なのだろう。だが、俺にはためらわれた。

俺はナイフで腰にしばっているロープを切った。重い音がして、ニールが床に倒れ込んだ。血を流しすぎたせいだろう。血の池でのたうち回っている。

「こりゃあもう死ぬな」

粘ったのが裏目に出たようだ。立ち上がる気力もなく、今更ながらに傷口をしばろうとするが、手が上手《うま》く動かないようだ。

「ネ、ネイサン」

ニールが床を這《は》いずり回《まわ》りながら血まみれの手を伸ばす。

「そうそう、忘れてた」

俺はシーツを引っぺがした。小男が白目をむいて死んでいた。首にはロープでできたアザが刻まれている。

「ちょっと加減が分からなくってね。アンタにやったみたいに絞めたらどうも首の骨が折れちゃったみたいだ。まあ、苦しまずに逝《い》けたみたいだから。そこは安心してくれていいよ」

ニールの真っ白な顔が絶望に染まる。

「じ、じごくにおちろ」

「あっそ」俺は窓を開けてズボンから取り出した鈴を鳴らす。

「それじゃあ先に行って待っててよ。俺も後から行くからさ。多分、百年くらい？」

しばらく待っていると、扉が小刻みにノックされた。俺は扉を開けた。

現れたのはつばの広い帽子をかぶった、黒ずくめの男だった。

「やあ、待ってたよ。ブラッドリー」

俺は真っ黒な手袋の上に銀貨を六枚載せる。ブラッドリーは無言でうなずくと、白く細長い布をネイサンの横に広げる。ネイサンの死体をその上に移動させると、ぐるぐる巻きにしてからロープで巻いていく。

もちろんカタギではない。本業は棺桶《かんおけ》作りの職人なのだが、今では副業の方がはるかに儲《もう》かっている。この街では貧乏人や行きずりの死体は『千年白夜《せんねんびやくや》』に捨てられる。墓はない。お上も墓場を作るなら賭場《とば》か娼館《しょうかん》の一つでも建てた方が儲《もう》かると踏んでいるらしく、黙認状態だ。

捨てられた死体はいつの間にか服だけ残してかき消える。『千年白夜《せんねんびやくや》』のような『迷宮』自体が超巨大な魔物で、エサとして喰《く》らっているからだ。

だから棺桶《かんおけ》を作ろうって奴《やつ》も少なく、その代わりに始めたのが死体処理だ。街の中ならたいていの場所に現れて、他殺自殺にかかわらず厄介な死体を『迷宮』へと捨ててくれる。冒険者ではないので、ギルドの規約にも引っかからない。

需要も多い。この街にはやくざ者が多く、毎日のように不都合な死体が量産されている。そのおかげで付いたあだ名が『墓掘人《グレイヴディガー》』だ。金さえはずめば問題ない。口を割る心配はない。彼は口が利《き》けない。

ネイサンを詰め終えると、今度はニールの横に布を広げる。赤く染まる布に構わず、両脇を抱えて移動させようとすると、うめき声が聞こえた。ニールはまだ生きていた。

ブラッドリーは片手を離すと、背中に手を回し、取り出したナイフでニールの心臓を二度突いた。完全に動かなくなったのを確認すると、恨みがましい目で俺を見つめた。

「あーはいはい。追加料金ね」

銀貨二枚を手渡すとこくりとうなずき、粛々と作業に戻った。仕事に徹した姿勢が彼の長所であり短所だ。

作業を済ませると、ブラッドリーは両肩に遺体を担《かつ》いで外に出て行く。外には馬車が駐めてあり、『迷宮』まで運んでくれる。入り口には衛兵が常時見張っているが、彼らにとってもいい小遣い稼ぎになっている。

「問題はあっちか」

こいつらは所詮使いっ走りの捨て駒だ。失敗したとわかれば第二第三の刺客を送り込んでくるだろう。だから、その前にこちらから打って出る。

そのためにも軍資金は必要だ。幸い、たった今善意の第三者から資金提供を受けたばかりなので問題ない。彼ら自身の葬儀代を支払ってもまだおつりが来る。空になった二つの財布が血だまりに落ちて赤黒く染まっていくのを見ながら扉を閉めた。

翌日の夕暮れ、俺は『晩鐘亭』でエールを飲んでいた。さしてうまくもない安酒ばかりの店だが、いい点が一つだけある。『迷宮』の門がここからならよく見える。冒険者ギルドからでもよく見えるが先日の騒ぎもある。悪目立ちはしたくなかった。

俺はここで姫騎士様たちが出てくるのを待っていた。別に出迎えて祝福のキスをするためじゃない。やってもいいが、目的は別にある。予定ではそろそろ出てくる頃だ。

二杯目がそろそろ空になろうかという頃、『迷宮』の門が半分開き、姫騎士様たちが出てきた。欠けたメンバーはいないようだ。いずれも三日ぶりの太陽に目を細めながら無事地上に出てきた幸運を喜んでいるように見える。

通常なら一度ギルドに戻り、帰還の報告をした後で解散。各自自由行動の流れだが、今日はちょいとばかし違った。彼等《かれら》の元に十歳くらいの子供が駆け寄ると、姫騎士様の隣にいたあいつに手紙を渡した。何事か、という顔で受け取ると、ゆっくりと手紙を開く。自然な仕草で中を見られないように移動するのを忘れない。あいつの顔がこわばる。すぐに手紙を畳み、懐《ふところ》にしまい込んだ。顔色が悪い。衝撃を受けたようだ。書いてある内容はわかる。

書いたのは俺だからな。

口にすれば一言なのに、文字にするのは苦労したぜ。もうちょい字の勉強した方がいいかな。

ニールから名前は聞いていたが、それがいまわの際のデマカセって線もある。確認のために手間の掛かることをしたのだが、一瞬だけ見せたこの世の終わりのような顔は、あいつがクロだと雄弁に告げていた。さっきまでほっとしたような顔が真っ青だ。

アルウィンだちと二言三言、会話をするとあいつはゆっくりとした足取りでパーティから離れた。おそらく今後の対策を練るためだろう。さて、こうしてはいられない。俺も準備をしないと、と立ち上がると背中に何かがぶつかった。

「おい、痛えじゃねえか」

ジョッキを片手に絡《から》んできたのは、赤ら顔の酔っ払いだ。茶色の革鎧《かわよろい》に腰の剣、そして腰に付けているのは冒険者ギルドの組合証だ。

謝って通り過ぎようとしたが、酔っ払いは俺の胸ぐらをつかんできた。

「ちょっと面貸せよ、色男。お前にはちょっと頼みたいことがあるんだ」

どうやら偶然や事故ではなく、わざとぶつかって因縁をふっかけてきたらしい。俺が姫騎士様のヒモだというのもご存じのようだ。

「やめておけよ」

俺は心の底から親切心で忠告する。

「アンタじゃ、ウチの姫騎士様の相手は務まらない。まだ日も高いんだ。水でも飲んで落ち着いたらどうだ？」

「ふざけるなよ、オラ」

酔っ払いは憤慨した様子で俺を引きずるようにして外へ連れ出す。

やってきたのは店の裏にある裏道だ。大人二人が並ぶのもやっとという、狭い路地だ。西からの日差しが灼熱《しゃくねつ》の剣のように差し込んでくる。俺は太陽を背に浴びながら酔っ払いと向かい合う。

「気を悪くしたのなら謝るよ。でもさ、アンタも『迷宮』に入るんだろ？　ここで怪我《けが》でもしたらつまらないとは思わないか？」

「怪我《けが》？　はっ、怪我《けが》ってか」

酔っ払いはせせら笑いながら俺の頭をつかみ、ムリヤリ頭を下げさせる。

「テメエみたいな腰抜け相手にどう怪我《けが》するってんだ？　ただの見た目だけのデカブツがよ」

俺がなだめようとしたから、怖《お》じ気《け》づいたと勘違いしたらしい。俺の顔を壁にこすりつけるとすごんだ声を出す。

「いいからお前は、あの女とやらせればいいんだよ。どうせあの女も淫乱のスキモノなんだろ？　しばらく前まで、『夜光蝶《ちょう》通り』の辺りをうろついていたじゃねえか。あんなところうろつくのは女買う奴《やつ》か売人くらいだ」

「そうかい」

俺は空いた腕で酔っ払いの首をつかんだ。

「アンタ、一言多かったな」

鈍い音がした。

つかんだ首が急に重くなった。酔っ払いの体から力が抜けている。俺が手を放すと、酔っ払いはひざをつき、そのまま崩れ落ちた。首の骨が折れているのはいいのだが、筋肉で盛り上がった首回りが手形でへこんじまっている。完全に死んでいるのを確かめると、急いでその場を離れた。またブラッドリーへの払いが増えちまった。参ったね。

路地を抜ける瞬間、夕暮れの光が膨れあがり、眩《まばゆ》いばかりに降り注いでいた。沈みゆく太陽に舌打ちしながら俺は姫騎士様より早く家に戻るべく早足で我が家へと向かった。

アルウィンには冒険者ギルドへの報告があるから先回りするのは簡単だ。必要なのはおもてなしの準備だ。

料理の下ごしらえは済ませてある。あとは温め直し、軽く火を通せば完成だ。今夜のメニューは香草とほうれん草のサラダに、キノコとスパイス入りのスープ、鶏の蒸し煮、ワインはランベール地方の二十五年ものだ。手の込んだ料理は作れないが、傭兵《ようへい》時代から野営や野宿の機会が多かったので、あり合わせのもので作るのは得意だ。適当な肉や野菜を刻んで鍋にぶち込んで、塩とコショウを入れればたいていは食える。その気になればパンだって焼けるが、この家には石窯《いしがま》がないので近所のパン屋から買い付けている。

テーブルに並べている途中で、玄関をノックする音がした。我らが姫騎士様のご帰還だ。

「やあ、お帰り」

抱きついて歓迎のキスでもしようかと思ったのに、アルウィンときたら俺の横をすり抜けてさっさと自分の部屋に上がってしまった。

「まあ、つれないお方」

ハンカチを嚙《か》みながら後を追う。アルウィンの鎧《よろい》は特別製だけあって脱ぐのに手間がかかる。一人でも着脱は可能だけれど、補助がいた方がはるかに早い。

ノックをしてから部屋に入る。彼女は自分の部屋の端で立ち尽くしていた。俺が来ると、振り返りもせず両腕を上げる。

「お疲れ様、大変だったろう。首尾はどうだい」

背後からマントを外し、鎧《よろい》の金具を外す。胸当てが前と後ろに分かれる。今の俺では担《かつ》ぐのも大変なのですぐ横に専用に置き場所を設けている。

「順調だ」

「それは何より」

同じように手甲脚絆《きやはん》を外し、鎧《よろい》の横に置いておく。最後に剣を壁に立てかける。黒の上下インナーにロングスリットのワンピース。シンプルな格好だが、それだけに素材の良さが際立《きわだ》つ。教会の女神像なんかよりこちらの方がよっぽどありがたいし、震い付きたくなる。石像じゃ触っても固いだけだし、いい声で鳴いちゃくれないからな。

「それじゃあ、晩餐《ばんさん》といこうか」

アルウィンは返事をしなかった。どことなくすねているようにも見える。不機嫌そうにつぶやいた。

「気持ち悪い」

「俺、泣いていい？」

「お前じゃない」

ちょっと申し訳なさそうに訂正する。

「帰りに冥界魔狼《ガルム》の群れと出くわして乱戦になった。おかげで獣くさくってたまらなかった。帰る途中も獣臭くて鼻が曲がりそうだった」

「そんなこともないけど」

首筋に鼻を近づけ、深呼吸。いつものかぐわしい香りだ。あ、でもちょっと汗かいているかな。

「先に体を洗いたい」

アルウィンは俺を押しのけてから言った。

「それじゃ今から浴場にでも行く？」

この家に風呂《ふろ》はない。たいていは庭の井戸水を浴びるか、濡《ぬ》らした布で体を拭くかだ。俺は前者でアルウィンは後者だ。寒くなれば、わかした湯を使う。風呂《ふろ》に入りたければ、街の公衆浴場に行くしかない。今頃ならまだ、開いているはずだ。アルウィンはいつも金をはずんで個人用の風呂《ふろ》を利用している。

「いや、いい。料理も冷めるだろう」

そう言ってアルウィンは俺に背を向けたまま服を脱ぎ出す。肩から背中にかけてしなやかな白い肌に赤い髪が重なる。

「拭いてくれ」

「いいけど、脱ぐのなら先に言ってからにしてくれよ」

毎回毎回、心臓に悪い。やんごとなきお方は恥じらいってものが薄いから困る。そのうち外でも脱ぎ出すんじゃないかと不安になっちまう。

「ちょっと待ってて。タライ取ってくるから」

床が濡《ぬ》れちゃうからな。

「なら髪も頼む」

「仰《おお》せのままに」

頑張ったご褒美《ほうび》だ。買ったばかりの洗髪剤《シャンプー》も出すとしよう。湯も沸かさないと。

えっちらおっちら抱え上げてきたタライの真ん中に腰掛けていただき、上からぬるま湯をかける。水音とともに水滴が髪の毛と玉の肌をしたたり落ちていく。洗髪剤《シャンプー》を手で泡立てていよいよ姫君の髪を洗って差し上げる。頭皮を傷めないよう髪を抜いてしまわないよう、指の腹で丁寧にもみほぐす。髪の毛も指でゆっくりと、梳《くしけず》りながら洗っていく。せっかくのキレイな髪だ。汚れを落としてやらないと。俺の目の黒いうちは枝毛なんて許さない。

「んっ」

表情は見えないが気持ちよさそうだ。両手でタライをつかみ、背中をそらす。まるで猫みたいだ。ちっちゃなお尻がぷるりと震えて、タライの水面に波紋が生まれる。

「本当、髪を触られるの好きだよね」

「お前の触り方が上手《うま》いんだ」

「俺に触られるから、じゃなくって？」

「バカモノ」

振り返ったアルウィンの顔は、耳まで真っ赤に染まっていた。

頭が終われば次は首筋から背中へと移行する。深紅の髪を一房一房、泡を絡《から》めた指の隙間で挟むようにして洗う。

あふれでた泡が肩から前の方へと弧を描いて落ちていく。いいねえ、俺も泡になりたい。出来れば前側に回り込んでふきふきしたい。脇の下から手を伸ばして思う存分揉《も》みしだきたい。

アルウィンが顔を左右に振った。泡が飛び散り、目に入る。痛い。

「急に動かないでよ」

「すまん、泡が目に入った」

泣きそうな声で謝罪する。

「いいさ。それじゃあ次は背中だ」

今度は少し熱めのお湯で泡を洗い流す。髪の毛を前側に垂らすと、生《は》え際《ぎわ》と血の気が差したうなじがあらわになる。……やっぱり目立つな。あとで白粉《おしろい》でも塗っておくか。

「前も洗おうか？」

「無用だ」

「遠慮しなくていいのに。気持ちよくするよ」

「いらないと言っている！」

これ以上いじると本気で殴られそうなのでおとなしく背中を拭く。そのうち機会も訪れるだろう。

「強めに頼む。お前のはなんだか子供みたいでもどかしい」

「へいへい」

まるっきり召し使いだが、こういう生活も悪くないと思っている。いつまで続くかわからないが、そのためにも、厄介事は片付けておきたい。

——出来れば死人は少なく済むといいなあ。そんな期待を抱きながら俺は麗《うるわ》しき背中を洗い続けた。あとでご褒美《ほうび》のあめ玉もあげないとね。

『灰色の隣人《グレイ・ネイバー》』は荒野に囲まれた街だが、例外もある。南にしばらく進むと、背の低い草原に代わり、小さな森が点々と広がるようになっている。

森近くには危険な魔物が出ることもあり、バラデールへの街道からも離れているため、人の行き来はないに等しい。

その森の真ん中、小さく開けた草原に出る。緑なす木々と、周囲より少しくぼんでいるせいで、草原からは完全に死角になっている。

元々は背の高い草が生い茂る藪《やぶ》だったのだが、俺が定期的に刈るようにしている。

庭師でもなければ誰かに頼まれたわけでもない。背の高い草は俺にとって都合が悪い。三ヶ月くらいして来てみれば、俺の腰くらいまで伸びきっていて、鎌を持って草刈りしなくちゃいけなかった。約束の時刻を昼間にしたのは正解だったようだ。

昨日は遅かったせいもあり、アルウィンはまだ寝ているだろう。

その姫騎士様のパーティメンバーと今から対決する。ことによっては命のやりとりになるだろう。彼女の悲しみを考えると心は痛むが、黙って殺されてやるような聖者ではない。殺そうとする奴《やつ》は殺す。昔からそうしてきた。

草刈りも終わり、横倒しになった木に腰掛けて一息ついていると、人の気配がした。森の中から落ち葉を踏み砕きながら近づいてくる。やがて、森を抜けてそいつは現れた。

「やあ、待ってたよ。童貞聖騎士様」

ラトヴィッジ・ルスタ卿《きょう》が盛大に顔をしかめた。

「死に損ないが、調子に乗るな」

ラトヴィッジは敵意をむき出しにした目つきで俺をにらみつける。

兜《かぶと》こそ小脇に抱えているものの、それ以外は完全武装だ。白銀色の鎧《よろい》に肉厚の大剣、赤い外《がい》套《とう》、吟遊詩人のサーガにでも出てきそうな騎士様だ。

「偶然はそう何度も続かんぞ。今こそ私の手で確実に始末してくれる」

ラトヴィッジはあと一〇歩というところで止まり、俺と相対する。

「話し合いの余地はなし、か」

俺は立ち上がった。

「残念だよ」

「それはこちらの台詞《せりふ》だ」

ぎゅっと、拳を握る。手甲が軋《きし》みをあげる。

「貴様のような能なしの腰抜けが我が姫に近づくなど虫酸《むしず》が走る」

「お為《ため》ごかしはなしにしようぜ、旦那」

俺は肩をすくめた。

「俺が気づいていないとでも思っていたのか？　アンタ、アルウィンに惚《ほ》れているんだ。俺を殺したいのも身分だの名誉だのなんて大義名分じゃない。惚《ほ》れた女が横からかっさらわれて悔しかったからだ。そうだろ？」

「違う！」

「いつその鎧《よろい》脱ぎ捨てて、アルウィンに飛びかかるんじゃないかと気が気じゃなかったよ。礼儀正しい面して頭の中はオンナとやることでいっぱい。あー、やだやだ」

「黙れ！」

「そりゃあ、俺だって男だ。気持ちは分かる。だから今の今まで、アンタが妄想逞《たくま》しく彼女をオカズにしているのを見て見ぬ振りをしてきたさ。でも今回のはいただけない。言ってくれれば、彼女似の娼婦《しょうふ》くらい紹介してやったのに」

「黙れと言っているだろうが！」

ラトヴィッジが吠《ほ》えた。抱えていた兜《かぶと》を俺に投げつける。銀色の兜《かぶと》は回転しながら俺の右腕をかすめて森の方に吸い込まれていった。

「貴様のようなゲスがこれ以上、姫につきまとうなど耐えられん。この場で成敗してくれる。たとえ、姫の不興を買おうと構うものか！」

ラトヴィッジが剣を高々と掲げると、三回足踏みをした。

すると、十も数えないうちに森の方から人の気配が近づいてきた。五人、いや六人か。現れたのはいずれも冒険者風の男たちだった。童貞聖騎士様に金で雇われたのだろう。裏路地を這《は》い回《まわ》るネズミのようなうらぶれた雰囲気の連中ばかりだ。鉄製のブレストメイルや、チェインメイルに鉄兜《てつかぶと》、小腰を屈《かが》めた盗賊風の男は両手に短剣を持ちながら猫のように飛びかかる気配をうかがっている。

「最早《もはや》逃げられぬぞ。援軍も伏兵もいないのは確認済みだ」

「いねえよ、そんなもん」

俺一人で十分だ。

「生きて帰れると思うなよ、『減らず口《ワイズクラック》』」

頭に包帯を巻いたビルが抜き身の剣を持ちながら言った。

「やあ、アンタか」

どうやら童貞聖騎士様のお誘いに乗っちゃったらしい。お気の毒に。

「アストン兄弟から生き延びたのもあのドワーフの仕業だろう？　だが今日はここには来られねえ。今頃『迷宮』の奥で間抜けな新入りの骨でも拾っている頃だ……」

「どけ」

後ろから押されてビルが前につんのめる。抗議の声を上げようとしたようだが、相手の顔を見て口をつぐんだ。

「テメエがマシューーか」

ビルを押しのけるように前に出たのは、かなりの大男だ。背丈は俺と同じくらいだが、肩幅は俺より腕一本分は太い。特注らしき大きな斧《おの》を肩に担《かつ》ぎながら、はしばみ色の目を憤怒《ふんぬ》に燃やしている。

「俺はナッシュ。ネイサンとニールのカタキ、討たせてもらう」

「アンタはあの二人の仲間か？」

デズの話では、ほかに仲間はいなかったはずだが。

「弟だ！」

俺は二の句が継げなかった。

「一昨日から兄貴たちの姿が見えねえ。宿に戻って兄貴たちの部屋をのぞいたら、血痕が残ってやがった。テメエがやったんだろ！」

俺はうめきながら天を仰いだ。『三兄弟』ならそう言っておけよ、あのひげもじゃ。

「事情なんぞどうでもいい。だが、テメエだけは絶対に殺す」

「いや、ちょっと待ってくれよ」

ナッシュが進み出てきたので俺は手を伸ばし、止まるように意思表示する。

「誤解なんだ。きっと話し合えばわかるはずだ。あの二人についてはそう、事故なんだ。殺すつもりなんかなかったんだよ。本当だ。神に誓ってもいい」

「天井の梁《はり》にロープ引っかけて首絞めたのが『事故』か？」

「……」

「梁《はり》にロープの痕が残ってたぜ。イスにもご丁寧にクソでかい靴痕も残ってやがった。あんなでかい靴履いている奴《やつ》はこの街でもそうはいねえ。それに、宿のじじいを締め上げたらゲロったぜ。テメエが宿の二階でドタバタやってたってな」

「へえ」

俺は素直に感心した。よく調べている。見た目と違い、観察力はあるようだ。

「それで、衛兵にも突き出さず自分で俺の首を切り落とそうと、そこの童貞聖騎士様の誘いに乗ったわけか」

「残念だったな。テメエはここで嬲《なぶ》り殺《ごろ》しだ」

「いや、感謝しているよ」

俺は言った。

「君のおかげで俺は衛兵を敵に回さずにすんだ。要するにここにいる全員の口をふさいだら俺は助かるって寸法だろ？」

「おめでてえ奴《やつ》だな」

隣で聞いていたビルがツバを吐いた。

「この人数相手に助かるとでも思っているのか？　そんな鎌一本で？」

言われてはじめて自分が鎌を持ったままだと気づいた。

「思っているよ」

俺は鎌を後ろに放り投げた。さびの浮いた鎌は、弧を描いて森の中に消える。あとで回収するために投げ込んだ場所は覚えておく。ナッシュが怪訝《けげん》そうに眉をひそめるけれど、別に策なんてない。あの鎌は正真正銘、草刈りのためだ。

それに武器ならとっくに用意してある。

「お前さん方をどうしてここに呼び出したと思う？　アンタらと同じさ。衛兵に見つかることなく、お前さん方を始末《しまつ》するためだ」

俺は小腰を屈《かが》めると座っていた木を両手でつかむ。長さは五ユール（約八メートル）、太さは大人一人分はあるだろう。頭のてっぺんに日差しを感じながら木を持ち上げ、肩に担《かつ》いだ。ずしりと肩に食い込むがたいしたことはない。ささくれだった木の皮が肩にちくちく刺さる以外は。

「俺の武器はこいつだ」

「バカな」

ラトヴィッジが目をむきながら後ずさる。

「貴様にそんな力あるはずが」

「問題ないさ」

担《かつ》いだ木を片腕で上げ下げする。少々重いが『一つ目巨人《サイクロプス》』の足を持ち上げた時に比べたらなんてことはない。おまけに晴れ渡っていい天気じゃねえか。胸くそ悪くなるくらいによ。

くい、と空いた片手で手招きする。

「来いよ。坊やたち。ピクニックに来たわけじゃないだろ？」

たじろぎながらも連中が動いた。一番身軽そうな盗賊風の男が手の中の短剣を振り回しながら俺の背後に回り込む。右に左にとフェイントを掛けながら間合いに踏み込んでくるのを感じた。

「よっと」とりあえず気配のする方に木を振り回す。一瞬遅れて鈍い音が聞こえた。

振り返ると、盗賊風の小男が森の木に頭からぶつかって、赤い花を咲かせていた。脳みそも見えているので、とどめを刺す必要はなさそうだ。

「まずは一人か」

いきなり仲間を失った冒険者たちが一斉にざわつく。

「き、気をつけろ！　この野郎、とんでもねえ馬鹿力だ」

ビルの警告にうなずくと俺を遠巻きに取り囲む。一撃で仲間がやられて動揺したようだが、立ち直りも早い。

鎧兜《よろいかぶと》に身を包み、盾を持った男が正面から距離を詰めてくる。その背後にはやはり剣を構えた冒険者が二人。

その視線の向こう、つまり俺の背後ではビルとナッシュがでかい得物を構えている。

正面の盾使いが攻撃を受け止め、その隙に後ろから仕留める。もし先に背後の連中を倒そうとすれば、その間に正面の連中が襲いかかってくる。シンプルだが、その分破りづらい作戦だ。

俺は抱えた木を大上段に構えると、正面の盾使いめがけて振り下ろす。やっこさんの反応は早かった。顔を青ざめさせながら盾を放り投げ、横っ飛びに飛び退《との》いた。そりゃそうだ。切り倒した木を受け止めようなんて木こりはいない。

いいね。判断は間違ってない。相手が俺でなければ。

振り下ろした木が地面をえぐる寸前、俺は腕に力を込めて角度を変えた。滑るように真横へと流れる木はあやまたず盾使いの頭をかっ飛ばし、その勢いのまま半回転して斬りかかろうとしていたビルの腕にめり込んだ。ビルの体がまるで猛牛にでもはね飛ばされたかのように宙を舞い、草むらに崩れ落ちた。落ちた拍子に首の骨が折れたらしい。うめき声を上げたかと思うとそのまま動かなくなった。

盾使いは半分近くにへこんだ兜《かぶと》をかぶったまま木の枝に体ごと引っかかっていた。こちらも死んだかどうか確かめる必要はなさそうだった。

盾使いの背後にいた二人が顔面蒼白《そうはく》になった。背を向けて走り出す。

「忘れ物だぜ」

俺は抱えていた木を両手でぽいっと放り投げた。横になったままふわりと舞い上がる。宙を飛んだ木は二人の背中に当たり、そのまま押しつぶした。

「巨鬼《オーガ》だ……」

「失敬だなアンタは」

ナッシュのつぶやきに俺は頰を膨らませる。

「こんな色男のどこが巨鬼《オーガ》に見えるってんだ？」

完璧な理屈にもナッシュは納得した様子はなく、戦斧《せんぷ》をクマのぬいぐるみのように抱えながら後ずさる。

「掛かって来いよ。こっちは丸腰だぜ。お兄《にい》ちゃまのカタキを討つんじゃなかったのか？　それともパンツの中でお漏らしでもしちゃったのかな」

けれど、ナッシュは向かってくる気配はない。このままでは時間が掛かりすぎる。俺は咳払《せきばら》いすると、心にもないことを言った。

「さっさと来いよ腰抜け。テメエの兄貴たちが最後になんて言ったか聞かせてやろうか？『助けてお母ちゃん』だとよ。命が惜しいのならママのところに帰っておっぱいの代わりに小便でも飲ませてもらえよ。犬グソ喰《く》いの玉ナシ野郎」

ナッシュが喚《わめ》いた。激高《げきこう》した様子で戦斧《せんぷ》を高々と振り上げた。

研ぎは悪いが、当たれば頭がかち割られる。風を切って振り下ろされるそいつをひょいとかわす。と同時にナッシュの横に回り込み、頰に右フックを浴びせた。

牽制《けんせい》くらいのつもりで当てたはずだったが、ナッシュの反対の頰が地面とキスをした。顔の形に地面がへこんでいる。

「情熱的じゃないか。一目惚《ひとめぼ》れってやつ？」

ナッシュは目を白黒させながら痙攣《けいれん》させている。意識はあるようだ。

「おま、なにもの、だ」

「アンタが知る必要はない」

俺は地面に転がった戦斧《せんぷ》をひょいと拾い上げる。

「ま、待て！」

「それじゃあ、さよなら。あっちに行っても兄弟仲良く。それから、えーと、そうそう。あっちに行ったらかわいこちゃん紹介してくれると有り難《あ》《がた》いんだが、あ、これ。アルウィンには内緒で頼むよ。それから、ありゃ？」

長々と考えているうちに重たくなって、つい斧《おの》を下ろしてしまったようだ。ナッシュの首は胴体とおさらばしていた。

あと残りは、と周囲を見渡すと、木の下じきになっている男たちの方からうめき声が聞こえた。片方の男は背骨が折れて死んでいるようだが、もう片方の男は下敷きになった足を引っこ抜いたところだった。

「やあ、お待たせ」

ナッシュの形見である戦斧《せんぷ》を肩に担《かつ》ぎながら俺は笑みを浮かべる。痛みを長引かせるのは好みではない。

「ま、待ってくれ」

木の反対側に転げながら、男は血を吐くような声で言った。右目の上にヤケドのようなアザがある。

「降参だ。俺の負けだ。アンタにはもう二度と近づかない」

剣を投げ捨てると、膝を突き、両手を上げる。

「どうしようかね」

無抵抗の人間を殺すのは忍びない。戦斧《せんぷ》を地面に下ろす。

「そうだな。負けたというのならお前さんは捕虜だ。身代金《みのしろきん》を払うってんなら見逃してもいい」

「わ、わかった」

懐《ふところ》に手を伸ばす。俺は指先ほどの小石を親指で飛ばした。悲鳴が上がった。アザの男が手を押さえてうずくまる。その懐《ふところ》から紙で張り固めた球が出てきた。

「久しぶりに見たな。『煙玉』か」

俺に投げつけて視界を塞いだところを殺すつもりだったのだろう。

「よかった」

『煙玉』を放り投げる。森の中から黒い煙が上がったのを見てから俺はほっとした。

「これで遠慮なくぶち殺せる」

「た、助けてくれ」

負傷した足では逃げることもできず、涙目になりながら後ずさりする。

「俺は頼まれただけなんだ。その、家族がいるんだ。俺には女房《にょうぼう》とまだ八つになったばかりの娘がいるんだよ！　俺が死んだからあいつらは路頭に迷っちまう」

「じゃあ、アンタの家族に会ったら伝えておくよ」

俺はもう一度戦斧《せんぷ》を持ち上げた。

「君たちのパパは、まったくムダに無意味に無用に死んだってさ」

命乞いの声は鈍い音にかき消された。残ったのは誕生日ケーキのように頭のかち割れた死体だけ。恨みはないが、生きていても困る。

「どうする？　残りはアンタだけだぜ」

振り返ろうとした瞬間、背中に冷たい風を感じた。とっさに斧《おの》を捨てて飛《と》び退《の》くと、一瞬遅れて聖騎士様の大剣が地面をえぐり取っていた。

「名乗りも上げず背中から不意打ちか。最近の聖騎士様はそういうのが流行なのかな」

「黙れ！」

ラトヴイッジが整えられたひげを震わせて叫んだ。

「貴様こそ、よくも正体を謀《たばか》っていたな」

「何のことだ？」

「とぼけるな！　そんな怪力の持ち主などそうそういるものか！」

その声には怒りと恐怖がにじんでいた。

「貴様、『巨人喰い《ジャイアント・イーター》』……『百万の刃《ミリオンズ・ブレイド》』のマデューカスだな！」

「こらまた懐《なつ》かしい名前を聞いたもんだ」

ここから海を渡った東の大陸に、七人組の冒険者パーティがいた。腕力や魔法、知力など各自が万人に優れた能力を持ち、多大な功績を上げた。そして七人全員が七つ星を獲得した。当時最強をうたわれた冒険者集団。それが『百万の刃《ミリオンズ・ブレイド》』だ。

中でもマデューカスときたら人並み外れた体力と腕力で数多くの功績を挙げた。ミノタウロスを絞め殺し、吸血鬼の喉笛を噛《か》みちぎり、山羊頭の悪魔《バフォメット》の頭を頭突きで砕き、ドラゴンの牙をへし折り、鉄巨人の腹に素手で風穴を開けた。ついたあだ名が『巨人喰い《ジャイアント・イーター》』。当時は名前を聞いただけでほかの冒険者どもはびびって逃げちまったものだ。おまけに色男で背が高くて話も面白くてあちらも達人だから女にもモテモテ。学がないことを除けばまさに完璧な男だった。

「パーティを解散した後は姿をくらませたと聞いていたが……。正体を隠して姫様に近づいて、何を企《たくら》んでいる！」

「人違いさ」

俺は首をすくめた。

「あいつは死んだよ。ケツの穴おっぴろげ太陽神のせいでな。ここにいるのは、アンタも知ってのとおり、姫騎士様のかわいいヒモだよ」

「寝言はたくさんだ！」

ラトヴィッジは苛立《いらだ》たしげに剣を地面に叩《たた》き付《つ》ける。先端が岩をバターみたいに切り裂いて地面に突き刺さっている。そういえばやっこさんのはナントカって魔法の剣だったか。アルウィンによると、魔法の力で短時間だけ切れ味が鋭くなって、鉄でも岩でも切り裂いちまうって話だった。

「ここで貴様を殺す。貴様のような忌《い》まわしいウジ虫《むし》は生かしてはおけん」

剣を引き抜くと、剣を胸の辺りで構えながらすり足でにじり寄ってくる。

慎重に、かつ確実に息の根を止めるおつもりのようだ。

付き合う義理はないのだが、雲も出てきた。こちらもあまり時間がない。

さっさと始末するに限る。

俺は両手を広げながらハグを求めるように大股で近づいていく。

ラトヴィッジの表情は硬い。鎧《よろい》を着ている分、動きはどうしても鈍くなる。組み付かれて引き倒されたらそこでおしまい。関節を極めるのも首の骨を折るのも俺の思うままだ。

あと数歩で大剣の間合いに入る、という時にラトヴィッジが吠《ほ》えた。地を滑るように距離を縮め、大剣を振り下ろす。俺は両手を上げた。

すさまじい勢いで振り下ろされた大剣は俺の頭上で止まった。剣の腹を俺の両手に挟まれて。

「なっ！」

「悪いね。俺の狙いは最初からこっちなのさ」

両手で剣を挟んだまま体勢を変える。半身になりながらラトヴィッジの懐《ふところ》に潜り込むように体を密着させる。俺の腕っぷしで挟まれた魔剣は、そのままラトヴィッジの手からすっぽ抜ける。剣を奪われた勢いで童貞聖騎士様はバランスを崩して前のめりになる。二、三度たたらを踏むと、つんのめって倒れ込む。自然と俺の方にケツを突き出した格好になる。

「あ、その、なんだ」

俺は苦笑しながら頭を掻《か》いた。

「悪いけど、俺の『魔剣』は姫騎士様に捧《ささ》げているもんでね。いくらアンタに誘われても付いていくほど節操なしじゃない。せめて鎧《よろい》を脱いでからにしてくれないかね。生のケツを見せられたらもしかしたら気持ちも変わっちゃうかも」

「貴様っ」

振り返ったラトヴィッジの顔は赤黒く染まっていた。ひげと顔を土まみれにしたまま、俺に殴りかかってきた。

「やめろよ」

俺は魔剣を後ろに放り投げると、その拳を受け止める。

「いくら振られたからって暴力はよくないんじゃないかな」

力を込める。聖騎士様の悲鳴が上がった。銀色の手甲の隙間から赤い雫《しずく》がにじみ出している。痛みから逃れるようにラトヴィッジが今度は左手で殴りかかってきた。

殴られるのはイヤなので俺は握っていた手を頭上に上げた。腕を引っ張られた騎士様の体が俺の体と密着しながら宙に浮く。自然とラトヴィッジの顔が近づく。

「キスでもして欲しいのかな」俺はにやりと笑った。「でもお断りだ」

俺は背を向けながら腕を思い切り引っ張った。ラトヴィッジの体が鎧《よろい》ごと俺の背中を越えていく。音を立てて地面にお尻から着地した。

「そら、もういっちょ」

同じ要領で腕ごとラトヴィッジを振り回す。今度は背中、次は腹ばいになって地面とキスする。もう一度持ち上げようとしたが、抵抗らしき動きはなかった。全身の激痛に耐えるので精一杯らしい。どうやら三回も大地とキスしたせいで腰か背中の骨をやってしまったようだ。

「張り切りすぎだぜ。もうちょい歳《とし》と回数を考えた方がいいんじゃないかな」

「殺せ」

うわごとのように言った。

「ここまでの恥辱を受けて、生きていられるものか。それに、貴様が姫に言えばどのみち私は終わりだ」

悟ったような物言いに俺はむかっ腹が立ってきた。

「あのな、おっさん」

うつぶせに倒れた聖騎士様の顔を持ち上げる。

「その程度の覚悟でアンタはアルウィンの護衛やっているのか？　甘えるなよ。アンタは彼女がどれだけの覚悟を持って迷宮に挑んでいるか知らないのか」

「もちろん知っている」ラトヴィッジは誇らしげに言った。

「魔物に滅ぼされた故国を救うため、年若の身でありながら常に我々の先頭に立っておられる。伝説の戦乙女のようなお姿に我々は」

「それだけか？」

俺が聞きたいのは吟遊詩人の英雄譚《たん》じゃない。

「私も最初は『迷宮』攻略など夢物語だと思っていた。けれど、姫は諦めなかった。光届かぬ暗黒の中でも常に自ら率先して魔物に立ち向かい、我々を導いておられた。王国再興のため、土地を失った人民と家臣のため、亡《な》くなられた国王様王妃様の仇討《あだう》ちのため、命をかけて戦ってきた。仲間を失おうと、その足は止まらなかった。全てうまくいっていたのだ。お前が現れるまでな！」

「もういいよ」

俺は手を放した。どすんと聖騎士様があごで四度目の地面キスを決めた。

このおっさんは結局、何にも分かっちゃいなかったのだ。自分の守るべき女性がどんな人間か。肝心なのは『姫騎士』という看板であって中身には興味もないのだろう。そう考えると、怒るのもバカバカしくなった。

俺は魔剣を拾い、ラトヴィッジの目の前に突き刺した。地面に深々と沈んでいき、柄に引っかかって止まった。柄の飾りにマヌケ面が浮かび上がる。

「いいか。今後一切、俺の命を狙おうだなんて考えないことだ。そうすりゃあ、今回のことは内密に済ませてもいい。だが、もしまた俺の命を狙ったり今日のことを誰かに喋《しゃべ》ったら、俺は全部、姫騎士様にばらす。何もかも一切だ」

「殺さないのか？」

「そのつもりならとっくにやっているよ」

俺はため息をついた。どうしてこう、この聖騎士様は察しが悪いのか。

「アンタを殺したら誰が『迷宮』でアルウィンを守るんだ？」

「お前が」

「バカ言っちゃいけない」

俺は首を振った。

「俺には俺の使命ってものがあるんだよ。あの坊やにも言ったろ？　俺たちの仕事は等価値だって。とにかく、アンタは何も考えずにアルウィンを守っていればいいんだよ」

ラトヴィッジはまだ惚《ほう》けた様子で寝転がっている。まあいい、用件は済ませた。

「じゃあな、俺はここで失礼するよ。あ、後始末はよろしく」

俺は背を向けると、さっき放り投げた鎌を拾いに森へ入った。その途端、全身が鉛の沼にでも浸《つ》かったみたいに重くなる。指先一つ動かすのも億劫《おっくう》だ。いつものこと、とはいえ、なんとも忌々《いまいま》しい。とはいえ、ふらつくようなみっともない姿は見せられなかった。まだ背後から視線を感じるからな。そんなに俺のケツが気になるのかね、あの童貞聖騎士様は。

予想より遠くに飛んでいた鎌を拾い、森を抜けて荒野に出る。草も満足に生えない。岩と乾いた地面がいびつな紋様を刻んでいる。

吹きすさぶ風にでかい図体を震わせながら俺は鈍色の雲が広がる空を見上げた。今戦えばラトヴィッジどころかチンピラ冒険者一人にすら勝てないだろう。いちいち天気を気にしないとケンカ一つ満足に出来ないとは我ながら情けない。それもこれも全部、あのゴミクズ太陽神のせいだ。

あの時、俺たち『百万の刃《ミリオンズ・ブレイド》』は『太陽神の塔』という遺跡の探索をしていた。神話によれば太陽神が自分のために作らせたとされており、中には金銀財宝が山のように残っているという。天まで届くような塔の中、桁外れの数の魔物やらワナをかいくぐり、どうにか最上階までたどり着いた。と思ったら頭の中に直接、声が響いてきた。

【お前はこれより先、我が目の届く範囲でしか、その力を振るうこと能《あた》わぬ】

テメエの寝床に踏み込まれたのが、よっぽどお腹立ちだったらしい。ケツの穴の小さな太陽神によって、俺たちは『呪い』を掛けられた。ある者は視力を失い、ある者は魔法を封じられ、ある者は冒険者としての目的を失い、そして俺は『力』を奪われた。

寝小便垂れ太陽神の『呪い』のせいで、思うように力が出せなくなった。出せるのはあいつの監視下、つまり太陽の照っている間だけだ。日陰でもダメ、雲が出ていてもダメ、建物の中もダメ。冒険者は日陰者の商売だ。『迷宮』はもちろん、森や洞窟にも入れない。開けた草原や荒野でも日が陰れば一般人以下になってしまう。俺は冒険者としての生命を絶たれた。

パーティは解散となり、俺は冒険者を引退した。

仲間の中には要職に就いたり、昔のツテを頼って仕事にありついた奴《やつ》もいる。

けれど、俺は頭も悪ければ魔法も使えない。文字だって名前を書くのがやっとだった。戦い以外にとりえのなかった俺には、まともな働き口すら見つからなかった。それどころか、昔小突いてやった連中やその仲間に嗅ぎ付けられ、命を狙われる始末だ。俺は逃げた。

金も失い、名前を捨て、放浪の末に海を渡ってたどり着いたのが『灰色の隣人《グレイ・ネイバー》』という『迷宮都市』であり、冒険者の街だった。ここでもまともに働く術などなく、ブラブラしている時に『深紅の姫騎士』ことアルウィンと出会い、色々あって今に至る。

アルウィンのために働くのにいちいち天気を……あの太陽神《クソッタレ》の顔色をうかがわないといけねえ、ってんだからやってられねえぜ。ああ、むかつく。

雲の隙間から太陽が覗《のぞ》く。幾重もの眩《まばゆ》い光に目を細めながら俺は空に向かい、中指を立てた。

街に戻り、家への近道のために大通りを曲がって『追いはぎ横町』を通る。まだ日も高いせいで人はまばらだが、既にできあがっているのもいて、店先に小間物をぶちまけていたりする。

一日一回は道を汚さないと生きていけないアホがこの街には多い。

鼻をつまみながら歩いていると、後ろから二人の男が担架を持って近づいてきた。担架に乗っているのは男だ。顔に布が被《かぶ》さっているし、運ぶ連中も面倒くさいって感じだ。死んだ行き倒れか貧乏人を『千年白夜《せんねんびやくや》』まで捨てに行くようだ。胸の辺りが赤く染まっているから強盗に襲われたか、ケンカに巻き込まれるかしたのだろう。

俺の横を通り過ぎた時、運んでいた男がバランスを崩してよろける。

その瞬間、担架から小さなものが転げ落ちた。

アーモンドだ。

振り返れば、担架に乗った男の手が垂れ下がっているのが見えた。手首には黒い斑点が浮かんでいる。

俺は担架を見送ると、アーモンドを拾った。ホコリを払ってからそいつをポケットに突っ込み、また『追いはぎ横町』を進む。ここはそういう街だ。あいつには運がなかった。それだけの話だ。後ろで乾いた音がした。誰かがアーモンドを踏み砕いたのだろう。それもよくある話だ。落とし物を全部拾いきれるとは限らない。

ラトヴィッジがパーティから抜けると聞いたのはその二日後の夜だった。

「街を歩いている時に無頼どもに絡《から》まれたらしい。どうにか撃退したが、腰を強く打ってな。魔法でも治療は難しいらしい。しばらく親類のところへ戻り、静養することになった」

アルウィンからは落胆の色が隠せない。

「そうか、残念だ」

労《いたわ》るような声音を装《よそお》いながら俺は心の中でほっとしていた。俺と自分の秘密は、守り抜いてくれるつもりらしい。パーティを抜けるのは残念だが、自業自得《じごうじとく》と諦めてもらおう。

「それで『迷宮』の方はどうするんだ？」

「親類から応援をよこしてくれるそうだ。この街で募集をかけることも考えたが、やはり信頼のおける人間がいいからな」

壊滅したとはいえマクタロード王国騎士団の生き残りは方々に散らばっている。ラトヴィッジがその縁を使って新たなメンバーを募集するそうだ。

「到着するまで、しばらくは勘と腕が鈍らないよう浅い階で我慢するしかない」

一刻も早く『迷宮』を攻略したい彼女としてはとんだ足踏みだろう。

「まったく災難続きだな。泥棒には入られる、仲間はいなくなる」

彼女には留守中にこそ泥が入ったと言ってある。

「気を落とすなよ。そのうちいいこともあるさ」

元気づけるべく、つとめて明るく振る舞う。

「焦《あせ》らないことだよ。ムリをすればかえって攻略は遅くなる」

「そうだな」

「座って待ってなよ。もうちょいで一流シェフのフルコースのできあがりだ」

今夜はサラダとタラの炒《いた》め物、牛肉の柔らか煮だ。スープは鶏肉《とりにく》と豆入りだ。

台所で煮え立つ鍋の味見をしていると、不意に温かい感触がした。甘い匂いとともに袖が引っ張られる。

俺は苦笑した。

「もう少しで夕食なんだけどね」

「分かっている」

背中越しの声はひどく子供のようにすねて聞こえた。

「我慢できそうにない？」

こくんとうなずく気配がした。俺の腰に回された手がわずかに震えている。

「ラトヴイッジが抜けると知ってから色々不安になって、お前の顔を見ていたら」

「しょうがないな」

俺は作りかけの鍋に掛けた火を消すと、アルウィンの肩を抱く。

「二階に置いてある。取ってくるよ」

「私も行く」

「仰《おお》せのままに」

俺とアルウィンは連れだって二階への階段を上がった。

まったく人使いの荒い姫騎士様だ。

ヒモをやるのも楽じゃないね。

第二章　ヒモは朝まで戻れない

姫騎士様と同棲《どうせい》なんぞしているせいで、どうも世間から伊達《だて》男のように思われているらしい。

そのせいか恋愛の相談をよく持ちかけられる。やれ、あのオンナを口説くにはどうすればいいか、とか、彼氏が浮気《うわき》しているみたいだけど、どうすればいいか。

ヴァネッサから受けたのもそのような類だと思っていた。

「最近、スターリングの様子がおかしいのよ」

そう言いながら彼女は間仕切り《まじき》の向こうで憂い顔を見せた。

俺がいるのは買取場の横、冒険者ギルドの別棟にある鑑定部屋だ。部屋の真ん中が右から左へ線を引くように石壁で仕切られている。左端には小さな扉も付いているが、カギが掛かっており、向こう側からしか開けられない。部屋の中央にはカウンターになっていて、半透明な硝子《ガラス》板に、荷物を出し入れする下開きの蓋が付いている。冒険者は鑑定依頼品を蓋に入れ、そこから奥にいる鑑定士に渡す仕組みになっている。

ヴァネッサは冒険者ギルドの鑑定士だ。

ギルドでは希少な草花や魔物の毛皮やウロコや骨といった珍品や貴重品を買い取り、職人や貴族の好事家《こうずか》に売りさばいている。

だが、持ち込まれるものが全て本物とは限らない。知恵の足りない奴《やつ》がニワトリの骨をドラゴンの骨と言い張ったりする。ちょいと気の利《き》く奴《やつ》は、わざと汚してそれっぽく見せかける。だますつもりはなくても、無知さ故に犬の小便が掛かったトリカブトを伝説の薬草と勘違いする場合もある。

そういうとち狂った連中の持ち込むシロモノを見分けるのが鑑定士だ。

魔物の生態や贋作《がんさく》の作り方とその見抜き方といった幅広い知識を持ち、真贋《しんがん》を見分ける目利《めき》き、そして経験が必要とされる。俺も冒険者時代はあちこちのギルドを回ったが、ろくな鑑定士がいないギルドはたいていダメだった。ある意味、冒険者ギルドではもっとも重要な職務だ。

ヴァネッサはその中でも一流だった。聞いたところによると美術商の娘に産まれ、幼い頃から目が肥えていた。十七歳の時に商売が傾き一家は離散、彼女は冒険者ギルドに就職した。

冒険者上がりのアホンダラが多いギルドの中でもインテリなのだ。

栗色《くりいろ》の瞳に、赤みがかった茶色の髪を首筋でまとめている。疲れは見えるが肌つやもいい。

世間の評価は知らないが、俺から見れば十分美人の範疇《はんちゅう》に入る。

デズに金をたかりにギルドを訪れた時に知り合ったのだが、ほかの連中と違い、ごく普通に対応してくれた。

冒険者ギルドで俺と普通に付き合っているのは、デズとエイプリルと彼女くらいだ。

以前、暇なときに彼女の鑑定を横から見ていたことがあるが見事なものだった。山と積まれた薬草の中からたった一本の貴重な薬草を見分けた。この街の冒険者ギルドを陰で支えていると言ってもいい。ギルドの鑑定士はほかにもいるが、個室を与えられている鑑定士はヴァネッサだけだ。

「スターリングのやつがおかしいのは、いつものことだろ」

俺はイスの背もたれに体重を預けながら冷ややかに言った。

「また紫色の海から這《は》い出《で》たテンタクルスを君だと言い張っているんだろ。あいつは病気だよ。お脳か目のどっちか、あるいは両方が酒でやられちまっているんだ。医者に診せた方がいい」

「違うのよ。そうじゃないの」

ヴァネッサは首を振った。

「あれは心内風景を抽象的にとらえているのよ。二〇〇年前にトーリムナ王国で流行《はや》った手法なの。彼、博識だから」

「ただのロクデナシだよ。君が今まで付き合った連中と同じだ」

美人で仕事ができるヴァネッサにも大きな欠点がある。男を見る目がないのだ。それも決定的に。

俺がこの街に流れ着いて二年ほど経《た》つが、その間に男を次々と変えている。しかもどいつもクズか能なしか穀潰しだ。

ワトキンは酒と弱い者いじめが大好物で酒を飲んでは小さな子供ばかり殴っていたら、やくざ者の息子にまで手を上げてしまい、それっきり姿が見えなくなった。タイニーは闘鶏バクチにはまって彼女の家から金や宝石を盗んだあげく、ギルドの鑑定品にまで手を出そうとして、腕を切り落とされた。オラフは三股四股当たり前で、最後は病気をもらって死んだ。オスカーは『クスリ』の売人で、やくざのブツをかすめとった挙げ句に街から姿を消した。

今付き合っている男もスターリングという、彼女より二つ年下の絵描きだ。線の細い優男で、顔はいい。だが絵の才能がまるでない。素人《しろうと》の俺から見てもド下手くそだ。それだけならまだしも、やれ今日は気分が乗らないだの腕が痛いだのと言い訳をしてろくに描こうとしない。

俺が言うのもなんだが、男は選ぶべきだろう。

まあ、そんな彼女だからこそ俺なんぞと普通に酒飲んだりたまに金も貸してくれるのだろう。まさに救いの神だ。太陽神なんぞはケツ拭く紙ほどにも役に立ちゃしないが、彼女のためなら今すぐ剃髪《ていはつ》してもいい。姫騎士様は寛容なので個人の信仰にまでは口を出さない。

「それじゃあ、何なんだ？　夜のこと以外ならあまり相談には乗れそうにないけどな」

俺も姫騎士様のお世話で忙しい身だ。時間を割く以上、ただという訳にはいかない。もちろん前払いだ。ヴァネッサのような美人なら別の方法での支払いも受け付けているが、惜しいことに今のところすべて現金だ。どうやら俺はヴァネッサの対象外らしい。いや、残念だ。

「恋愛のことなら悪いけれど俺に言えることはたった二つだ。『当たって砕けろ《Go for break》』、

『なるようになる《Que sera sera》』」

　ヴァネッサはため息をつくと、頭痛がするとばかりにこめかみに手を当てる。

「最近、スターリングの羽振りがいいというか。渡してあるお小遣いじゃ買えそうにないものまであるの」

「パトロンでも見つけたのかもな」

「彼の絵は一枚も売れてないわ」

　俺は驚いた。あのけったいな絵を一枚一枚、区別できるとは。

「それにご近所の話だと、変な男がアトリエに出入りしているみたいで」

「ああ、そっちの方か」

　優男だから需要はありそうだ。

「そっちでもないわよ」

　語気を強めて言った。

「この前、確かめたけど、その、そういう痕跡もなかった」

　何をどうしたかはあえて聞くまい。

「要するに、スターリングが体以外の何かで稼いでいるらしいから、そいつを確認して欲しいってことか」

「お願い、マシュー」

手を組んで祈るような仕草をする。

「こんなこと頼めるのはあなたしかいないのよ。直接聞いても答えてくれないだろうし、あなたならスターリングとも顔見知りだし」

「オーケー、了解」

ヴァネッサには日頃から世話になっている。お使い程度ならお安いご用だ。

「それで、借金はどのくらい割り引いてくれる？」

「とりあえず、返済は来月まで待ってあげるわ」

彼女はにこりともせずに言った。ため息をつきながら俺は立ち上がった。

「それじゃさっそく覗《のぞ》いてくるか」

「ちょっと待って」

鑑定部屋を出ようとしたところで後ろから呼び止められた。

「ポリーからは何か連絡はあった？」

一瞬固まった後、俺は首を振った。

「いや、手紙どころかウワサ一つ聞かない」

「そう」ヴァネッサの顔が曇る。

「あの子、どこにいるのかしら。どんなに大変でもお母さんのお墓参りだけは毎年欠かさなかったのに」

「無事だったとしても戻りづらいだろ。仲間うちからもにらまれちまったしな」

被害者はもうこの街にはいないが、悪評だけは一年経《た》っても残っている。

「どこにいるのかしら。あなたにも何も言わずいなくなるなんて」

「捨てられたのさ」

俺は肩をすくめた。

「全部俺が悪いんだ。あの頃の俺は、ポリーと真剣に向き合おうとしなかった」

「悪い子じゃないのよ」

ヴァネッサが苦笑する。

「ただ、弱い子なのよ。気が小さくって流されやすくって」

「みんなそうだよ。俺も君もな」

昔は自分だけは特別だと思っていた。けれどそうじゃなかった。人並み外れた腕っぷしがなければ、俺もそこらの凡人かそれ以下だ。

「君の方こそ何か連絡はないのかい？　仲良かっただろ」

「さっぱりよ」

寂しそうな憂い顔には幸薄そうな色気がある。

「最近思うのよ。もう少しあの子に何かしてあげられることがなかったかなって」

「あまり自分を追い詰めない方がいい」

努めてなだめるように言った。

「こう言っちゃなんだが、元を正せばポリーに責任のある話だ。優しいのは結構だが、背負い込みすぎるのは良くない」

「そうね」

ヴァネッサは口元を手で覆い、鼻をすすった。

「もし帰ってきたら責めないであげて……って、今のあなたに言う話じゃないわね」

「気にしなくていいよ。うちの姫騎士様は寛大であらせられるからな。昔の色事に目くじら立てるお方じゃない」


スターリングのねぐらは南側の『油絵通り』にある。頭のいかれた芸術家もどきが集まる界隈《わい》の端っこに『山猫の黄昏亭《たそがれ》』という小さな酒場があって、そこの二階がやっこさんの部屋だ。ちなみに家賃はヴァネッサが出している。

早くもくだを巻いている酔っ払いどもの騒ぎ声を聞きながら外の狭い階段を上る。黒く変色した階段が軋《きし》みをあげる。舌がなめらかになるよう、比較的上等なエールも持参した。二階の狭い廊下を渡り、三つ並んだ部屋の真ん中の扉をノックする。

返事はない。扉を引くと、簡単に開いた。

梁《はり》の見える天井に、斜めになった壁に付いた小さな窓はまさしく屋根裏部屋と呼ぶべきものだ。さして広くもない部屋の中にはイーゼルに載ったカンバスがところ狭しと立っている。描いてあるのは、風景とか花ビンとかお尻を向けたお姉ちゃんとか、王冠被《かぶ》った右向きの王様とか、終末の魔王とか、てんでばらばらだ。共通しているのはたった一つ、どれも未完成だ。

「ん？」

部屋の真ん中あたりで足下が滑るのに気づいた。見下ろすとその辺りだけわずかに変色していた。しゃがみこんで指先で撫《な》でてみた。イヤな予感がして、床に這《は》いつくばって息を吸う。間違いない。拭き取ってはいるが、こいつは血の跡だ。

あの野郎、どんなドジを踏みやがった？　立ち上がり、改めて部屋の中を見渡すと、窓の下に白い布をかけられた何かが目に付いた。上からすっぽりと覆われてはっきりとした輪郭はつかめないが、てっぺんを中心にテントのようにとがっている。この大きさのものを隠せるとしたら何だ？　たとえば、しゃがみこんだ人間なんていうのはどうだろう？

俺は布の縁から足が出ていないかを確かめながら布のてっぺんをつまみ、一気にはぎ取った。目に飛び込んできたのは、丸っこい石ころだった。小さなイスの上に木箱が置いてあり、そこにはたくさんの石が詰まっていた。脅《おど》かしやがって。ほっと息を吐いて、手に取ってみたが、宝石やその原石でもなさそうだった。

何だろう、と首をかしげていると、背後から物音が聞こえた。振り返って音のした方に向かうと、部屋の住人が床に寝転がっていた。

イーゼルとカンバスの森の奥で、スターリングは部屋の隅で毛布にくるまって眠っていた。この部屋にベッドはない。金に困って売り払ってしまったそうだ。心地よさそうに寝息を立てやがる。これで絵筆の一本でも握っていれば格好も付くのだろうが、手の中にあるのは女物の下着だった。昨日はどうやらお楽しみだったらしい。働きもせず、オンナに養ってもらっているくせにその金で別のオンナとよろしくやっている。最高だよな。

「おい、起きろ」

つま先で背中を軽く蹴るとスターリングが毛布の中で動き出した。

「またするの？　昨日あれだけ愛し合ったじゃないか」

寝言をほざきながらゆっくりと顔を上げる。

「あれ、マシュー？」

寝ぼけ眼で大あくびをする。

「今日、飲みに行く約束していたっけ？」

「お前さんに聞きたいことがあってな。早く起きろよ」

もう一度毛布の上からスターリングの腰をつま先でつついた。

「それともお目覚めのキスでもご所望かな？　俺でよければ濃厚なのをプレゼントしてやってもいいがね」

スターリングは跳ね起きた。

「ところで、そこの床の血はなんだ？　刃傷沙汰《にんじょうざた》でも起こしたのか」

　スターリングは首を振った。

「インクだよ。ジュムスの血から僕が作ったんだ」

　ジュムスというのは『千年白夜《せんねんびゃくや》』の地下五階あたりをうろつき回る魔物だ。六本足のヤギを白黒まだらにした奴《やつ》を思い浮かべてくれればいい。あとはそいつの背中にコウモリの羽根を付けて、ひづめの代わりにクマの手を付ければ完成だ。ついでに言うと、走る速度は馬並みだ。あとアソコも。

　ジュムスの体液は空気に触れると粘着力が強くなる。乾くと、こびりついてこすってもなかなか落ちない。ジュムス自体、さして強い魔物でもないのでこの辺りではニカワの代わりに使われている。

「新しい絵の具の材料を試しているところなんだ。うまくいけば、ものすごい深みのある赤になるはずなんだよ」

「あっちの石ころもそうか」

「ああ、あれね」

　スターリングは、カンバスの隙間から覗《のぞ》き込むように首を傾ける。

「絵の具の中には、鉱石をすりつぶして色を出しているのもあるんだよ」

「俺はてっきり宝石でも見つけたのかと思ったのによ」

だったらヴァネッサからの依頼もすぐに片付いたのに。

「あんまり触らないでよ」

スターリングは立ち上がると、床に落ちた白い布をつかんだ。

「陽に当たると変色しちゃうから。こうして隠しているんだ」

「へいへい」

俺は肩をすくめた。

「ところで、最近は随分金回りがいいらしいじゃねえか。何かもうけ話でもつかんだのか？」

布を掛けようとしたスターリングの手が止まった。

「それは……」

その態度はこれ以上ないほど分かりやすかった。後ろ手で布をかぶせると、目を泳がせる。

「お前さんはいい奴《やつ》だよ」

やっこさんの自白に理解者を装《よそお》いながらため息をつく。

「隠し事なんか出来やしない。もしヤバいヤマ踏んだのならさっさと手を引け。ヴァネッサも心配している」

「違うよ。そんなんじゃないんだ」

手のひらをズボンで拭きながら反論する。

「別に罪になるわけじゃあない。誰も傷つけたりなんてしない。確かに少しばかり不名誉かもしれないけど」

その言葉で俺はぴんと来た。

「もしかして、『ついばみ屋』か？」

『迷宮』には色々なものが落ちている。冒険の途中で冒険者が落としたり無くした武器や道具、死んだ冒険者の遺品、ほかにも倒された魔物の亡骸《なきがら》なんかもそのままになっている。腕利《うでき》きの冒険者にとって浅い階の魔物なんかゴミ同然だ。いちいち皮をはぎ取ったり、耳を切り取ったりはしない。全部放置して下への道を進む。時間が経《た》てば『迷宮』に吸収されるが、その前に死体を解体し、冒険者ギルドに持ち込む。

これ自体は違法でもなんでもない。ギルドにとっては毛皮なり骨なりがきちんと持ち込まれればいいのであって、出所は問わない。

だが、当然冒険者にとっては面白くない。自分たちの苦労をかすめ取る行為と思っている。だから冒険者たちはそういう連中を畑の種をほじくり返すカラスになぞらえて『ついばみ屋』と呼び、さげすんでいる。

冒険者なんて気の荒い連中ばかりだ。機嫌の悪いときに見つけたら腕の一本や二本くらい平気でへし折る。最悪は『迷宮』に連れ込まれて何やかんやされる。当然、規則違反だが、『ついばみ屋』なんて冒険者崩れか貧乏人ばかりだ。殺しでもしない限りギルドも積極的には動かないし、『迷宮』の中では殺されても証拠がなければそれまでだ。たいていは事故で済まされる。

「分かっているよ、マシュー」

スターリングはへつらうような笑みを浮かべた。

「僕だってまだ死にたくはない。少しだけだよ」

スターリングの目はいたずらが見つかった子供のようだった。叱られることに怯《おび》え、何とか罰を逃れようと言い訳を考えている。

「浅い階でしかやっていないし、顔はほっかむりして隠している。ばれないように、別の人に頼んで持ち込んでもいる。いくら何でも冒険者とやり合うつもりはないからね。それに」

「『ついばみ屋』自体はどうでもいいんだ」

俺はうんざりしながら言った。とっちゃん坊やの言い訳に付き合うのはまっぴらだ。

「けど、それだけじゃあないだろう。『ついばみ屋』の稼ぎなんて限られている。お前さんの金回りの良さを考えたら、毎日『水晶狼《クリスタル・ウルフ》』の毛皮でも拾わないと割に合わない」

「僕の本業を忘れたのかい？」

スターリングはイーゼルに載ったカンバスをゆりかごのように揺らした。

「お前さんが宮廷画家なら納得だがね」

半分しか描かれていない花ビンの絵を見ながら俺は言った。

「ヴァネッサはお前の絵をすべて把握しているそうだ。その彼女が断言しているんだ。お前の絵は一枚も売れてないってね」

「たまに依頼が来る時もあるんだ。肖像画とか、あとパン屋の看板とかね」

酔狂な奴《やつ》もいたもんだ。

「マシューはいいよね。あんな美人の姫騎士様と一緒に住んでさ。うらやましいよ。あーあ、僕もあやかりたいな」

「バカ言うな」

アルウィンとの生活もこれはこれで大変なんだぞ。

「第一、お前さんにはヴァネッサがいるだろ」

「だってヴァネッサはあんまりお小遣いくれないし」

「ウチだってそうだよ。『迷宮』攻略には金がかかる」

武器や防具の手入れは欠かせない。もし壊れたら新しく調達しないといけない。ほかにも食料品やら傷薬やら消耗品も補給する必要がある。マクタロード王国の生き残りどもはケチなので資金提供もほとんどないらしい。

「そういや、飾りとか付けてないよね。指輪とか、イヤリングとか、高そうなネックレスもこのところ全然見かけないし。売り払ったの？」

「そんなもん付けて『迷宮』に行けるわけねえだろ。なくすだけだ」

「わかった、戦っている間に落としちゃったんでしょ？　今度探してみようかなあ」

「好きにしな」

呑気《のんき》な発言に、俺は途端にバカバカしくなった。

この坊やが絵描きだろうが『ついばみ屋』だろうが男娼《だんしょう》だろうが、テメエの器量で稼ぐ分にはどうでもいい。ヴァネッサへの義理立てならこのくらいでいいだろう。

「ついでだ。その依頼主ってのを教えてくれ」

「確認のためかい？　信用無いな」

「お前さんの絵を看板に使おうって酔狂だ」

俺は言った。

「小麦粉の代わりに石灰混ぜ込んでてもおかしくねえからな。用心のためだよ」

その後、スターリングと持ってきたエールを空にして別れた。家を出た頃にはもう黄昏《たそがれ》が街を満たしていた。

一応、絵描きの方や、『ついばみ屋』についても裏は取っておくべきかと思ったが、それは明日でもいい。ヴァネッサへの報告も後回しだ。

ほろ酔い気分で家に戻ると、鍵が開いていた。まさか、また泥棒か？

緊張しながら扉を開ける。

「どこに行っていた？」

すごんだ声が聞こえた。麗《うるわ》しき姫騎士様が待ち構えていた。

なんでもラルフ坊やがケガをしたために予定より早く切り上げてきたのだという。とりあえず着替えてからメシにする。

小さな食堂でテーブルに向かい合って座る。アルウィンと二人きりでとる夕食は静かだが、心地よい。ロウソクの明かりは心細いが、これはこれで味がある。今日は料理する暇はなかったので外で出来合いのものを適当に見繕ってきた。

「『ついばみ屋』か」

鴨《かも》のロースをフォークで切り分けながらアルウィンが言った。

「言われてみれば、そういう者たちを見たような気もする」

鴨肉《かもにく》を飲み込んだ後で首をひねる。

「『迷宮』の床に這《は》いつくばっていたり、わざわざ暗がりの方に魔物の死体を引きずっていた。何故《なぜ》だろうか、と思っていたがそういうことか」

肉汁でいっぱいになったお口にワインを流し込む。

「ギルドも『ついばみ屋』を禁止すればいいのに」

「したくても出来ないのさ」

俺は裏の事情を説明して差し上げる。

「『ついばみ屋』の大半は、戦えなくなった冒険者や貧乏人やその子供だ。そいつを禁止するってことは連中の金づるを奪うってことになる」

金のない貧乏人が行き着く先は、飢え死にか犯罪だ。清貧なんてのは事情を知らないお偉方の妄想だろう。世の中、僧侶や聖職者向きの人間ばかりではない。

「だったらそのスターリングという男は、貧しい人たちの取り分を奪っている、ということじゃないのか？」

アルウィンが憤慨した様子で口の中の鴨肉《かもにく》をかみ砕く。

「はしたないよ」

俺は眉をひそめた。ハンカチを取り出し、ソースの付いた口元を拭いて差し上げる。アルウィンは子供ではない、とわずらわしそうに手を払いのける。俺に言わせればそういう仕草こそが子供っぽいのだが。

「だからナイショでやっているんだよ。あいつの顔はギルドでもそこそこ知られている」

俺ほどではないが、スターリングも冒険者やギルドの職員から嫌われている。あんな美人な稼ぎ人をモノにした能なし絵描きなんて、殴ってくださいと言っているようなものだ。

「忠告はした。あとは本人の問題だ。バカが何しようと知ったこっちゃない。自業自得《じごうじとく》だ」

不意にアルウィンが彫像のように固まった。胸の奥にたぎる怒りやら後悔を押し込めるように、フォークとナイフを強く握りしめる。

「すまない、失言だった」

俺としたことが、またへまをやらかしてしまったようだ。

「悪かった」深々と頭を下げる。

「気にするな」

アルウィンは気品に満ちた笑みを作る。

「今更お前の冗談で傷つくほど繊細ではない」

「これはこれは、随分たくましくなられましたな」

「たちの悪い指南役のおかげでな。おかげで冒険者どもの戯《ざ》れ言《ごと》も聞き流せるようになった。むしろ生ぬるいくらいだ」

「恐悦至極にございます」

今度は道化師のように冗談めかして一礼する。アルウィンが水に流そうとしているのだ。ならばここは全力で乗っかるべきだろう。

アルウィンはひとしきり笑った後、寂しそうな顔をした。

「今日は色々あってな。アンディを覚えているか？」

「ああ、あの傭兵《ようへい》くずれの兄ちゃん」

歳《とし》は二十三か四だっただろう。細身だが、背中に背負った大剣で力任せの戦い方をしていたらしい。短髪の赤毛で色黒、笑うと愛嬌《あいきょう》のある顔をしていた。アルウィンたちのパーティとも親しいつきあいをしていたはずだ。

「アンディが死んだ」

俺は息をのんだ。

『迷宮』で死んだというのならあきらめもつく。だが、アンディの死に方はあまり気分のいいものではない。衛兵ともめてな。突き飛ばされて転んだ時に頭を強く打ってしまったらしい。私が駆けつけた時にはもう息が止まっていた」

それはまた哀れな。野垂れ死に以外の言葉が見つからない。

「武器屋の支払いで言い争いになったらしい。自業自得《じごうじとく》、と言われても仕方がない。しかし、一つだけ気になる点がある。肝心のもめた原因だ」

「なんだい？」

「アンディが支払いに用意した金の中に偽金《にせがね》が混ざっていたそうだ」

姫騎士様の目が鋭く光った。

「その金を用意したのは、冒険者ギルドだ」

翌朝、まだベッドでおねむの姫騎士様を残し、俺は街に出た。念のため、スターリングに依頼したという酔狂なパン屋や、肖像画なんぞを描かせたがる自称・皇帝陛下に拝謁を願い奉《たてまつ》るためだ。

結論から言えば、スターリングはウソを言っていなかった。深緑色をした犬のクソを焼きたてパンと言い張る酔狂な店は、確かに存在していた。肖像画を頼んだという、元雑貨商というご老人もいた。念のために肖像画も見せてもらった。予想外に出来は悪くなかった。人間の肌が青と紫と灰色の斑《まだら》模様をしているのは、ちょいとばかりいただけないが。

報酬についてもそれとなく聞いてみたが、やはりネズミのフン程度の金額のようだ。これで稼げるかどうかは疑問だが、これ以上掘り下げるかどうかはヴァネッサ次第だ。

とりあえず『ついばみ屋』の件の裏取りと報告のために、冒険者ギルドに向かう。偽金《にせがね》の件についてもデズに聞きたかった。

俺の収入はほぼアルウィンからのお小遣いだ。彼女の収入は、『迷宮』で倒した魔物の死体や、拾いものを冒険者ギルドで換金したものだ。つまりギルドで偽金《にせがね》が蔓延《まんえん》すれば、俺にも影響が出る。せっかくいただいた小遣いが偽金《にせがね》だったら目も当てられない。泣いちゃう。偽金《にせがね》なんぞつかまされないように釘《くぎ》を刺しておこう。

そう思っていたが、その必要は無かった。

ギルドの前には大勢の人だかりができていた。

思い思いの罵声を上げながらカウンターの職員に詰め寄っている。

どうやら偽金《にせがね》のウワサが広まったらしい。出所はおそらくアンディの騒ぎだ。自分たちへの支払いにも偽金《にせがね》が混ざっているのではないかと、疑心暗鬼に駆られたのだろう。ギルド職員が説得という名の恫喝《どうかつ》でムリヤリ黙らせようとしているが、あれでは逆効果だ。頭に血の上ったバカには、水でもぶっかけた方が早い。

デズはどこだ？　こういう時のための用心棒だろう。あのごつい手で股間についているのを二つ三つ『偽金《にせがね》』にしてやれば、こんなアホどもとっとと逃げ出すのに。

「あ、マシューさん」

横からエイプリルが血相を変えて駆け寄ってきた。

「大変なの、デズさんがみんなにいじめられてるの。助けてあげてよ、友達でしょ」

「いや、ないない」

あいつをいじめられるバケモノなんぞ、このギルドどころか世界中探したっているものか。

「本当だよ。ほら」

指さした方を向くと、ギルドの隅で冒険者どもが誰かを取り囲んで糾弾しているようだ。幸いにも俺はほかの連中より背が高い。だから後ろから背伸びをすれば、詰め寄られているのはデズだとすぐに分かった。イスに座り、腕組みをして、相変わらず無愛想な顔で目を閉じている。足が床まで届いていない。頑丈だけが取り柄のブーツを微塵《みじん》も動かさず、死んだ蛇のように垂らしている。いじめられているようにも見える気がする。

「さっきからずっとあの様子なの。ね？　助けてあげようよ」

「君が言った方が早いんじゃないかな」

俺が出張るよりその方が角も立たない。偉大なるギルドマスターのお孫さんなら冒険者ども

も尻尾振って従うだろう。

「でもそれって、じーじの力だよね」

じ、じ、じーじ、ね。普段は大人ぶっているくせに、素に戻ると相変わらず子供っぽいな。

「手段選んでいる場合か？　デズを助けたいんだろ」

七光りだろうとなんだろうと使えるものは使っておくべきだ。後悔しないように。

「うん、わかった」

やむを得ないって感じでうなずくと、腕まくりをして大股で冒険者たちに近づいていく。

「こらー！　あなたたちデズさんに何を……むごっ？」

最後まで言い終わる前にくぐもった声に変わる。後ろからギルド職員が追いかけてきて、またお姫様をカウンターの奥へと保護していったからだ。物陰に消えるまで、その目はデズを助けてやれと訴えていた。まったく、心配しすぎだぜ。そもそも俺の助けなど必要ないってのに。あいつと真正面から戦って勝てる奴《やつ》はここにはいない。

「なあ、聞いているのか」

デズの向かいに座っているのは、大柄な冒険者だ。丸坊主《まるぼうず》で眉も太く、口も大きい。赤ら顔なのは、肌が白い分、血の気が顔に出やすいからだろう。

「テメエだろ」

どうやら偽金《にせがね》作りにデズが絡《から》んでいると思っているようだ。ドワーフと言えば見た目と違い、手先の器用な種族だ。目の覚めるような細工も片手で乳もみながら作っちまう。

この街にドワーフは少ない。ギルドに出入りしているドワーフは、冒険者を含めてもデズだけだ。だからギルドに広がった偽金《にせがね》はデズの仕業と単純に思い込んだのだろう。あいつが首謀者か、周りが焚《た》き付《つ》けたかは不明だが、よってたかって責め立てている。

デズは何も言わない。悪口雑言を右から左に聞き流している。

いや、あれは黙って耐えてやがるんだ。イカレダコの寝言なんぞ無視すればいいものをバカ正直に受け止めていやがる。

「何か言えよ、土豚」

丸坊主《まるぼうず》はドワーフへの蔑称を平然と口にした。場所が場所なら殺し合いになってもおかしくない。なのに、デズは言われっぱなしで何の反論も反撃もしねえ。クソッタレ。

「やあ、諸君。何の騒ぎだい。もしかして、娼館《しょうかん》行きの相談かな」

俺の呼びかけにその場にいた冒険者たちが一斉に振り返った。どいつもこいつもさげすみだの嫉妬だの殺意だとの陰気な視線ばかりだ。一人くらいは尊敬だの憧れだの抱いてくれてもいいんじゃないかね。

「話は聞かせてもらった。そこのひげもじゃが偽金《にせがね》作ってばらまいたってんだろ。なるほどね」

俺は人混みをかき分け、デズの隣に立つとその頭に肘を乗せる。

「お前さんたちの言うとおり。このもじゃひげはドワーフだ。しかも待遇も良くない」

用心棒に加えて荷物運びに草刈り、掃除、洗濯、靴磨き、『迷宮』に潜って遺品や死体の回収なんてのもある。毎日毎日こき使われて、給金はちびっと。普通なら不満も溜《た》まる一方だろう。

「だから偽金《にせがね》を作ってギルドに嫌がらせしてやった、と。まあ、納得のいく筋書きではあるね」

俺は何度もうなずいた。

「はっきり言うよ。そいつはお前さんたちの勘違いだ」

「なんだと」

「考えても見ろよ」

敵意むき出しで詰め寄ってきた丸坊主《まるぼうず》の言葉を途中でさえぎる。

「このひげもじゃにそんな知恵があると思うか？　自分の歳《とし》も満足に数えられないおバカさんだ。そのくせ腕っぷしは人一倍ときている。偽金《にせがね》作ってお前さん方に嫌がらせするくらいなら、直接拳でぶん殴った方が手っ取り早いしすっきりする。だろ？」

冒険者たちがざわめきながら天井を見上げる。カウンターの真上に真新しい板が打ち付けられている。先日、デズがとある冒険者を吹っ飛ばして天井に風穴を開けた。呻《うめ》き声がいくつか上がったのは、それを見ていた奴《やつ》が思い出したからだろう。

「誰かにそそのかされたって線もあるぜ」

「この陰気で無口のおっさんが誰かと話しているのを見た奴《やつ》いるか？　ああ、俺以外でね。友達もいない奴《やつ》に近づけば目立つに決まっているだろ」

「へえ、そうかい」

丸坊主《まるぼうず》は得心がいったと言いたげに、せせら笑う。

「つまり、首謀者はテメエってわけか」

偽金《にせがね》を作れるのはこのギルドでドワーフのデズくらいだ。デズと唯一親しい人間は俺。つまり、俺がデズをそそのかして偽金《にせがね》を作らせた。そう言いたいのだろう。バカバカしい。

「偽金《にせがね》作るくらいならこんな足の付くところにいやしないよ」

「ほかに誰がいるんだ？　ああ」

丸坊主《まるぼうず》が俺の胸ぐらをつかんだ。

「姫騎士様のケツ撫《な》でて金貰《もら》っているヒモ野郎がなめた口利《き》いているんじゃねえぞ」

「なんだ。うらやましいのか。早く言ってくれればいいのに」

俺は哀れみを込めて言った。

「正直アンタは趣味じゃあないが、どうしてもってんならお相手してもいいけどね」

俺は丸坊主《まるぼうず》の背後に手を回した。固いばかりで面白みもないケツを子猫の頭のように愛撫《あいぶ》すると、耳元に息を吹きかける。

丸坊主《まるぼうず》が激高《げきこう》しながら俺をぶん殴った。吹き飛ばされて壁にぶつかる。起き上がろうとしたところにでかい靴が何度も俺を踏みつけた。

腹や胸はさして痛くもないが、一発が股間に入った。天国が見えた。

蹴りを入れるのは丸坊主《まるぼうず》だけではなかった。調子に乗った周りのクズどもまで俺を踏みつけだした。そろそろやばいかな、と思っていると、俺を取り囲んでいた影が轟音《ごうおん》と悲鳴を残してかき消えた。

顔を上げるとデズの背中が壁のようにそびえていた。右手にはテーブルの脚が握られている。壁際《かべぎわ》には丸坊主《まるぼうず》を含めた五人の冒険者たちが、もつれ合って倒れていた。テーブルで五人まとめて吹き飛ばしたようだ。俺はその場にあぐらを掻《か》いた。

「余計なマネを」

「そいつはこっちの台詞《せりふ》だ」

デズが背中越しに言った。

「テメエはいつもいつもこっちの事情もお構いなしに首突っ込んで来やがる」

「だったら今度からその事情とやらを札にでも書いて首からぶら下げとけよ」

俺の目の前でしょうもないやせ我慢しているデズが悪い。

「テメエら、何の騒ぎだ」

外から胴間声がした。大柄な老人が大股で入ってきた。孫娘に泣きつかれたのだろう。冒険者ギルドのお偉いさんであるギルドマスターのおでましだ。

その後、ギルドマスターがアホどもに説教したおかげで事態はひとまず収束した。もうすぐ六十になろうかというのに、筋肉質な体つきも鷹《たか》のような眼光も現役の連中と遜色ない。若い頃は七つ星まで上り詰めた男だ。その武勇からギルド内だけでなく、この街の表と裏両方に影響力を持つ。そこらの腰抜け冒険者の敵う相手じゃない。

さっさと帰れ、と俺も放り出されたが、こっそり裏口からデズの部屋へと向かう。

デズはテーブルの側で腕を組んで立っていた。俺が入ってきたのを見ると、顔を背けた。

「悪かったな」

これはデズ流の「ありがとう」だ。このもじゃひげ伯爵様は礼なんか言わない。俺もいちいち礼なんぞ言われる筋合いでもない。

「借りならこっちで支払ってくれたらいいさ」

俺はデズの尻を撫《な》でた。拳骨《げんこつ》が鳩尾《みぞおち》に入った。今日一番痛かった。

「お前さんは面倒くさい奴だよ。昔っからな」

デズに偽金《にせがね》なんぞ作れるはずがない。作れない体にされちまったのだ。

「テメエに言われたかねえんだよ、マデューカス」

今でこそ、冒険者ギルドの職員という名の用心棒だが、昔はデズも冒険者だった。

『百万の刃《ミリオンズ・ブレイド》』なんてパーティで、色男のマデューカスさんと一緒に魔物どもをばったばったと薙《な》ぎ払《はら》っていたものだ。そしてあの塔で『呪い』を受けた。

デズは元々金属細工の職人志望だった。冒険者になったのは、珍しい鉱石や金属が手っ取り早く手に入るからだ。名声も栄誉にも興味はなく、あくまで世界一の細工職人になるための方法に過ぎなかった。

デズにかけられた『呪い』は『手先の器用さ』だ。金属加工も鍛冶も大得意だってのに、折り紙も折れないようなぶきっちょさんにされちまった。しかも俺と違って、太陽の下でも元に戻らないときている。

腕力自体は元のままなので冒険者としてなら十分やっていけただろう。けれど、夢を絶たれたデズは自分から冒険者を辞めた。手先の器用さを奪われて職人の道を絶たれた以上、続ける意味を見いだせなかったのだ。今では薄給でこき使われる、もじゃひげの便利屋だ。

それでも、自分の器用さが奪われたのを認められず、他人に知られるのをよしとしない。ひげもじゃに残された最後のプライドだ。

だから俺は太陽神を許すつもりはない。友達から夢を奪ったクソ野郎のケツの穴なめるなんざ、死んでもゴメンだ。

俺と同様、デズも『百万の刃《ミリオンズ・ブレイド》』にいたことは話さないようにしている。名前はそのままだが、ドワーフの中ではありふれた名前だし、何より人間にはドワーフの区別が付きにくい。しらを切り通せばそれまでだ。

じゃれあいも終わったので、テーブル越しに向かい合ってイスに座る。

「それで、今日は何の用だ？」

「用件自体は下のバカどもと一緒だよ。偽金《にせがね》の件だ」

デズの眉間のしわが深くなった。

「もちろん、お前さんが関わっているなんぞこれっぽっちも思っちゃいないがね。ただ状況が知りたい。ギルドの支払いは俺の懐《ふところ》にも関わるんでね」

「話せることはほとんどねえな」

デズによると偽金《にせがね》について冒険者ギルドが知ったのは、アンディの件が報告として上がる直前だという。

見つけたのは、我らがヴァネッサだ。支払いのために用意した金貨の重さがおかしいと気づいたらしい。秤《はかり》に掛けてみれば、案の定普通の金貨とは重さが違う。割ってみれば、出てきたのは、鉛と銅を混ぜたものに金を塗っただけのシロモノらしい。さっそくギルド中の金貨を調べたところ、あわせて八枚の金貨が偽金《にせがね》だった。銀貨や銅貨は一枚もなかった。

「ここ最近だとは思うが、業者との取引なら金貨でのやりとりも珍しくねえし、よその街から渡ってきたんじゃねえかって話もある。出所ははっきりしねえ」

「そうか」

対応策としては、とりあえずは秤《はかり》を置く事に決めたらしい。取引の際に、秤《はかり》で計って本物だと確認して渡すようにするそうだ。それなら水際《みずぎわ》で止めることはできるだろう。ただ偽金《にせがね》そのものを止めることはできない。

「そもそも金貨なんてのは、国の鋳造所で鋳型に流し込んで作るもんだ。それをあのアホどもは一枚一枚彫っていると思っているらしい」

「その偽金《にせがね》って見ることは出来るか？」

「ちょっと待ってろ」

そう言ってデズは二枚の金貨を持ってきた。

一枚は大陸西部共通のルード金貨だが、もう一枚は真っ二つに割れていた。割れた金貨の断面からは鈍色が覗《のぞ》いている。無事な方が本物で、割れているのがニセモノ、とデズが指さして説明してくれる。

「調べる方法は簡単だ。重さが違うからな。秤《はかり》に掛ければすぐにわかる。外見はそれらしく作っちゃあいるが、俺から見ればできが粗い。見ろ」

と、デズが金貨の中の肖像を見る。王冠をかぶった口ひげのおっさんの横顔だ。三代前の王様とかって話だが、どうせなら女神様の乳か尻にでもすればいいのによ。がら空きの左頬を見るとぶん殴りたくってしょうがない。本物の金貨ならキスしてもいいけど。

「本物はひげが四本あるが、ニセモノは三本しかねえ。鋳型を作るときにつぶれちまったんだろう。しょうもない仕事しやがって」

偽金《にせがね》作りといえど、手を抜いた仕事は許せないようだ。

苦笑しながら俺はニセの金貨をためつすがめつ見る。よく見れば表面に歯形が付いている。かみ砕いたのか。デズの仕業だな。ばっちいな、おい。

「鋳型ってことは、作る時は文字とか反対にするんだよな」

「そりゃそうだ」

当たり前のこと聞くんじゃねえって顔だ。

気を悪くしないで欲しいんだが、と前置きして俺は続ける。

「もし偽金《にせがね》の鋳型を彫るとしたら、お前さんならどうする」

「鏡だな」デズは言った。「鏡に映った金貨を見ながら比べりゃあいい」

「もし金貨が途中でなくなった、いや、返さなくっちゃいけない場合は？」

「よそから金貨を持ってくるか。記憶を頼りにするか」

「それもムリな場合は？」

「そりゃあ」デズはわずかに首をひねった。

「絵でも描いて残しておけばいいんじゃねえのか？」

街はもうすぐ日も沈みかけていた。今度は鍵が掛かっていた。扉を叩《たた》くと、中から寝ぼけ眼のスターリングが出てきた。

　俺はスターリングを押しのけるようにして部屋の中に入る。

　制止の声にも構わず、目的の絵を探す。カンバスには何枚か布が掛けられてあった。俺はそいつを引っぺがしていく。あった。

　右を向いた王様の絵だ。

「いきなりどうしたんだよ、マシュー」

「お前さん、彫刻もやってたんだな」

「あ、うん。まあね」スターリングはあいまいにうなずいた。

「でもそれが」

「全然よくないのさ。お前さんが偽金《にせがね》作りに手を出しているってんなら余計にな」

　スターリングの肩が跳ね上がった。どうやら眠気は吹き飛んだようだ。

「おっと、何の話だ、なんておとぼけは止めてくれよ。ネタは挙がっているんだ。この絵だ」

　カンバスの中にいる王様の頬を軽く叩《たた》いた。

「こいつはなんとかって王様で、金貨にもこの顔がある。左向きだ。ところがこの絵は右を向いている。鋳型にするなら金貨の絵も鏡向きにしないといけないからな」

　だが、こいつは金貨なんて持ってない。仮に持っていたとしたら酒か女に消える。我慢できるくらいなら、こんな屋根裏部屋でくすぶってやしない。描きかけの絵だって一枚くらいは完成しているはずだ。

「待ってよ、偽金《にせがね》の話なら僕も聞いているよ。でも、いくらなんでも絵を描いたからって僕が犯人扱いだなんて」

「それだけじゃないぜ」

俺は割れた偽《にせ》金貨をスターリングに見えるよう突きつける。先程デズから失敬してきたそれを直視することもなく、うつむいたり目をそらしたりとあさっての方ばかりを向いている。

「本物ならこの王様のひげは四本、ニセモノは三本。そしてこの絵に描いてあるひげも三本だ。こいつは偶然なのかな、おい」

「いいじゃないか、ひげなんて別に三本でも四本でも」

「そのセリフ、冒険者ギルドでもう一度頼むわ」

俺はスターリングの肩をつかんだ。

「今回の件で信用に傷を付けられたってんで、ギルドはかんかんだ。何としてでも偽金《にせがね》作りの犯人をとっ捕まえようって躍起になっている。あの荒くれどもにつかまったら間違いなく、お前さんは便所のぼろ雑巾の仲間入りだよ」

ひいっ、と引きつぶれたような声を出した。ようやく自分の立場に気づいたらしい。顔もすっかり青ざめて、死人のようだ。

「勘違いしているようだから言っておく。俺はお前さんを売るつもりもなければ、衛兵に突き出すつもりもねえ。助けに来たんだ」

「助けに？」

「お前さんだけでこんな大それたマネが出来るとは思っちゃいねえ。どうせ、どこかに計画を立てたのがいるんだろ？」

　気が弱くて怠け者で流されやすいお坊ちゃんなんぞいくらでも利用できる。どうせどこかの酒場で酒でもおごって貰《もら》っている間に、断れない流れになったんだろう。聞いてみれば案の定、その通りだった。

「で、どこの誰だ。お前さんに偽金《にせがね》作り手伝わせたぼんくらは」

「『白猿《ホワイト・モンキー》』って言ってた」

　俺はうんざりした。歴《れっき》とした裏社会の組織である。『灰色の隣人《グレイ・ネイバー》』にもその手の組織は大小含めて山のように存在し、縄張り争いに常に血の道を上げている。当然、ワイロだの袖の下だのが上は領主、下は衛兵諸君にも行き渡っていて、多少の犯罪ではおいそれと捕まえられない仕組みになっている。

『白猿《ホワイト・モンキー》』は昔っからの勢力の一つで、ショバ代や博打《ばくち》や密輸で稼いでいたはずだが、最近はろくな噂《うわさ》を聞かない。新興勢力に押されて、縄張りもかなり狭まっているという。一発逆転を狙ったのだろう。

「いいかよく聞け、スターリング。お前さんは今、処刑台に立つかどうかの瀬戸際《せとぎわ》だ」

通貨を作る、というのは国の特権だ。その利益とメンツをつぶすのだから王国は本腰を入れて犯人捜しに乗り出す。捕まれば関わった人間は全員、縛り首か首チョンパだ。

「命令されただの、脅されただのなんて言い訳が通用すると思うなよ。作った時点でもうアウトだ。お前さんの首はお偉方のおもちゃにされちまう」

「ぼ、僕はどうすれば」

「言ったろ。助けに来たって」

俺はスターリングの肩にぽんと手を置いた。このヘタレがどうなろうと知ったこっちゃないが、ヴァネッサへの義理もある。交渉次第では、借金も再来月まで待ってもらえるだろう。

「あの絵以外にお前さんが偽金《にせがね》作りに関わったって証拠はあるか？　全部出せ」

とにかく証拠は隠滅するしかない。

「あと、お前さんに話を持ちかけたのは？」

ただでさえ危険な橋だ。知っている人間は少ない方がいい。スターリングに鋳型を作らせたと知っている人間は数名、あるいは一人と見た。

スターリングは怯《おび》えた目をしながら自分の顔を指でなぞった。

「左目の辺りに傷があって、歳《とし》はアンタと同じくらいで。名前はテリーって言ってた」

「『虎手《タイガー・ハンド》』のテリーか」

直接話をしたことはないが、何度か見かけたことがある。元は凄腕《すごうで》の冒険者だ。酒に溺れて追放のような形で引退した。やくざ者にまで落ちぶれたとは聞いていたが、『白猿《ホワイト・モンキー》』にいたとはな。

「『白猿《ホワイト・モンキー》』の幹部で、今じゃ組織の『クスリ』を一手に仕切っているって言ってた。めちゃくちゃおっかないんだよ」

注文したエールが隣の奴《やつ》より少なかったってだけで、給仕《きゅうじ》の目をくりぬいたイカレ野郎だ。裏切ったと知られたら間違いなく嬲《なぶ》り殺《ごろ》しにされるだろう。

「どうするの？　あいつ、めちゃくちゃケンカ強いって話だし」

魔物相手もそうだが、やっこさんの強さは対人戦にある。真骨頂は素手での格闘技だ。速い拳と蹴りで、体格の勝る相手を返り討ちにしてきた。今の俺など相手にもならないだろう。だからといって、ここでケツまくって逃げ出すわけにもいかない。理由も出来た。

「あいつは執念深い。しばらく身を隠していろ」

ギルドにあるデズの部屋ならまず安心だ。さすがに冒険者ギルドにまで乗り込むほど見境なしではないだろう。仮に踏み込まれたとしてもデズなら『虎手《タイガー・ハンド》』だろうが『猫の手』だろうが、孫の手と代わりはしない。その間に、方々に密告《チク》ればそれで終わりだ。

「今から連れて行ってやる。用意しろ」

「え、待ってよ。いきなり、でも、僕には約束が」

「どうせベッドで腰振る約束だろ？　テリーに見つかったらお前さんは人生を棒に振る羽目に

なる」

世話の焼ける奴《やつ》だ。

そこからは割とうまくいった。偽金《にせがね》作りは『白　猿《ホワイト・モンキー》』の仕業だというウワサをそれとなく流したのが効いたらしい。血の気の多い冒険者連中がアジトに突貫を仕掛けた。そこに衛兵も駆けつけて大立ち回りとなった。死人も出たそうだが、『白　猿《ホワイト・モンキー》』は壊滅した。親分は逃走したものの門の近くで捕まり、翌朝、アジトの前で逆さ磔《はりつけ》にされていた。

鋳型も衛兵の手で回収された。お抱えの職人が作ったことになっていた。どさくさ紛れに鋳型の失敗品をアジトの裏に転がしておいたら勘違いしてくれたようだ。

この件に関してはアルウィンにも秘密だ。話したらスターリングを成敗しかねない。ただヴァネッサは一部始終を説明する必要がある。今回の依頼人だからな。

そのために冒険者ギルドに来たら人だかりが出来ていた。建物前の広場に二十人ほど集まって、何やら見物しているようだ。何の騒ぎだ？　こういう時でかい図体《ずうたい》は便利だ。野次馬どもの上からのぞき込む。騒ぎの中心にいるのは、黒髪の若い女だ。名前は忘れたが見覚えがある。ここのギルド職員だ。元は冒険者だったが、ケガをしたとかで引退した。読み書きが出来るってんで、ここのギルドに雇われたと聞いている。

両手で剣を持ち、興奮した様子で敵意をむき出しにしている。向かい合っているのは、ギルド職員の男たちが三人、それとヴァネッサだ。

「落ち着いて、これはあなたのためなの」

黒髪の女に向かってなだめるように呼びかける。

「あなたは何も悪くないの。病気なのよ」

「アタシの勝手よ！　いつアンタたちに迷惑掛けたっていうのよ！」

ヴァネッサの説得にますますいきりたち、喚《わめ》き立《た》てる。目つきが尋常ではない。

「『迷宮病』にかかるのは弱いからじゃないの。誰がそうなってもおかしくないの。でもあなたが使っているのは治療薬じゃない。むしろあなたの心と体を蝕《むしば》む悪魔なのよ」

ケガをしたのは体だけではなかったのか。それで『クスリ』に手を出した、と。

「アンタに関係ないでしょう！　余計な口出ししないで！」

「いいえ、見過ごせないわ」

ヴァネッサは毅然《きぜん》として言った。

「きちんと治療すればまた普通の生活も出来るようになるのよ。このままじゃあ、あなたは破滅するだけよ」

「ふざけないで！　どのみちアタシは牢屋《ろうや》行きじゃないの！　来ないで！」

取り押さえようとするギルド職員たちを牽制《けんせい》する。

「体さえ治せばまた別の生き方も見つかるわ。私も相談に乗るから、ね？」

「アタシに命令するな！　そこをどいて！　アタシはこの街を出るの！」

狂ったように叫びながら飛び出そうとするが、ギルド職員が先回りして行く手を阻《はば》む。女は建物を背にして剣を振り回し、時折しゃがんで砂を投げつける。まるで手負いの獣だ。

「お願い話を聞いて……ちょっと、止めて！　殺しちゃダメ！」

ヴァネッサにいい顔見せたいのだろう。冒険者どもが剣を抜こうとするが、そのヴァネッサ本人に止められる。

このままでは埒《らち》があかないな、と思っていたら奥から救世主がやってきた。

デズが短い足で黒髪の女に近づく。無言で距離を詰めると、女がたまりかねたように斬りかかってきた。意外に鋭い剣筋だが、デズにかかればお遊戯と変わりはしない。振り下ろされた剣の腹を素手で払うと懐《ふところ》に飛び込み、女の手をひねり上げた。

「捕まえて！」

ヴァネッサの指示で、デズがロープで手首を縛り上げる。それでも「触らないで」だの「殺される」だのと叫び声を上げる女に猿ぐつわも嚙《か》ませる。騒ぎはあっけなく収まった。

「あとはお願い」

元同僚たちに引っ張られて、黒髪の女は建物の中へと連れて行かれた。姿が見えなくなる一瞬、涙が見えた。ヴァネッサは悲しそうに女の消えた方角を見ている。

面白い見世物だったとばかりに、と冒険者たちは思い思いに去って行く。用事は終わったとばかりにデズも元来た方に戻っていった。口笛を吹いて喝采を送ったのに、無視しやがって。つれないもじゃひげだよ。残ったのは、俺とヴァネッサだけだ。

「マシュー、来ていたのね」

　俺の姿を見たヴァネッサが近づいてくる。

「今のは、ヤク中か」

「ええ、そうね」

　残念そうにうなずいた。

「少し前から様子がおかしかったのよ。もしかしたらと思って問い詰めたら逆上しちゃってこの始末よ。参ったわ……」

　疲れ切った様子で目頭を指で押さえる。ヴァネッサとあの女が楽しげに話をしているのを何度か見かけた事がある。それなりに親しい関係だったのだろう。

「『解放《リリース》』か？」

「別の『クスリ』みたい。まだ使い始めたところみたいだけれど、放っておけば取り返しが付かなくなるわ。早めに手を切らせたかったの」

　しばらくはギルドの地下にある牢屋《ろうや》に入れて『クスリ』を抜くのだという。その後はあの女次第だが、ギルドからの追放は間違いないだろう。

「それにしてはちょっち騒ぎすぎじゃない？」

説得するにしても、もう少しやり方があったはずだ。少なくとも、人前で縛られる姿をさらさない方法くらいは。下手をすればケガ人だって出ていただろう。

「いいえ、これが正解よ」

ヴァネッサは鉈《なた》を振り下ろすように言った。

「手段を選んでいる間に『クスリ』への依存は進んでいくわ。見過ごせばそれだけ悲しむ人も増えるのよ」

「君みたいに？」

「ええ、そうね」

ヴァネッサはうなずいた。

「あんなのはもうたくさんよ……」

ぎゅっと、服の裾を握りしめる。その瞳に恐怖や悲しみ、怒り、憎しみと様々な感情が燃えさかるのが見えた。

「ああ、ごめんなさい。スターリングの件かしら」

そこでヴァネッサは我に返ったように笑顔を浮かべる。

「何かわかったのね。話を聞かせてくれる？」

急ごしらえで作ったせいだろう。ぎこちなくって微笑《ほほえ》み返す気にはなれなかった。

「本当にごめんなさい」

彼女の鑑定部屋で説明し終えると、ヴァネッサは頭を抱えながらそれだけ言った。

「君が悪いわけじゃない。酒をおごられたからってホイホイ筋者に付いていったスターリングがアホなだけだ」

「本当にあなたのおかげよ。ありがとう。これはほんのお礼」

と差し出されたのは小さな布袋だ。開けてみて、と言われて封を解く。

手のひらに収まるほどの小さな球だ。半透明で、うっすらと光を放っている。

「昔、手に入れたの。れっきとしたマジックアイテムよ。名前は『仮初めの太陽《テンポラリー・サン》』」

なんでも手に入れた冒険者から鑑定してくれと頼まれていたのだが、その間に死んでしまったためにギルドで預かっていたのだという。身寄りもなく、名乗り出る者もいなかったためにヴァネッサに下げ渡されたそうだ。

こいつはうれしい誤算だ。坊やのお守りをしただけでこんなシロモノがもらえるとは。

「で、一体どうやって使うんだい」

ヴァネッサはてのひらに球を載せると目を閉じて呪文を唱えた。

「『照　射《イラディエーション》』」

すると球がふわりと浮き上がった。天井近くまで達するとぴたりと静止する。ゆっくりと回転しながら眩《まぶ》しい光を放つ。

「合い言葉を唱えた人の頭上で、照らし続けてくれるの。移動しても自動的に付いてくるのよ」

「おお」

目の前の光景に柄にもなくワクワクする。力が湧き上がるようだ。一体何が起こるんだ。もしかして、この忌々《いまいま》しい呪いも解いてくれるんじゃないかね。

球は光を放ち続ける。何も起こらない。

沈黙が流れる。

「で、これはどういう効果があるんだ？」

「見ての通り照明器具よ。昼間、太陽の光に当てておくと夜中もこんな風に明るく照らしてくれるの」

要するにロウソク代わりか。がっかりしたが、これはこれでロウソク代の節約になるな。いや、売っ払った方がいいか。高く売れそうだ。

使《つか》い途《みち》を考えていると球はだんだん光を失い、ゆっくりと降りてきた。

「試してみたけど、半日太陽に当てておいて効果は三百数えるくらいね」

再び『仮初めの太陽《テンポラリー・サン》』を手のひらに載せてヴァネッサが解説する。

「それじゃあ、使えないな」

「もし長持ちするような道具だったらあなたに渡したりなんかしないわ」

「おっしゃるとおりで」

「魔力も必要ないからあなたにも使えるわよ。好きに使って」

「ありがたく受け取るよ」

これはこれで好事家《こうずか》には売れそうだ。金に困ったら持ち込むのもいいか。ためつすがめつ見ていると、半透明な球の中にうっすらと何かが浮かび上がっている。文字、じゃないな。何かの記号か紋章だろうか。ダメだ。ぼやけてよく見えない。

「スターリングのことなんだけど」

ヴァネッサが心配そうに切り出した。球から顔を離し、ヴァネッサに向き直る。

「いつ頃、外に出られそう？　さっき様子を見に行ったんだけど、なんだか元気がなさそうで。やっぱり閉じこもってばかりで気が滅入《めい》っているのかしら」

「酒が飲めなくってふてくされているだけだよ」

「でもこのままだと病気になっちゃうんじゃないかと心配なのよ。カンバスも持ってきたけど一枚も描けていないみたいだし」

とっくに病気だよ。頭のね。絵を描かないのは元からだ。

「スターリングはアホだからな。『クスリ』に手を出すような知恵もない。君の心配しているようなことは起こらないさ」

美術商だったヴァネッサの父親は、同業者に騙《だま》されて大金を失った。自分の愚かさで商売が傾いて精神の平衡を崩したのだろう。『クスリ』に手を出した。そこから一家離散まではあっという間だったという。

「かもね」

ヴァネッサは微笑した。

「店がうまくいっていないのに妙にご機嫌でね。安物の皿を大量に仕入れてきたかと思ったら次の日にはそれを全部割っちゃうの。そんな事の繰り返しよ。気がついたときにはもう手遅れだったわ」

倉庫の中に隔離しようとしたが父親の抵抗は凄《すさ》まじかったという。『クスリ』が切れると、禁断症状で暴れ回る。自分の妻や子供にも骨にひびが入るほどの暴行を加えた。幻覚を見て、窓の外にたくさんの目玉が出た、と窓ガラスを割る。かと思えば、急に正気に戻って一日中泣き続ける。それが収まったかと思えば一日中イスに座りっぱなしで話しかけても無反応。

屋敷《やしき》は売りに出され、店は人手に渡った。母親は病に倒れ、そのまま亡《な》くなった。父親も最後には『クスリ』を求めて外に飛び出したところで裏社会の連中に摑《つか》みかかり、返り討ちにされた。当時のヴァネッサには弔う金はなく、死体は『迷宮』に投げ捨てられた。

「温厚で優しい人だったのに、まるで人が変わったみたいになっちゃって。怖かった」

だからヴァネッサは中毒者には優しくも厳しい。さっきみたいに『クスリ』からムリヤリ手を切らせたり、『クスリ』と『治療薬』の区別も付かない連中に啓蒙《けいもう》活動もしている。

「その割には売人と付き合ったりもしていたよな」

「ああ、オスカーね」

ヴァネッサの顔が曇る。

「彼、最初は薬師って名乗っていたのよ。気づいたのは付き合いだした後。何度も辞めるように言ったんだけど、全然ダメだったわ。最後には私にまで勧めてきたのよ。すぐに距離を取ったけど、正直消えてくれてほっとしたわ」

テーブルに突っ伏し、指先で木目をなぞる。

「正解だよ」

あんなクズといつまでも関わっていたらヴァネッサまで破滅していただろう。

「でも顔は良かったのよねえ。陰のある感じとか。あと話し方とか声も素敵だったし」

「君も懲りないね」

俺は苦笑した。

「けれど気をつけた方がいい。あいつの行方をまだ裏の連中が探し回っているってウワサだ。あいつから何か預かったものがあるならすぐに手放した方がいい。あとは俺が何とかする」

「またその話？　ないわよ、そんなの」

ヴァネッサは笑いながら手を振る。

「またやって来たら叩《たた》き出《だ》してやるわよ。それに今は、スターリング一筋だから」

「分かっているよ」

男の趣味は悪いが、浮気者《うわき》ではない。

「じゃあ、俺はこれで失礼する。ほとぼりが冷めたらスターリングと大手を振って出掛けられるよ。もう少しだけ我慢してくれ」

言うだけ言って俺は部屋を出た。扉の前でため息をつく。やっぱりダメだったか。クソ、どこに隠しやがった、あの野郎。もう一年になるってのによ。苛《いら》つくぜ。

「あ、マシューさん」

気晴らしにどこかで一杯引っかけよう、とギルドの外に出ると、エイプリルと出くわした。ギルドの外に座り込んで暇そうにしている。

「何やっているんだ、こんなところで。カゼ引くぜ」

「別に」

ぷい、と顔を背ける。相変わらず素直じゃねえなあ。俺は正面に回り込んでしゃがみこむ。

「こんなところで待っていたって手紙は来やしねえよ」

「うるさいなあ」

当てずっぽうで言ったのだが事実だったらしい。エイプリルが唇を曲げる。こんなかわいらしい子を待ちぼうけにするとは罪な奴《やつ》だよ。

「……また、すぐにくれるって言っていたのに。もう一ヶ月だよ」

「じいさまにでも頼んでみたらどうだ？」

冒険者ギルドは各地にあって、横のつながりも強い。居場所がわかっているのなら、つてを使って調べさせるのも簡単だろう。孫に甘いじいさまなら二つ返事で引き受ける。

「じーじはなんだか忙しそうだし。ギルドの巻物《スクロール》が盗まれたって」

「そいつは大変だ」

世間には巻物《スクロール》という便利なものがあって、魔法や魔物を一時的に収納することができる。いざという時にはそいつを解放することで火や雷を放ったり、傷を癒やしたり、『封印』しておいた魔物を操って戦わせることもできる。合い言葉さえ唱えれば誰でも使える。それだけにギルドでも扱いは慎重だ。ものによっては街一つが吹き飛んじまう。

「何の巻物《スクロール》だ？」

「わかんない。魔物がどうとか言っていた気もするけれど、教えてくれなかったし、だいたい、そんなの関係ないし」

興奮した様子でまくし立てたかと思うと、膝を抱えてうつむく。

「返事くれるって言っていたのに……」

「ま、焦《あせ》ることたあない」

エイプリルの肩に手を置く。

「何を書こうか悩んでいるうちに日にちが経《た》っちまったとか、そんなところだろ。大事なのは君の健康だよ。大切な手紙をベッドの上で熱にうなされて鼻水垂らしながら読みたいのか？」

ほれ、と取り出した薄黄色のあめ玉を握らせる。

「こいつはショウガ入りだ。温まるぜ。こいつをなめたらおとなしくおうちに戻るんだな」

「うるさいなあ」

さっきと同じ返事だったが、声音はすっかり明るくなっていた。いい傾向だ。

「それじゃあな、手紙来たら俺にも読ませてくれよ、おちび」

「おちびって言うな！」

怒鳴られつつ立ち上がる。

「それじゃあ、俺は行くから。早く帰れよ」

「マシューさん」

背を向けて数歩歩いたところで名前を呼ばれた。俺は振り返る。

「ありがとう」

「気にするなよ。お互い様さ」

君のおかげで俺も気分が晴れた。

エイプリルに手を振って帰路につく。酒はやめてさっさと帰るか。さて、今日の夕食は何にするかね。

「偽金《にせがね》騒動が片付いた。『白　猿《ホワイト・モンキー》』という犯罪組織の仕業だったそうだ」

翌日の夕方、家に戻ってきたアルウィンが告げた。当然俺は裏の裏まで知っているのだが、わざと驚いた振りをしておいた。

夕食も終わり、食堂のテーブルで差し向かいに晩酌を楽しむ。

「そういえば、例の画家の件はどうなった？」

アルウィンがワインを傾けながら尋ねてきた。

「なんてことはないよ」

スターリングには別の女がいて、そいつからお小遣いをもらっていたと説明する。嘘《うそ》ではない。実際ヴァネッサに隠れて浮気《うわき》していたし、偽金《にせがね》作りより少額だがお小遣いももらっていた。

「これを機にその女と別れさせるし、『ついばみ屋』もやめさせるってよ。いい加減、画家一本で食えるように本格的に援助するそうだ」

援助と言っても金をやるだけではない。怒り、脅し、叱りつけ、尻を叩《たた》いて絵を描かせるつもりのようだ。まあ、あの甘ったれのお坊ちゃんにはそれくらいがちょうどいい。

「不思議なものだな。しっかり者の彼女がそのような男と恋仲になるとは」

「あれはもう趣味だね」

ダメ男を見ると支えてやりたくなるのだろう。

「ま、端《はた》からはともかく本人たちが幸せならそれでいいんじゃないかな。他人が口出す筋合いじゃあない」

「だとしたら」

アルウィンはワイングラスをテーブルに置いた。

「私とお前は、どのように見えるのだろうな」

「……」

他人からすれば俺とアルウィンは、ヒモとその女だろう。高貴な身分にあるまじき不道徳で、不謹慎で、退廃的で、ただれた関係だ。けれど、俺たちのはもう少し複雑だ。召使いと主人、ペットと飼い主、教師と生徒、医者と患者、悪魔と契約者。どれも正解のようで、どれもそぐわない。あえて名付けるのなら共犯者だろうか。

返事できないでいると、アルウィンはテーブルに突っ伏し、頬をつける。一瞬酔い潰れたかと思ったが、まだワイン一杯だけだ。彼女は酒に強い。

のぞき込んでも前髪が目にかかって表情は見えない。

「はしたないよ」

俺は手を伸ばし、赤い前髪をかき分ける。悔しそうに目が潤んでいる。

「構うものか。どうせ私は不埒《ふらち》な女だ」

いじけたような口調と視線の向きで俺はピンときた。部屋の隅のゴミ箱から手紙を取り出す。心当たりのない、豪華な封筒だ。封蠟《ふうろう》の跡もある。中身は見なくても見当は付いたので即座に丸めて捨てた。

「へこむくらいなら読まなきゃいいのに」

どうせ中身なんてわかりきっている。

旧マクタロード王国の王族や貴族は大陸のあちこちに逃れて雌伏の時を過ごしている。そいつらにとってはアルウィンこそ王国再興の希望であり、手段でもある。それなのに『迷宮』攻略は一年経《た》っても終わらない上に、うさんくさい男と同棲《どうせい》している。どうせ美貌と金が目当ての俗物だ。堕落したのか、大義を忘れたか、とたまにこういう抗議文が届く。暇人どもめ。

「お前と別れろと」

「ほっときなよ」

『灰色の隣人《グレイ・ネイバー》』まで来て直接説得するわけでもない。忘れた頃に手紙を送りつけてくるだけだ。他人任《ひとまか》せの能なしどもに気を遣うだけ損だ。事実、あいつらはアルウィンが一番辛《つら》い時期にも何もしなかった。

「不運な境遇を君のせいにして、憂《う》さ晴《ば》らしがしたいだけだ。構ってやる必要なんてない」

「お前を、女にだらしのないクズだと。いかがわしいゴミのような男だと」

アルウィンはうわごとのようにつぶやくと、俺の方を見る。

「私もそう思う」

「弁護士呼んでくれ」

賠償金ふんだくってやる。

「けれど、今の私にはお前が必要だ。お前がいなければ、とうに海の底で溺れ死んでいただろう。私にとっては大切な命綱だ」

「……」

「マシュー」

アルウィンが突っ伏したまま手を伸ばした。まるで断崖から落ちかけているかのように。俺はテーブルの向かい側に回ってその手を握る。

「安心しなよ、アルウィン」

誰にだって辛《つら》い時、気持ちの不安定な時はあるものだ。俺では『迷宮』での戦いを助けてやれない。足手まといになって死ぬだけだ。だからこそ、今このときだけでも支えてやりたい。

「君が必要とする限り、俺はこの手を離さない」

つないだ手をぎゅっと握りしめる。

「言っただろ。俺は、君のヒモだって」

アルウィンの唇が動いた。声にならない声で俺の名を呼ぶ。か細くも切なげに呼ばれるのがたまらなく愛おしい。

「だからさ」

俺はにんまりと笑顔を作る。

「今後のためにも、もう少し予算をいただけないものかと、やつがれは愚考する次第で」

アルウィンは満面の笑みを浮かべ、俺の手の甲をつねりあげた。

七日ほどして、『白猿《ホワイト・モンキー》』の残党もあらかた逃げるか捕まるかしたようなので、俺とヴァネッサはスターリングを迎えに行った。

「遅いよマシュー」

俺の顔を見るなりスターリングは泣きながらすがりついてきた。どうやらデズと一緒だったのがご不満だったらしい。

「ねえ、もういいだろ。飲みに行こうよ」

「いきなりか」

「いいじゃないか」

スターリングがまるで服をねだる恋人のように腕を取る。

「お願い、マシュー」

ヴァネッサまで頼み込んできた。

「ずっと引きこもりだったもの。いい加減根っこが生えちゃうわ。気晴らしも必要よ」

物わかりが良すぎるんじゃないかね。とはいえ俺も嫌いではないが。結局、スターリングのお守りを引き受ける羽目になった。お小遣いももらってしまったので、断りづらかった。

「もう一軒行こうよ、ねえ」

最初の一軒でスターリングはへべれけになっていた。浴びるように飲んだ安酒に足下はおぼつかなく、俺の腕にしがみついている。端《はた》から見たらカレシカレシと勘違いされそうだ。

「自分で歩けねえのか」

昔ならこんなひょろい兄ちゃんくらい、引きずって歩くくらいは造作も無かった。貧弱男になっちまった今では、歩きづらいことこの上ない。

「次どこ行く、ねえ」

甘えた声を出しながらすっかりご機嫌だ。久しぶりの酒がよほどうれしかったらしい。

「心配すんな。お前さんのなじみの店だよ」

「ええ、どこだろうなー」

繁華街をすり抜け、街の中心部までやってくる。

「ほれ、着いたぞ」

スターリングは呆《ほう》けたように店の前に立ち尽くした。

「ここ、冒険者ギルドじゃないか」

「そうだよ」

裏に回り、扉を開けると馴染みのご登場だ。

「よう、デズ」

今日はギルドに泊まり込みなのは、奥方様から確認済みだ。おねむだったのだろう。むちゃくちゃ不快そうなもじゃひげにスターリングを押しつける。

「悪いけど、この坊やをもう一晩だけ預かってくれないか」

「ここは連れ込み宿じゃねえぞ」

「知ってるよ。だからここに連れてきたんだよ」

アルウィンは戦いでお疲れだし、元々は俺の厄介事だ。その点、デズなら多少迷惑掛けようと全く問題ない。偽金《にせがね》作りの容疑も晴らしてやったし、何より親友だからな。

「頼むよ。今夜一晩だけでいいんだ」

デズは舌打ちした。

「蒸留酒《ウイスキー》と交換だ」

「さすがデズだ。愛しているよ」

「さっさと消えろ。舌根っこ引っこ抜くぞ」

「へいへい」

これ以上いると、本当にやられそうだ。

「待ってよ、マシュー。どこに行くんだよ」

「お前さんのお守りは終わり。ここから一人で飲み直しだよ」

「いやだよ、マシュー。おいてかないでよ」

哀れ、もじゃひげの密林に絡《から》め取られたスターリングは涙ながらに助けをこいねがう。しかし、密林の奥深くに君臨するひげもじゃ大魔神はスターリングの首根っこを引っ掴《ひつか》み、部屋の奥へ文字通り放り投げた。

夜中にあるまじき騒音の響く中、俺は静かに部屋の扉を閉めた。

これでいい。ガキはおねむの時間だ。偽金《にせがね》作りの猿どもはだいたい捕まったがまだ一匹、凶暴なのが残っている。夜中に出歩くような悪い子は、おっかない虎の餌食《えじき》にされちまう。

ギルドを出た。

日付も変わり、もう少しすれば空も白み始めようかという頃だ。街はまだ寝静まっている。開いている店もまばらだ。こんな時間まで飲み明かそうってのは、冒険者か酒飲んで嫌な事忘れたい奴《やつ》か、脳みそに酒の詰まった酔っ払いくらいだろう。静まりかえった道に乾いた足音が響き渡る。

次はどこで時間をつぶそうかと角を曲がった時、背後から地を蹴る音がした。俺は反射的に道に転がった。一瞬遅れて突進してくる気配と、石の砕ける音がした。顔を上げると、壁に穴が開いているのが見えた。

「気が早いんじゃないか」

俺が声を掛けると、がたいのいい男が忌々《いまいま》しげに舌打ちをしながら壁から拳を引き抜く。左目には刃物らしき傷痕が深々と刻まれていた。

「いいや、今がその時だ。テメエとあのガキをぶち殺すのはな」

『虎手《タイガー・ハンド》』のテリーは石壁をぶち抜いた拳を鳴らし、近づいてくる。

「そりゃ勘違いだよ」

やはり気づいていたか。俺は後ずさりながら腰の後ろに手をやる。

「アンタの出番はまだ先だ。あと百年くらいは楽屋で待てないもんかね」

砕けた石を放り投げる。テリーが余裕の表情でかわすのを横目に見ながら俺は背を向けて逃げ出した。角を曲がり、一目散に走る。背中から蛇のように追いかけてくる気配がする。俺はゴミを蹴飛ばし、路上で居眠りしている酔っ払いを踏み越える。引き離すどころか、ますます差が縮まっている。曲がりくねった先を駆け抜け、逃げ込んだ先は教会の中だ。

ここなら人目にも付かない。懐《ふところ》から『仮初めの太陽《テンポラリー・サン》』を取り出す。要するにこいつは太陽の光を蓄えることが出来るアイテムだ。つまり、こいつの光を浴びている間は夜でも暗闇でも元の力を出せる。実戦で使うのは初めてだが、実験にはちょうどいい。

合い言葉を唱えようとした瞬間、風を切る音がした。反射的にかわそうとしたものの、よけきれなかった。ナイフが固い音を上げる。銀色の刃はあさっての方に飛んでいき、『仮初めの太陽《テンポラリー・サン》』は真っ暗な礼拝堂を転がっていった。

教会の前でテリーがにやりと笑いながら近づいて来る。

「やってくれるぜ、あの野郎」

今すぐギッタンギッタンにしてやろうと思ったのによ。こうなりゃ作戦変更だ。

礼拝堂を駆け抜け、小さな扉から奥へ抜けて鐘塔の階段を上る。狭い螺旋《らせん》階段を二段飛ばしで駆け上がる。遅い。ぐるぐるとぐろを巻いてテメエがクソにでもなった気分だ。肺と足がだるくなってきた。

風を切る音がした。反射的にかわすと、真横をナイフが通り過ぎていった。銀色の刃が石段に当たって跳ね返り、階段を滑り落ちていく。階段のすぐ下で舌打ちが聞こえた。危ねえな。かわしたせいで、また距離を狭められた。

もうすぐのはずだ、と階段の突き当たりすぐに古びた木の扉が見えた。やっとか。

階段を上り終わると、勢いのまま扉に体当たりする。全体重をかけてぶつかったおかげで、今の俺でもぶち破ることができた。

倒れ込みながら入った部屋には、四角い小部屋になっていた。東西に木窓があり、板の隙間から明かりが差し込むおかげで、かろうじて視界を確保できる。天井には俺の頭ほどの鐘が申し訳程度に吊《つる》されていた。

前にはもっと大きな鐘が吊《つる》されていたのだが、どこぞの不信心者に盗まれて行方不明になったのだ。

立ち上がろうとしたところに、テリーが部屋の中に入ってきた。

拳を鳴らし、目は油断なく部屋の中を見回している。

「教会とは、辛気くさい死に場所を選んだじゃねえか」

「まあね」

俺は立ち上がりながら尻に付いたホコリを払い落とす。

「あとは天蓋付きのふかふかベッドと、枕があれば完璧なんだがね。買ってきてくれる？　できれば配達も」

「死体が入るのは棺桶《かんおけ》と相場が決まっている」

テリーは半身になり、拳を突き出すように構える。

「けど、この街で棺桶《かんおけ》屋が必要なのは金持ちだけだ。そうだろ？」

「悲しいね」

貧乏人は死ねば真っ暗な『迷宮』にうち捨てられる。墓も残らない。

「お前もそうなる」

テリーが一気に距離を縮めてきた。滑るように飛び込んでくると石壁すら砕ける右拳を打ち出してきた。弧を描くような光の筋が見えた瞬間、衝撃が左脇腹に入った。息が詰まる。うめきながら俺は後退する。休む間もなく、余裕ぶった笑みを浮かべてテリーがまた迫ってきた。左脇腹に来た。右肘を下げてガードしようとしたが、忌々《いまいま》しい拳は不意にムチのようにしなり、軌道を変えて俺の土手っ腹をえぐった。反射的に体が折れ曲がったところに黒い影が左頰に迫ってきた。蹴りだと気づいたときには俺は激しく打ちのめされ、反対側の顔を石壁に打ち付けていた。ちいと痛い。このまま朝まで寝ていられたら楽なんだろうが、やっこさんは許してくれなかった。再び黒い影が俺に被《かぶ》さる。考えるより早く、俺は前転してその場を逃れた。破裂音とともに俺の背中を石の破片が打ち付ける。

「硬いな」

テリーの表情は夜目でもわかるくらいに曇っていた。

「これまで何人も殺してきたが、人間を殴っている気がしねえ。鍛え方とか、そういうレベルじゃねえ。まるでミノタウロスだ」

「鍛え方が足りないのを棚に上げて怪物呼ばわりとは笑わせてくれるじゃねえか。山奥にこもって修行し直せよ」

「お前を殺してから考える」

短い呼吸音とともにテリーが宙に浮いた。勢いの乗った後ろ回し蹴りが飛んできた。とっさに両腕を引き上げた。骨に響くような衝撃が伝わる。壁に押しつけられる。だが、攻撃はそこで終わらなかった。テリーの体が空中でねじられ、追い打ちのような回し蹴りが俺のこめかみを撃ち抜いた。

染《し》みついた小便のシミでも拭い落とすかのように壁沿いに倒れる。

四《よ》つん這《ば》いの体勢で息を整える間もなく、テリーの靴が俺の後頭部を踏みつけた。

「まだそのしょうもない冗談を言えるのか？　どうだ、『減らず口《ワイズクラック》』」

「なあ、大将」

石畳にキスされながら俺は哀れみを込めて言った。

「言うべきかどうか迷ったんだが、正直に言うよ」俺はため息を吐いた。「オタク、猫のウンコ踏んでる。犬か猫か、どうして分かるかっていうと、臭いが違うんだよ。猫の方がマジきつい」

靴底が更に強くのし掛かる。

「遺言はそれだけか」

「お前こそ、遺言はそれでいいのか？」

「何だと？」

「お前は俺が逃げ込んだ、と思っているんだろう。違うな。俺がお前を追い詰めたんだよ」

俺は手を伸ばし、窓を開けた。

まばゆい白光が一瞬で狭い部屋の中を満たした。登ったばかり朝日が東の空に輝いている。

テリーが顔を腕で隠しながら後ずさる。俺は立ち上がると顔を拭き、太陽の光を背に浴びながら言った。

「貧乏人にゃ墓碑銘を刻む墓石もねえからな。テメエのケツにでも書いておいてやるよ。『猫のウンコ踏んだ男、ここに眠る』ってな」

「黙れ、でくのぼう！」

テリーが窓の死角から回り込むようにして俺に殴りかかってきた。地を蹴りながら放たれた拳が、俺の拳とぶつかった。悲鳴が上がった。

血まみれになった手を押さえながらテリーが信じられない、と言いたげな目で俺を見ていた。

「どうした、深爪でもしちまったか？　それとも爪とぎのし過ぎかな」

「なんだ、今の衝撃は？　俺の拳が、あり得ない……」

日の光を浴びれば俺は本来の力を取り戻す。多少鍛えた程度の拳なんぞ、屁《へ》でもない。

「いけないいな、力不足を人のせいにしちゃ」

「クソッ」

回し蹴りが飛んで来た。俺はその右足首をつかむと、ぎゅっと握りしめた。

罵声のような絶叫が上がった。俺は手を放した。テリーは尻もちをつくと、半分くらいに細くなった足首を後生大事そうに抱え込む。

「あーらら、今度は捻挫かな」

「き、さま」

俺が近づくと、テリーは左足で牽制《けんせい》のように蹴りを入れてくる。だが、座ったままではろくな力も入らず、足やすねを蹴られても全然痛くない。

「もういいかい」

テリーの左足を上から踏みつけた。床もろともに脚が砕ける。またも悲鳴が上がる。もう膝小僧を擦《す》り剝《む》いた幼児みたいに涙目だ。

「わかった、あいつには金輪際手は出さない。約束する。この街からも消える。だから……」

「一つ質問なんだけどな」

俺はテリーの前にしゃがみ込む。

「お前さん、『クスリ』を仕切っているって本当か？」

「あ、ああ。そうだ」テリーの目が輝き出す。

「近頃、数は少なくなって高くなっている。アンタにやるよ。だから、頼む……」

「『解放《リリース》』もか？」

「そいつもある。最近はさっぱり手に入らないが、俺が一声かければよそからすぐにでも……」

「そうか」

俺は拳を振り上げた。

「やめっ……」

テリーは両腕を交差させて顔の前に突き出す。彼の懸命の努力は徒労に終わった。無駄に強く出来ている俺の拳は、壁とテリーの頭を、腕ごとサンドイッチにしていた。腕の骨を顔に食い込ませたまま、力なく倒れ込んだ。一応確認したが、間違いなく死んでいた。

「まーた、死体作っちまった」

『墓掘人《グレイヴディガー》』への払いを考えると頭が痛くなりそうだ。

階段を下りると既に人も歩き出していた。こんな朝早くからご苦労なことだ。日差しがまぶしい。日頃恋い焦がれている日の光だが、こういう時は恨めしく感じる。背を丸めながら近道のために路地裏に入ると、こちらはまだ夜の名残が未練たらしく這《は》い回《まわ》っていた。

アルウィンも怒っているかな。朝帰りの言い訳を考えながら歩いていると、路地の間から金属棒が振り下ろされた。戦棍《メイス》だ。目がくらんだ。誰かが殴りつけてきたのだと悟ったときには俺は地面に転がされていた。

まだ仲間がいたのか？　まずい。日の当たる場所に出ないと。油断した。

頭を抱えながら薄目を開けると、見覚えのある女が俺にのし掛かっていた。短く刈った髪に、日焼けした肌には、そばかすができている。一年前と容姿は変わっていたが、間違えようもなかった。愛おしげに、憎々しげに俺を見下ろす。

「会いたかった、マシュー」

ポリーはにやりと笑うと、もう一度戦棍《メイス》を振り下ろした。

第三章　一年前

「君と暮らしてもう一年近くになるが」

手のひらにのせられた銀貨の軽さを感じながら俺は深々とため息をついた。

「まさか五歳児だと見られているとは思わなかった。……いや、マジでこれだけ？」

俺の手のひらには小銀貨が三枚。

「もしかして足りないの？」

ポリーは哀れっぽく目を伏せた。はしばみ色の瞳が涙に濡《ぬ》れる。波打つ気持ちをおさえつけるかのように艶を失った黒髪を手ぐしでほぐしている。手の甲や指には青黒いアザが広がっている。この前、客の男に剣の鞘《さや》で殴られた時についたものだ。

「いや、足りなくはない」

イーリス銀貨、通称小銀貨。これ一枚で、エール一杯飲んでつまみでも頼めばあっという間に消《き》え失《う》せる。俺が修行僧ならこれでも十分なのだろうけど。

「でも男にはつきあいってものがある。今日は飲みに行く約束があってだね」

「行けばいいじゃない」

当たり前のことを聞かないで、と言いたげにポリーは眉をひそめる。

「君も知っているだろ？　一人一杯飲んですぐにお開きなんて健全な奴《やつ》じゃない」

「やっぱり、足りないのね」

ポリーは足下をふらつかせる。

「ごめんなさい、わたしの稼ぎが悪いから。いいわ。親方に伝えておく。客は倍取るからって」

手に顔を埋めてしくしくと涙をこぼす。一度泣くと、ポリーは止まらない。

「すまない、俺が悪かった」

「いいの、全部わたしが悪いの。いつもそうよ。要領が悪くって客にも叩《たた》かれてばかり。それもこれもグズでのろまだから」

「いや、君のせいじゃ」

「じゃあ誰のせいなの？」

「俺だよ」

言わずに済ませたいと思っていたのに、とうとう言ってしまった。自分の意志の弱さにうんざりしながら言葉を続ける。

「俺が悪いんだ」

家の扉が叩《たた》かれる。この二階に住んでいるのは、俺とポリーのほかにはネズミだけだ。

「おいポリー、いつまでじゃれついてんだ。もうすぐ客が来る時間だぞ」

娼館《しょうかん》の使用人だ。近所迷惑な怒鳴り声出しやがってあのデブ。

「ほら見て。アンタがつまらないことで粘るからもう迎えが来ちゃったじゃない」

「そうだ。もう時間がない」

俺は意を決し、言った。

「だから決めたよ。今夜はおこもりの日にする。酒飲んだらすぐに帰るよ」

ポリーを見送った後、俺はどっと疲れてベッドに倒れ込む。生意気に軋《きし》みをあげる。

思えば俺の人生は誰かに振り回されてばかりだ。農家の八人兄弟の五番目に生まれ、八歳で口減らしのために人買いに売られた。それから奴隷としてこき使われ、逃げ出したところを山賊に拾われ、またも奴隷扱い。そこも逃げ出して放浪の末にとある傭兵《ようへい》団に拾われた。

そこで俺は戦いのイロハを学んだ。戦争にも行った。人もまあ、結構殺した。

十八の時に傭兵《ようへい》団の同輩に誘われて、冒険者になった。

魔物相手に斧《おの》やら槍《やり》を振り回している間に仲間も増えた。名声や金もついてきた。女にだってモテモテだ。順風満帆、ケチがついてばかりだった俺の人生もようやく運が向いてきたと思った。けど、世の中は上がったら必ず下がるものだって俺は忘れていた。

あのアッパラパー太陽神のせいで力を奪われ、冒険者どころかまともな仕事すらできなくなった。この街に流れ着いて早一年、今では情緒不安定な娼婦《しょうふ》のヒモだ。

せめて金でもあれば少しはマシだったのだろうが、何やかんやで全部使い果たした。その結果がこのぼろ屋のベッドの上だ。

自業自得《じごうじとく》なのだろう。かといって魔物との戦いで死んでいればこんな無様な姿はさらさずに済んだのに、と恨み言を並べたくはない。生き延びてしまったからには生き抜くのが俺の性分だ。自殺なんて柄じゃない。するくらいならオギャアと生まれた日にあのババアの乳首かみ切ってブチ殺される方を選ぶ。

「ま、なるようになるか」

人生なんてどう転ぶかわからないもんだ。明日の朝にも、太陽神がテメエのケツ毛を踏みつけて転んで頭打って、ポックリ逝《ゆ》かないとも限らないからな。

養護施設《ホーム》の横を通りかかると見知った顔がいた。上半身裸で走り回る男の子を頭一つ高い子供が追いかけている。

「よう、おちび」

「なんだ、マシュ—か」

声を掛けるとエイプリルは露骨に嫌そうな顔をする。

「話しかけないで。今この子に服着せないといけないんだから。ああ、もう待ちなさい。カゼ引いちゃうでしょ！」

また追いかけっこを再開する。見た目はそこらにいるような可愛《かわい》らしい女の子だが、手を出そうってバカはこの街でもそうはいない。荒くれどもを従える冒険者ギルド。そのギルドマスターの孫娘だ。もして傷でも付けよう者ならなら半日と立たずに冥界の住人だ。ちびっこいくせに、こうして養護施設《ホーム》の手伝いをしたり、冒険者ギルドに顔を出しては職員どものまねごとをしている。

「もうちょい敬意とか払ってくれてもいいんじゃねえか？　君よりずっと年上なんだし」

「『マシューはろくでもない奴《やつ》だから相手にするな』ってじーじ……じゃなかった、お爺《じい》様が言ってた」

あのくそじじい、孫に妙なこと吹き込みやがって。

「あとデズさんも」

踏み潰すぞ、ちびもじゃ。

「そのデズから聞いたよ。ここの子供たちに勉強も教えてやっているんだって？　なんなら今度、俺にも教えてくれねえか」

「大人なのに？」

「字を書くのは苦手なんだよ。自分の名前で精一杯だ」

「絶対にお断り」

冷たく拒絶される。つれないねえ。

「さっさとどっか行って。さもないと人を呼ぶから」

「へいへい」

ま、暇つぶしにはちょうどよかった。家に出るときにくさくさしていた気分も晴れた。

「日が暮れる前に帰れよ。物騒だからな。最近は子供さらいも出るって話だ」

ふん、とエイプリルは無視して建物の方に消えていった。

子供の相手はここまで。これからは大人の時間だ。


「ねえ、もう帰っちゃうの？」

俺が立ち上がるのを見とがめたのだろう。スターリングが赤ら顔で俺の腕を引っ張る。

「まあな」

「ええ、やだよ。まだ飲もうよ。マシュー、全然飲んでないじゃないか」

スターリングはまるで恋女房《こいにょうぼう》のように俺の首の後ろに手を回す。その手を払いのけようとするのだが、引きはがせなかった。こんなやせっぽちの坊やですら、俺よりも腕力は強い。

「おい、いい加減に」

スターリングの腕が離れたかと思うと、後ろ向きに飛んでいった。そのまま酒場の壁にぶつかる。壁にもたれかかるようにして倒れたかと思うと、いびきをかき始めた。

「酔っ払いは嫌えだ」

「助かったよ。いい子だな」

ひげ同様もじゃもじゃの頭を撫《な》でた。デズは俺の腹を無言で殴った。俺は仰向けにぶっ倒れた。

「なれなれしいのも嫌えだ」

冗談の通じない奴《やつ》だ。俺は腹をさすりながら立ち上がる。

「遅かったじゃないか。何かトラブルでもあったか」

今日はデズと飲む予定だったのに、スターリングに絡《から》まれたせいで俺の懐《ふところ》はすかんぴんだ。

「バカが二人、ギルドで暴れやがった」

「それくらい、お前さんなら楽勝だろ」

少なくともこの街で、デズに勝てる奴《やつ》はいない。もじゃひげを撫《な》でるより楽だろう。

「酔っ払いならどうってことはねえ。だが、筋が悪い。それで面倒になった」

「やくざか？」

デズは首を振った。

「『戦女神の盾《イージス》』の連中だ」

最近売り出し中の七人……いや、六人組のパーティだ。リーダーは、アルウィン・メイベル・プリムローズ・マクタロード。かつて魔物に滅ぼされたマクタロード王国の姫でもある。剣の達人で、王国の復興を誓い、大迷宮『千年白夜《せんねんびゃくや》』に挑んでいる。その強さと美しさから『深紅の姫騎士』だなんて呼ばれ、吟遊詩人どもがこぞって歌っている。七歳の時にはじめて騎士と戦って打ち破ったところから、魔物から民を救うために戦い抜いたことまで。流行《はや》り物に弱い連中が頼むせいで、酒場にいるだけで彼女を讃《たた》える歌を何度も聞かされる。おかげですっかりアルウィン博士だ。

「暴れたのは、その下《した》っ端《ぱ》というか新入りだがな。お姫様の武名をいいことに、威張り腐ってやがる。それでほかの冒険者連中と大ゲンカだ」

「姫騎士様は？」

「その場はいなかった。あいつらお姫様の前じゃ腰が低いが、目の届かないところじゃ調子に乗ってやがる」

「確か、この前一人死んだんだったか？」

「リントヴルムにやられてな」

リントヴルムは『迷宮』の奥に巣くっている大蛇だ。普段は丸くなって静かに眠っているが、一度暴れ出すと手が付けられない。川のように巨大な体をくねらせながら追いかけてくる。鱗《うろこ》は鉄のように硬く、矢じりのようにとがった尾に、剣のように長く牙を持っている。俺も一度だけ別の『迷宮』で出くわしたことがある。口を開ければ俺の背丈よりも高かった。逃げるので精一杯だった。城に巻き付いて建物ごと城主や騎士を押しつぶした、なんて伝説もあるくらいだ。

「下半身丸呑《まるの》みだってよ」

「かわいそうに」

上半身も食べられたなら、無残な死体をさらさずに済んだってのに。

「それで『迷宮』にも潜らずに酔っ払ってケンカか」

溜《た》まっているなら娼館《しょうかん》に行け。はた迷惑な。

「気持ちは分かる」デズは言った。「明日は我が身だったからな」

冒険者なんて死と隣り合わせの商売だ。今日はベッドで眠り、明日は棺桶《かんおけ》、なんてしょっちゅうだ。俺もデズも一線は退いたが、あの頃味わった感覚はまだ忘れてはいない。

「辛気くさくなっちまったな」

俺は立ち上がった。

「なんだ、来たばっかりだってのにもう帰るのか」

「お前さんが遅くなったからだよ」

不服そうな顔をするので、俺はそのひげまみれの頰を指でつついてやった。

「カノジョ、もうすぐ臨月なんだろ。早く帰ってやれよ」

「大きなお世話だ」

鉄塊のような拳がまた腹に入った。新婚の照れ隠しにしては、ちょいときついんじゃないかね。

デズと別れて俺は飲み屋街をぶらつく。方々では酔っぱらいの歓声が響き、焼けた肉の臭いが俺の鼻先をくすぐってくる。腹が鳴った。どこぞのひげもじゃが胃袋を刺激してくれたおかげで、忙《せわ》しなく鳴って仕方がない。黙ってくれよ。騒音でしょっぴかれるぞ。今すぐにどこかの酒場にしけこんでエールでも注ぎ込みたいところだが、手元不如意《ふにょい》ときている。ツケのきく店ももうない。

こういう時は知り合いでも見つけてそいつにたかるのが一番だ。スターリング？　あいつは論外だ。

足を止めては飲んでいないかと店の中を覗《のぞ》くのだが、あいにくと見当たらなかった。俺をカツアゲしたことのあるチンピラ君ばかりだ。俺より頭一つ分もちびっこの坊やが舌なめずりしながら近づいてきたので俺は急いでその場を離れた。

「ねえ」

どうにか逃げ延びたところで路地裏から袖を引かれる。振り返ると、肩の出た服を着た金髪の女が媚《こ》びるような笑みを浮かべていた。むせかえるような白粉《おしろい》の臭いがする。

「マシュー、今夜どう」

マギーは知り合いの娼婦《しょうふ》だ。昔、何度かお相手したこともある。若作りしているが、三十歳を超えているだろう。

「やめておくよ」

「ポリーに遠慮しているの？　大丈夫よ、ナイショにしておくから」

　同僚のオトコと知りながら誘惑するのはいただけない。

「さそってくれるのは嬉《うれ》しいが、もうそちらは先約があるみたいだぜ」

　袖を引くのは同じ髪の色をした、七歳くらいのカワイコちゃんだ。

「ママ」

「ああ、セーラ。ダメじゃないの」

　しゃがみこむと愛おしそうに抱きしめる。父親は冒険者らしいが、詳しくは知らない。どうせどこかで野垂れ死んだか、よその街に逃げたかだろう。まだ母親が恋しい年頃だろうに。けれど、母親は身を売って稼がねばならない。夜毎《よごと》ほかの男に抱かれて。

「ママ、わたし、さびしいよ。一緒に寝よう？」

　マギーは娘と俺を交互に見た。娘の切実な願いだが、彼女が寝るのは見ず知らずのむさ苦しい男どもと決まっている。そうしないと、母と娘二人で路頭に迷うからだ。

　俺はズボンのポケットをあさり、マギーになけなしの銀貨を握らせる。

「立て替えとくよ。それで今夜は娘と一緒に寝るといい。近頃は物騒だからな」

『灰色の隣人《グレイ・ネイバー》』は物騒な連中が巣くう街だ。暴力や密輸はもちろん、最近ではどこぞの組織が子供を誘拐しては、どこかの変態に売り飛ばしていると聞く。

　マギーは手のひらに銀貨をしげしげと眺めると、感極まったように頭を下げる。

俺はしゃがみこんでセーラの前に片膝を突く。

「やあ、初めましてお嬢様。冒険者ギルドのおちびと遊んであげているそうだね。よく君のウワサをしているよ。迷惑はかけてないかな」

セーラはよく養護施設《ホーム》の子供たちとよく遊ぶため、エイプリルとも顔見知りになったという。

「とってもいい子だよ。優しいし、迷惑とかかけてない。あとお菓子くれるし、ほかの子に字も教えてる」

セーラは指折り数えながら言った。

「君はどうだい？」

「エイプリルは好きだけど、勉強はきらい」

「俺もだよ」

俺は笑った。

「いい子だからな。これからも仲良くしてやってくれよ」

「心得た」

頭を撫《な》でてやると、やせっぽちの胸を張る。

手を上げて立ち去る。角を曲がろうかというタイミングで、セーラが大声で言った。

「ねえ、わたし、うまく出来た？」

びっくりして振り返ると、マギーが気まずそうにセーラの口をふさいでいた。

たいした役者だよ。

「いいさ、やるよ。いい見世物だった」

俺は肩をすくめるとその場を後にした。

狭い路地を抜け、中心から離れた通りに出た。それでも放浪の旅は終わらない。

分かっている。酒を飲みたければ、金を稼ぐしかない。しかし力も知恵も芸もない。やれるとしたらあっちの方くらいだ。とりあえずサイズと技術には自信がある。

どこかにいないものかね。金髪でスタイルも抜群で、しょっちゅう体がうずいて慰める相手を探している金持ちの未亡人は。年はまあ三十、いやもうちょい上でもありかな。

「おや？」

辿《たど》り着《つ》いたのは、『金獅子《きんじし》の遠吠《とおぼ》え亭』だ。さっきまで俺が飲んでいた店と違い、常連は金を持っている奴《やつ》ばかりだ。どのくらい違うかっていうと、ここのエール一杯でさっきの店なら五杯は飲める。俺は質より量の方なので、同じ金なら五倍楽しめる方にする。普段なら素通りするところだが、窓の隙間から気になる顔を見つけた。

『深紅の姫騎士』ことアルウィン嬢だ。俺は窓にへばりつきながらのぞき見る。カウンターのストールに座りながら一人杯を傾けている。ツレはいないようだ。

別に飲んでいても不思議ではない。金なら持っているはずだし、姫騎士様だって独りで飲みたい日もあるだろう。

頼んだら酒の一杯でもおごってくれるかね。

普通に考えたら断られるだろう。叩《たた》きのめされる可能性だってある。けれど、主張して止《や》まない腹の音と、姫騎士様の麗《うるわ》しくも寂しげな横顔に惹《ひ》かれた。俺は『金獅子《じし》の遠吠《とおぼ》え亭』の扉を押した。

店の中はロウソクの薄明かりに照らされ、外の喧噪《けんそう》がウソのように静まりかえっていた。客は姫騎士様を含めて四人、あとは四十絡《がら》みのあごひげがカウンターの奥で洗い物をしている。あれが店主のようだ。入ってきた俺に対し、露骨に不快そうな目でにらみつけてきた。場違いな貧乏人は帰れ、と雄弁に語っている。イスやテーブルの造りといい、金が掛かっているのがよくわかる。皿一枚でもパクったら明日の飯代くらいにはなりそうだ。

店主の失礼な視線を無視して、俺は姫騎士様の隣に座る。

「エールを頼む」

「金はあるのか？」

店主が尋ねてきた。失敬な男だ。

「もちろんだよ。アンタのお給金よりは多い」

ウソは悪いが、世の中には真実より大切なものがある。たとえば、姫騎士様の前で恥をかかないという俺の矜持《きょうじ》とか。

「前金だ」

「ほらよ」

銀貨をカウンターの上に滑らせる。人に酒をたかるくせに、スターリングの財布にはまだ銀貨というものが八枚も入っていた。おごってやった分より多めにもらってしまったが、迷惑料ということで勘弁してもらおう。

店主は無言でつまみ上げると、カップ入りのエールを差し出してきた。

姫騎士様は、俺が隣に座っても横目で見ることすらしない。完全に無視を決め込んでいる。それでも警戒心は捨てていないようだ。気配で分かる。もし下心丸出しで肩でも抱こうものならあっという間にぶちのめされ、店から放り出されるだろう。

話しかけるタイミングも摑《つか》めず、さして冷えてもいないエールをちびりちびりとする。我ながらしみったれた飲み方だ。

誰も話さず、酒場は静まりかえっていた。外から聞こえる喧噪《けんそう》がまるで別世界のように小さく聞こえる。

デズやスターリングなんかとバカ話に興じるのも楽しいが、たまにはこういうのもいい。静かに酒を味わえる程度には俺も大人になった。とびっきりの美女と一緒なら尚更《なおさら》だ。

「……何の用だ」

やがて、アルウィンが横目で話しかけてきた。おや、だんまりはもう終わりか。俺の存在など眼中にないのかと思ったが、予想以上に焦《じ》れていたらしい。

「用なんてないさ。あえて言うならこうしてお話をすることかな」

「なら、もう用件は済んだな」

視線をまたカウンターへと戻す。帰れ、と言外に告げているのは鈍い俺でも理解出来た。

「帰る帰らないは俺の自由だ。君に命令されるいわれはない」

こんな美人とお近づきになるチャンスを手放すほど俺は酔狂じゃない。

「なら、私が出る事にしよう」

カウンターに金貨を置いてストールから立ち上がる。俺は口を開いた。

「……仲間を失ったんだってな」

アルウィンの表情が固まる。やっぱりな。冒険者が一人で飲んでいる理由なんてだいたいそんなところだ。

「分かるよ。あれは辛《つら》い。大切な仲間を失った悲しみ、なんて簡単に片付けられるものじゃない。自分の無力さやら後悔やら色々なものがぐしゃぐしゃに胃の奥でかき混ぜられて、まるで半身を失ったような気分になる。夢に出るどころか、何をしていてもそいつの死に様が頭から離れない。酒を飲むのは美味《うま》いからでも酔っ払って気を紛らわせるためでもない。予防薬だよ。壁に頭を打ち付けたり、髪の毛を皮膚ごとかきむしったりしないためのね」

「……」

「仲間はほかにもいる。俺たちは一人じゃない。いなくなった奴《やつ》より今いる奴《やつ》らに目を向けて守るべきだ。けど、それは理屈なんだよ。『べき』だの『しなければならない』なんて義務じゃあこの苦痛は治らない。いつか時間が解決してくれるとしても、それまで耐えられる保証なんてどこにもない。誰もしてくれやしない。あーあ、いつまで続くんだろうね」

気がつけばアルウィンは座り直し、こちらを向いていた。さっきまでカウンターを向いたまま、顔も見なかったというのに。

「古傷を抉《えぐ》るようなマネをしてすまない。謝っておくよ」

殴られる覚悟はしていた。だが、アルウィンの表情に出ていたのは、怒りでも侮蔑でもなく、驚きだった。どうやら今の長話はムダではなかったらしい。

「……お前も冒険者なのか？」

「昔ね」

傭兵《ようへい》時代から仲間なんて何人も失っている。『百万の刃《ミリオンズ・ブレイド》』にいた時だってそうだ。つまらないミスや予想外の窮地、裏切り、怠惰、不意打ち等々。俺の周りにいる奴《やつ》は結構簡単に死んじまう。だからあの不器用で誠実で、殴られても焼かれても切られても岩に押しつぶされてもぴんしゃんしているひげもじゃが大好きなのだ。

アルウィンがためつすがめつ俺を見る。

「ケガでもしたのか？」

「まあ、そんなとこ」

野グソタレ太陽神の話はしたくない。せっかく美人と話しているのに、気分が台無しになる。

「だからこれは経験者からの忠告だ。悲しむのはいい。忘れろとも言わない。怒りも恐怖も憎しみも好きなだけ持てばいい。でも後悔だけはしないでくれ。あれは『飲む』ものじゃない」

「『飲む』？　『する』の間違いだろう」

怪訝《けげん》な顔をするアルウィンに俺は続ける。

「後悔ってのは『クスリ』と同じでね。苦しみから逃れるために手を出すと自己憐憫《れんびん》に浸って、最後にはそこから一歩も動けなくなる」

「……」

アルウィンがグラスに目を落とす。置いた拍子に波打ち、赤い波紋が広がる。

「ああすればよかった、もっと早く気づいていれば、なんて後からならいくらだって考えられる。妄想だよ。そう思わないか？」

返事はなかった。うつむきがちな目線からは、自分の感情を手探りで探しているようにも見えた。

俺は深々と息を吐いた。

「俺で良ければ悩みの一つや二つ、いくらでも聞くぜ。どうだい。別のところで飲み直そうじゃないか。ついでに、ここの払いも」

後ろからいきなり殴られた。完全に不意を突かれ、頭を抱えて四《よ》つん這《ば》いになる。振り返ると、金髪のボウヤが顔を真っ赤にして俺の下あごを蹴り上げた。勢いを殺せずに仰向けにひっくり返る。

「やめろ、ラルフ！」

とどめとばかりにのし掛かってきたラルフという男をアルウィンが押しとどめる。

「いきなり暴力をふるうとは何事だ」

「このようなゲスと関わってはいけません、姫様」

俺のことを知っているらしく、首を振るとアルウィンの手を取り、出口へと向かう。

「さあ、行きましょう。ルスタ卿《きょう》もお待ちです」

ムリヤリ引きずってでも行くつもりのようだ。アルウィンの意見も求めずに。

「離せ、ラルフ！」

「いいえ、今日という今日は言わせてもらいます。姫様には一刻も早く『迷宮』へ潜って……」

「やめろ！」

悲鳴のような大声が店内に響いた。酒場が静まりかえる。ラルフですら何事かと柱のように固まっている。見れば、手を振《ふ》り解《ほど》いたアルウィンが顔を青くしている。感情的になったのを後悔しているのだろうか。

「……子供ではないのだ。一人で帰れる」

　ぽつりと申し訳なさそうに言った。

「申し訳ございません。ですが、このままでは時間を浪費するばかりです。お辛《つら》い気持ちも分かりますが、そろそろ……」

　ラルフは謝罪しつつも連れて帰るのは諦めないようだった。アルウィンは渋々という感じでうなずいた。

「お勘定を」

　そのまま店の外まで出ようとするので、店主が静かに呼び止める。

　返事の代わりにラルフが大股で引き返し、カウンターに手を叩《たた》き付《つ》ける。角度でよく見えないが、音から察するに金を置いたのだろう。

　扉の閉まる寸前、隙間からアルウィンの顔が見える。まるで迷子のようだった。

　……行ったか。たっぷり五十数えてから立ち上がる。あの程度のへなちょこパンチなら百発食らっても死なない。反撃は出来ないけれど。

「じゃあ、俺も帰るわ。騒がせて悪かったな」

　アルウィンも帰っちまったし、酒をたかる相手もいないとなればここに用はない。酔いも醒《さ》めちまった。ほかに行くアテもなく、ねぐらに戻る。

　一つしかないベッドは空だった。まだ戻ってないのか。一眠りしようと吸い寄せられるようにベッドへ近付くと、机の下から黒い影が飛び出して来た。蜘蛛のように俺の足にしがみつき、手足を絡《から》ませる。

「おにごっこがしたいのなら付き合うよ、ポリー」

彼女の手を取り、机の下から出そうとすると案の定ただをこねる。

俺は窓を開ける。月の光が差し込み、ポリーの哀れな姿を照らし出す。目の端が赤黒く変色していて、髪は乱れ、口の端が切れている。

「また手ひどくやられたな」

底辺娼婦《しょうふ》なら客もロクデナシと相場が決まっている。女を殴らないと興奮しないような変態は、まともな娼館《しょうかん》なら出入り禁止だ。

傷薬なんて上等なものは無い。とりあえず顔を拭いてやろうと水を求めて立ち上がったところでポリーに抱きつかれた。

「ゴメンなさい、マシュー」

安化粧と涙と鼻水を俺のズボンで拭いながら頬ずりする。

「わたしが悪いのよ。またあなたに迷惑掛けて」

「そんなことはないよ。君は悪くない。悪いのは君に酷《ひど》いことをした奴《やつ》だ」

「ううん、いいの」

ポリーは虚《うつ》ろな目をして親指の爪をかみ出す。不安になった時のクセだ。だから彼女の親指はいつも半分剝がれている。

「わたしがグズだからいけないの。向こうは客だもの。多少、手荒な目にあったって笑顔でいなすくらいできなくっちゃ。パパはいつも言っていたもの。知っているでしょ？」

「ああ」

会ったことはないけれど、君から百万回も聞かされたよ。

「わたしね、もっと立派になりたいの。娼婦《しょうふ》だからって、なめられていい法はないわ。ヴァネッサみたいには学がないからムリでしょうけど、頭のいい娼婦《しょうふ》ならなれると思うの」

「そうだね、そう思うよ」

「だからね、捨てないで。ね、マシュー。わたし、がんばるから。知っているでしょ。わたし、字だって書けるのよ。その気になれば代筆の仕事だって出来るし、元手さえあれば商売だって出来るわ。ね、いつか二人で商売でもしましょう。この街でなくってもいいの」

懺悔《ざんげ》とも決意表明ともつかない言葉を今夜も繰り返す。けれどポリーが現状を変えるために何かしているところを見た事がない。三日坊主《みっかぼうず》ですらない。一夜の夢だ。夢を語れば今とは違う、最高の自分に浸れる。不幸を嘆き、後悔に縛られながらも現状を変えることもせず、自己憐憫《れんびん》に酔いしれる。酒や『クスリ』を飲まなくっても彼女は酔っ払いの中毒者だ。

「何がいいかしら。葡萄酒《ぶどうしゅ》とかいいけれど、マシューったら全部飲んじゃいそうだからダメね。あとは塩とか麦とかロウソクとかどうかしら」

どれも商業ギルドで権利を独占しているものばかりだ。生活必需品だからこそ非合法な取引に対する監視も、違反者に対する制裁も苛烈だ。仮に加盟したところで新参者の入り込む隙間はない。ポリーのアイデアはいつも空っぽで非現実的だ。

冒険者ギルドの鑑定士・ヴァネッサの話だと、昔はこうではなかったらしい。そこそこいいところの商家の出だという。頭は弱かったが、実家の手伝いなんかもしていた。婚約者もいたという。ひょっとしたらそこそこ裕福な商家の妻に収まっていたかもしれない。けれど、店が潰れると母親は首を吊《つ》り、父親は娘を娼館《しょうかん》に叩《たた》き売った。現実を認められないポリーは現状になじめず、折り合いも付けられず、夢みたいな解決方法にすがりつき、気がつけば最底辺まで転がり落ちていた。見かねたヴァネッサが何度も別の商売をすすめたが、三日どころか半日ともたなかった。

真面目に働け。きちんと自分の人生と向き合え。正論を説いたところで通用しない。その場でうなずきはするが、明日には同じ事を繰り返す。現状を変える努力より、泣き言を並べながら安酒に浸っている方が楽だからだ。そうして少しずつ歳《とし》を重ねて、やがて老いていく。俺の模造品《レプリカ》め。

「ああそうだ。君は悪くない。君ならやれるよ」

だから今日も毛筋ほどにも思っていない言葉を並べるのだ。

しばらくして、デズの嫁さんが無事に男の子を産んだ。幸い、母子共に健康らしい。デズの喜びようときたらなかった。ギルドでは相変わらずひげもじゃの仏頂面《ぶっちょうづら》だが、家に帰れば目尻を下げて赤ん坊をあやしてやがる。親友の喜ぶ姿は、俺も嬉《うれ》しい。からかうネタも増えた。

何か土産でも買ってやろうと街を歩いていると、不意に路地に入っていく人影が目に入った。反射的に振り返ると、灰色のフードを被《かぶ》った後ろ姿が奥へと進んでいく。形のいいお尻と優雅な歩き方は間違えようがなかった。

姫騎士様とはあの日以来、会っていない。たまに外から『金獅子《じし》の遠吠《とおぼ》え亭』をのぞき込むが、彼女はいなかった。

向こうは『迷宮』に入って勇ましく華々しく戦う。俺は日がな一日酒を飲み、用もないのに街をぶらつき、小銭でも落ちていないか目を光らせながら道を歩き、夜になれば泣き喚《わめ》くポリーをなぐさめる。接点などあろうはずがない。

しょせん、住む世界が違うのだ。出会うはずのない人間同士、会話をしたのもほんの偶然に過ぎない。すれ違うか遠目で見るくらいはあるだろうが、話す機会はもうないだろうと思っていた。

何の用だ？　いつもと服装は違うようだが、ここいらはあんなお姫様が立ち寄るような場所じゃあない。ラルフとかいうイカレ坊やもいないようだ。

一瞬迷ったが、後を付けることにした。どこぞの酔っ払いが垂れ流した小便や小間物のすえた臭いを嗅ぎながら後を付ける。ごつい体格の俺が後を付けてはすぐに見つかるかと思ったが、気づく様子はなかった。

曲がりくねった路地を進み、たどり着いたのは『夜光蝶《ちょう》通り』にある『紅《あか》い棺《ひつぎ》』という娼《しょう》館《かん》の裏だ。何の用だ？『灰色の隣人《グレイ・ネイバー》』には男娼《だんしょう》のいる店も多いが、あそこは女ばかりだったはずだ。姫騎士様にそちらの趣味があるのかと首を傾《かし》げていると、裏口から出て来た男に俺は目をみはった。

オスカーだ。ヴァネッサの恋人で三十がらみの優男だ。金髪に青い目、色男と呼んでいい顔立ちだが、俺は知っている。こいつは、俺と似たり寄ったりのクズだ。

オスカーは柔和な笑みを浮かべながらも油断なく周囲に目を配る。俺は物陰に隠れながら様子をうかがう。オスカーはアルウィンに小さな包みを手渡した。代わりに小さな袋を受け取る。わずかに金の擦れる音がした。オスカーは袋の中身を確認しながら満足そうにうなずく。

「約束は果たしたぞ」

アルウィンは怒りをこらえた様子で言った。

「あれを返してもらおうか」

「はて、なんのことですか？」

明らかにすっとぼけた口調だった。案の定、アルウィンの怒りが爆発する。

「貴様、私をたばかったのか」

「あまり大きな声は出さない方がいいですよ」

オスカーが唇に人差し指を当てる。

「人に知られてまずいのはむしろあなたの方ですから。ねえ、『深紅の姫騎士』様」

ささやくような小声だが、その声音は竜の首でも取ったかのように勝ち誇っていた。

「そんなかぶり物をしていては話しにくいでしょう。取っていただけませんか？」

「……」

「取っていただけませんか」

語気を強めながら繰り返すと、アルウィンは渋々という態度でフードを外した。赤く艶《つや》やかな髪があらわになる。

「やはりこうして見ると美しいですね……おっと！」

アルウィンの手が腰の剣に伸びる。と、同時にオスカーが素早く飛び下がる。

「物騒なマネは止めて下さいよ。ここで騒ぎを起こしたらお互いマズイことになる。でしょう？」

オスカーの脅し文句が効いたのか、アルウィンが明らかにひるむ。魔物の群れにも恐れず突っ込み、仲間を助け出す勇敢なお姫様が。

やがて手が柄から離れる。勝利を確信したのか、オスカーは一定の距離を取りながらアルウィンの背後へと回り込む。

「わかっていますよ。ちゃんとお返ししますって。ただねえ。やはり金貨とはいえこれっぽっちのお金では足りないのではないかと。価値はあなたの方がご存じのはずでしょう」

見せつけるように金の入った袋を振ってみせる。俺の生活費十年分はあるぜ。

アルウィンは苦悶《くもん》の表情で食いしばる。

「やはりここは、ねえ。これから長いお付き合いになるんですし、お金だけっていうのも寂しいじゃないですか。わかるでしょう」

男の伸ばした手が深紅の髪にかかる。彼女は一瞬みじろぎしたものの、振《ふ》り解《ほど》こうとはしなかった。

「俺が恐れながらと訴え出れば、俺もあなたも身の破滅だ。俺は構いませんよ。どうせ、失うものなんか何もありゃしない。けど、あなたは違う。そうでしょう？」

「……」

「ねえ、黙っていれば誰もわかりゃしませんよ。もっと親密なお付き合いをね」

オスカーの手が細く白い首筋へと伸びる。俺は鼻をつまんだ。

「おい、貴様。そこで何をしている！」

色黒の衛兵のモノマネは俺の数少ない特技だ。あの特徴的なダミ声は演じやすい。

「お前、オスカーだな。そこを動くな！」

足踏みして近付いてくる音を演出する。

オスカーは舌打ちしてその場を走り去った。あわてて誰かとぶつかったらしく、甲高い悲鳴が聞こえた。置き去りにされたアルウィンは一瞬呆《ほう》けていたものの、フードをかぶり直し、その場を立ち去ろうとする。

「ちょっち待ちなよ、お姫様」

アルウィンは足を止めて振り返った。

「そういえば名前を名乗ってなかったな」

安心させようと、両手を広げ、つとめて優しい声を出す。

「俺はマシュー。よろしく」

笑顔で手を差し出したが、握手はしてもらえなかった。まるでいじめられた野良犬《のらいぬ》みたいに警戒している。

「……どうしてここに？」

「それはこっちのセリフだよ。ここは君みたいなお姫様が来るところじゃない」

「貴様には関係はない」

「それはないんじゃないかね。痴漢に襲われそうなところを助けてやったってのに」

「痴漢？」

意外そうに目を瞬《しばたた》かせる。

「そう、痴漢。もしかしてする方だった？　だとしたらジャマしてごめん。お詫《わ》びに俺のケツ触っていいよ。感じやすいとこだから変な声出ちゃうかもだけど」

「ふざけるな！　誰が……いや、すまない。助かった。不意をつかれてしまってな」

話しながらアルウィンの表情に安堵《あんど》が広がっていく。秘密がばれずにすんだとほっとしているのだ。どうやら俺の予想が当たってしまったらしい。

「この礼はいずれ。急ぐのでこれで失礼する」

「まあ、そう言わないで。立ち話もなんだ。ちょっと付き合わないか。おかしなマネはしないよ」

「遠慮しておこう」

フードをかぶり直し、小鳥が羽ばたくようにその場を立ち去ろうとする。

「少しの間でいいんだ。今日は金もある……おっと」

財布が落ちて、銅貨や銀貨が散らばる。

「すまない、拾ってくれないか」

姫騎士様が眉間にしわを寄せる。俺みたいなチンピラに命令されるなど、屈辱だろう。あるいは、さっきのオスカーを思い出したのかも知れない。

それでも助けられた礼儀なのか、言われるままにしゃがみこむ。油断しすぎだ。その隙に彼女の手を摑《つか》み、懐《ふところ》へと手を伸ばす。包みを取り上げる。

「何をする！」

取り返そうとする前に急いで後ずさる。

「大きい声を出しなさんな」

今にも剣を抜きかねない剣幕に、あわてて手で制する。

「こいつは君みたいなレディが手を出していいシロモノじゃない」

お節介とは百も承知だが、見過ごせばどうなるかはイヤと言うほど分かっている。

「冒険者ギルドにはヴァネッサって腕のいい鑑定士がいる。知っているだろ」

こんな太陽の当たらない路地裏では、戦えば確実に負ける。何とか戦いを避けようと思いつくままに話しかける。

「そんじょそこらの連中じゃあ歯が立たないくらいの目利《めき》きなんだが、男を見る目は最悪でね。どうしようもないクズばかりと付き合っている。今の彼氏ってのが趣味の悪いことに、今君ともめていたオスカー君だ」

アルウィンの体がびくりと震える。

「あれはそこそこ名の知れた売人でね。やくざな連中からおっそろしい『クスリ』を仕入れては、自分を砂漠の王国から来た貴族と思い込んでいる夢想家や、脳みそに常識をしまい忘れた冒険者なんかに売《う》り捌《さば》いている」

フードの下から覗《のぞ》く顔は蒼白《そうはく》になっている。

「こいつは『麻薬』だな。そして君は常習者だ」

その瞬間、アルウィンは魂が抜けたようにへたりこんだ。

「違うかい？」

返事はなかったが姫騎士様の反応を見れば明らかだった。恐怖や怒り、羞恥、絶望、魔女の大鍋のように混ざり、煮詰まり、泡立っている。手が首の後ろに回っているのは、首筋に浮かんでいるであろう黒い斑点を隠すためか。

俺は袋を開けた。中には小さなビンが入っていた。ビンの中には白い粉が詰まっている。ふたを開けてニオイを嗅ぐ。

「『解放《リリース》』か」

俺自身使ったことはないが、体験者に聞けば、一舐《な》めすると気分が高揚して恐怖も何もかも吹き飛ぶという。その代わり待っているのは破滅だ。数年もしないうちに骨も内臓もボロボロ。確実に寿命は縮む。やめたところで禁断症状は地獄の苦しみだ。オスカーめ、こんなえげつないもの売りさばきやがって。地獄に落ちろ。

「あ、あ」

アルウィンの口からうめき声が漏れる。物欲しそうな声音が宿っている。いきなり飛びかか

ってこないあたり、まだ平常心を保っているようだが、悪化すれば『クスリ』欲しさに股でも開きかねない。

俺はふたを開けたまま、白い粉の詰まったビンを近くの排水溝へと落とした。白い粉がビンごと流れ落ちていく。

「個人の事情にとやかく言うつもりはないが、こんなものに頼るのは……」

不意に後頭部に衝撃を感じた。目を血走らせた姫騎士様がつかみかかってきた。

「貴様ぁっ！」

激高した様子で殴りかかってきた。とっさに両腕を上げたが、拳が顔面に入った。重くはないが、その分速度があってかわしにくい。防御の隙間から何度も殴られ、体勢を崩したところを地面に叩《たた》き付《つ》けられる。仰向けに転がったところを馬乗りになって殴られる。

まずいな。今の俺では腕力ですら勝ち目がない。姫騎士様ときたらすっかり頭に血が上っているのか、動きも大振りだ。体重を乗せた拳を俺はわずかに首をすくめ、額で受け止める。体の頑丈さは変わりがない。拳を痛めてひるんだところに姫騎士様の下からすり抜ける。

「『クスリ』が欲しいなら取りに行ったらどうだ。今すぐドブ水でもすすれば、まだニオイくらいは残っているかも知れないぜ」

そこでアルウィンははっと我に返ったように動きを止めた。赤く腫れた拳と排水溝、そして俺を交互に見ると、我が身を恥じ入ったのか、顔を伏せてしゃがみ込む。すすり泣くのかと思ったが、声は聞こえてこなかった。

しばらくして俺は立ち上がり、ホコリを払い落とすと姫騎士様に向かって手を差し伸べる。

「よければ話を聞こうか」


姫騎士様を連れて行ったのは、冒険者ギルドの二階だ。ギルドの中には冒険者同士が内緒話をするための部屋がいくつもある。少々大きな声を出しても外には漏れない。それ故に、冒険者同士の私刑《リンチ》にも使われる。ここなら盗み聞きされる心配はない。我が家へとお連れしようかとも考えたが、この状況ではよからぬ企《たくら》みをしていると勘違いされそうだ。ちなみにポリーは商売に出掛けて、夜遅くになるまで帰らない。

狭い部屋の真ん中にはあちこち傷だらけのテーブルが歴戦の戦士のように佇《たたず》んでいる。足のぐらついたイスに姫騎士様は言われるまま座る。

手のひらを膝の上にのせ、青い顔でうつむき、まるで裁きを待つ罪人のようだ。

「そうかしこまらなくていい。俺のことは神父だとでも思ってくれ」

信心なんぞは、おふくろの腹の中に捨ててきたが、誰かの悩みを聞くくらいはできる。

「率直に言う。君は『迷宮病』なんだろう」

相変わらず無言だったが、わずかに握られた手のひらや、くっつき合う膝は正直に白状してくれた。

「よくある話だ」

ろくな明かりもない『迷宮』は死と隣り合わせだ。地形に魔物にワナに同業者。いつ死神がケツから襲ってきたっておかしくない。この街に来てからそういう人間を何人も見てきた。

一度『迷宮病』にかかれば、魔法でだって治せない。僧侶の『奇跡』で戦意を高揚させても一時しのぎだ。すぐにまた怖がりの子猫に戻っちまう。比較的軽い奴《やつ》なら別の街で『迷宮』に入らなければ、まだ戦える。けれど大半は、戦いすらままならなくなる。冒険者なんて命を張るのが商売だ。命を張れなくなったらそこでおしまい。あとは引退か、命を落とすかだ。

にっちもさっちもいかなくなって『クスリ』に手を出すのもいる。『深紅の姫騎士』様も例外ではなかった。それだけの話だ。賢いとは思わないがね。

観念したのか、彼女は顔を伏せたままぽつぽつと話し出した。

「私が……手を出したのは半年ほど前だ」

戦いと『迷宮』の恐怖に耐えかねて手を出したのが始まりだという。正体を隠し、手に入れると少しずつ、使用していた。

「最初は良かった。気分も高揚し、『迷宮』攻略もそれまでとは比較にならないくらいに進んだが、すぐに愚行の報いが来た」

だんだんと『クスリ』を飲む頻度が上がり、今では一日に一回は使わないと禁断症状が訪れる。手が震え、気が短くなり、訳もなく周囲に当たり散らす。異変を悟られまいと何度も手を伸ばす。悪循環だ。

「挙げ句の果てにあのような輩《やから》に言われるままに、先祖から伝わる翡翠《ひすい》のネックレスを渡してしまった」

大昔に異国から嫁いできたお姫様が持参してきたもので、大変貴重なものだという。そんなものを『クスリ』と引き換えにしようとした……いや、一度は実際にしたのだ。これが『クスリ』の怖さだ。清廉潔白で意志の強いお姫様ですら正気を失ってしまう。

すぐに後悔し、金を集めて買い戻そうとしたが逆に脅される始末だ。

「マクタロード王国救済の象徴たる私が、あんなものに頼って恐怖をごまかしていたなど、民には知られるわけにはいかない。分かるだろう？」

「怖いのなら引退すればいい」

「それは、できない」

「事情は知っている。王国再興のためには『迷宮』に挑み、宝を手に入れなくてはならないってんだろ。はっきり言うが、君の周りの連中はどいつもこいつもふぬけのヘタレ野郎だ。そんなもん、吟遊詩人に銅貨の何枚でも握らせりゃあ喜んで歌ってくれる。現実にするもんじゃない」

生き残った連中で力を合わせて挑もうってんならともかく、いくら凄腕《すごうで》だろうと女一人に国の運命を背負わせようだなんてクソ以外の何物でもない。

国が欲しいのなら南の荒野でも開墾するか、よその国を侵略するって手もある。どこかの国に仕官して乗っ取るとかもいい。夢みたいな手段にすがりつくよりはよっぽどマシだ。

「怖いなら怖いと言えばいい。そんな当たり前の事すら口に出せないような相手に背中を預けているのか？」

「貴様には関係ない」

「そうだな、関係ない」

俺はため息をついてイスの背もたれに背中を預ける。

「この前ちょいと話したくらいで名前すら名乗ってなかった。認めるよ。その上で質問なんだが、君の苦しみを知っている奴《やつ》は何人いる？　賭けてもいい。ゼロだ」

もし彼女が苦しみや恐れを口に出せていたら、『クスリ』になんぞ手を出さなかっただろう。崇高で、清廉で、可憐《かれん》なお姫様だと期待という名のティアラを彼女の頭に載っけて、褒《ほ》め称《たた》えるだけだ。そいつがどれだけお姫様の負担になっているか考えもしない。呑気《のんき》で無知で無能で、幸せな連中だよ。死ねばいいのにな。

「忠告だ。金輪際『クスリ』は止めろ。あんなものに手を出すのは間違っている。他人の事情に口出しする趣味はないし、命令する筋合いじゃないのも分かっている。その上であえて言うよ。止めろ。絶対にだ」

言葉にしながら胸クソの悪さが蘇《よみがえ》ってきた。

「『クスリ』に手を出した奴《やつ》を何人も見てきたが、どいつもこいつもろくな最後じゃなかった。買う金欲しさに強盗働いて処刑された奴《やつ》、錯乱して魔物を自分のママと思い込んで自分から食われに行った奴《やつ》、禁断症状に耐えきれずに自分の喉を貫いたのもいる。ユニークな死に方がお望みってわけじゃないだろ」

どいつもこいつも頼みもしないのに、悪趣味な曲芸を見せやがって。

「特に『解放《リリース》』は効き目の強い分、禁断症状も半端《はんぱ》じゃない。おまけに『解毒《げどく》』も効かないときている」

世の中には魔法という便利なものがあって、傷を治したり体に入った毒を中和したりする。けれど治せないものもある。『迷宮病』のような心の病、そして麻薬中毒もそれだ。特に『解放《リリース》』は成分に特別な魔力が含まれた薬草も使われているとかで、解毒剤《げどくざい》も作れない。

「一番いい方法は、『迷宮』の宝も王国再興も諦めて冒険者を引退することだ。そして田舎で海でも見ながら療養するんだな。あとは別の奴《やつ》が引き継げばいい。病気でもケガでも、理由なんかいくらでもでっちあげられる。君はよくやったよ。あとは下々の者に任せればいい」

「忠告は感謝する」

辛《つら》そうに首を振る。

「だが……今の私には、必要なものだ」

「『クスリ』に頼って王国再興か？　王国史になんて書くんだよ。『迷宮病』でびびったアルウってか？」

ィン姫殿下は『解放《リリース》』に手を出して中毒になりながら宝を手に入れて王国をよみがらせました

「いざというときの覚悟は出来ている」

「秘密も恐怖も全部飲み込んで冥界に旅立ちますってか。やめろよ。トカゲの尻尾切りにされるなんて、お姫様の仕事じゃない」

「何故《なぜ》、そこまで口出しをする。お前は無関係だと自分で認めたではないか」

「君は子猫が腹を空かせていたらパンをめぐんでやったりしないのか？　花が枯れかけていたら水をやったりしないのか。そういうことだよ。人間なら誰もが持っているような思いやりってやつだよ」

お節介とは百も承知だ。本来なら無関係と割り切ってもいいし、このネタを誰かに売ってもいい。『深紅の姫騎士』様の醜聞なら高く売れる。高貴で優雅で高潔で、俺とは生まれも育ちも違いすぎる。そんな人間が地べたを這《は》いずり周り、汚泥《おでい》をなめる。その姿にざまあみろ、と興奮する人間は多い。俺だってそうだ。むしろ率先してやってきた。それをさせないのは、鼻毛ほどに残っている良心だろう。あるいは、目の前で縮こまっている姫騎士様に情がわいちまったか。

「民はどうなる。魔物の大群に襲われ、騎士も兵士も、王家もなすすべもなく、土地や家族を奪われた。何の罪もないのにだ」

「別に君が魔物を引き寄せたわけじゃないだろう」

責任感が強いのは結構だが、何でもかんでも背負い込み過ぎだ。

「それに民草なんてのは存外にしぶといもんでね。どこにだって住み着くし、金と食い物さえあれば適当にやっていくさ。マクタロード王国じゃなきゃダメなんてのはほんの一握りだよ」

そこでアルウィンが不思議そうに言った。

「お前は何者だ？」

「ただのヒモだよ」

「ヒモとはなんだ？」

初心《うぶ》なお姫様だ。

「ここから遠く離れたとある港町じゃあ、海に潜って魚や貝を捕って来るのを仕事にしている女たちがいるらしい」

頭に疑問符を浮かべるアルウィンを目線で黙らせ、話を続ける。

「浅瀬はだいたい取り尽くしているから、小舟に乗って沖まで出て、深く潜る。当然、溺れれば命はない。だから腰に命綱を付けている。限界まで魚や貝を捕って、息が続かなくなれば、命綱を引っ張る。それを合図に小舟の上で待っている男たちが女たちを引き上げるって話だ。そこから女性を助ける男のことを命綱……つまりヒモって呼ぶようになったらしい」

話に聞いただけなので事実かどうかは知らない。

「何故《なぜ》、男が潜らないんだ？」

「船を操るのが仕事なのか、あるいは引き上げるのは男の体力じゃないと務まらないってところだろう。あとは、女の方が寒さに強いから長く潜っていられるって聞いたこともある」

質問されても答えられない。しょせん聞きかじりの知識だ。勘弁して欲しい。

「要するに、わずかな対価と引き換えに女性を助け、癒やし、慰める。何というか、女性の指南役だな」

「お前がその、指南役だというのか？」

「まあね」

今は働きもせずに娼婦《しょうふ》に寄生している。ロクデナシのクズだ。

「王国も民も大事ってのは分かるが、やめておけ。君を犠牲にするほどの価値はない」

「違うんだ」

そこでアルウィンは辛《つら》そうに首を振った。

「確かに王国再興も大事だが、今はそれじゃない」

「何が違うんだ」

「……メリンダの娘がいなくなった」

メリンダはアルウィンの友人、らしい。心優しい姫騎士様は冒険者になってから、付き合う人間にも上下を問わず、接してきた。そのうちの一人だ。夫は子が生まれてすぐに蒸発。身体《からだ》を売って女手一つで育ててきた。その子が昨日からいなくなったらしい。半狂乱になって探し回ったところ、とある犯罪組織に誘拐されたのだとわかった。

「メリンダの姿も見えない。おそらく子供を探しに向かったのだろう」

「犯罪組織って？」

「『三頭蛇《トライ・ヒドラ》』らしい」

「最悪だ」

この街に巣くう組織の一つだ。規模は小さいが『クスリ』の売買を手がけている。最近では人身売買にも手を染めているらしい。頭のいかれた連中も飼っているから、敵に回すと厄介だ。もちろん、衛兵など当てにならない。賄賂をもらっている連中に頼るなど、自分から処刑台へ上がるようなものだ。彼女もそれは分かっているらしく、自力で助けるつもりのようだ。無謀だと思うがね。今の俺なら間違いなく夜逃げする。

「君の家来はどうした？　この前、俺をぶん殴った坊やなら喜んで命令に従うと思うけど」

アルウィンは悲しそうに目を伏せた。

「ラルフは、メリンダとの関わりを嫌っていた。由緒《ゆいしょ》正しい姫君が娼婦《しょうふ》などと会話するのも汚《けが》らわしい、とな。あとの者たちも似たようなものだ。メリンダの娘を助け出すといっても手を貸してはくれないだろう」

そんな仲間、捨てちまえ。

「それに彼らは家来ではない。ルスタ卿《きょう》がツテを使って集めた者たちだ。卿《きょう》も捜索には反対している」

ああ、知っている。あの歳《とし》食った騎士様か。多分童貞だな、ありゃ。

「ほかの冒険者は？」

「何人か声をかけたが、『三頭蛇《トライ・ヒドラ》』の名前を出したら全員断った」

「だろうね」

俺でも断るよ。命懸けで戦うのと、自殺しに行くのとは別だ。

援軍はない。反対を押し切って助け出そうにも、もう『クスリ』なしでは戦えない体になっていた。そのためネックレスを取り返しがてら買い求めようとしたところで逆に脅迫されてあわや汚されそうになった。そこで俺と遭遇したってところか。

「事情は理解したよ」

俺は深々とため息をついてから言った。

「やはり君の選択肢は一つだ。そのメリンダって娼婦《しょうふ》も子供も見捨てろ」

アルウィンの目が見開かれる。

「その何とか卿《きょう》は正しい。たった一人で悪党の巣窟《そうくつ》に挑もうだなんて無謀だ。間違いなく返り討ちに遭うだろう。仮に君が助け出したところで、この街の娼婦《しょうふ》は長生きしないよ。いずれ頭のおかしな連中に刺されるか、おかしな病気で死んじまう」

「そんなの」

「決まっているよ」

脳裏によぎった光景を振り払うために髪の毛をかきむしる。

「俺は何度も見てきた」

アルウィンは口をつぐんだ。嘘《うそ》ではないと悟ってくれたようだ。

「君が強くっても神様じゃない以上、助けられない人間だっている。いて当たり前だ。誰かを救いたいという気持ちは尊いと思うが、まず君自身を救うべきだ。そもそも君がパーティの仲間ともっと親密な関係を築いていれば、俺なんかに助けられることもなかったはずだ。だろ？」

俺は立ち上がった。忠告はした。誠意も込めたつもりだ。あとは姫騎士様のお心次第だ。死ぬも生きるも薬物中毒になるのも好きにすればいい。今しがた俺が言った通り、助けられる人間とそうでない人間がいる。願わくば目の前の女性が前者であることを祈る。用件は済んだので出口へ向かう。

「お前は、どうなんだ？」

後ろから声がかかる。麗《うるわ》しい声音にほんのわずかな期待がこもっている。

「やめてくれよ」

頼られても困る。そいつらが一日中、太陽の下にいるってんなら別だが。

「俺の給金は高いぜ。君の処女膜だ。まだ残っているのならな」

「ふざけっ……」

振り返ると、アルウィンの顔が羞恥だか怒りだかで真っ赤に歪《ゆが》むのが見えた。殴りかかってくるかと思ったが、足をもじもじさせながら目線をそらす。

「そうそう、オスカーの方は心配しなくてもいい。あいつには貸しがあってね。俺の方で何とかしておくよ。何とかってネックレスも取り返してみせる」

「え?」

呆《ほう》けたような声が出る。何故《なぜ》そんな反応をするのだろう。俺が声を上げたくなった。

「あー、もしかして名前忘れた? ほら、さっきの売人。まあ、覚えなくてもいいけど」

「……そうだな、そうだった」

そこでようやく思い出したらしい。自分が薄氷の上に立たされている事実に。

「もしかして、忘れてた?」

「……すまない」

「いいさ。悩みも多いだろうからね。もちろん、俺も舌を引っこ抜かれても言わない」

多分。……舌引っこ抜かれたこと一度もないけど。

俺はズボンのポケットから小さな包みを放り投げた。

「あげるよ。この前のお礼だ」

「これは？」

「あめ玉だよ。薬草が混ぜてあるから喉にいいんだ。口寂しい時にはぴったりだ。気持ちも落ち着く」

娼婦《しょうふ》とその娘の心配ばかりして、自分の身に起こったばかりの危機を忘れるような姫騎士様にはちょうどいい。その気になりゃあ、俺の首切り落として口封じだってできるってのも思いつかねえんだろうな。

じゃあな、と手を上げて今度こそ部屋を出た。下に降りると、間のいいことにデズがいた。

「嫁さんと子供はもういいのか？」

「隣の女房《にょうぼう》が見てくれているよ。忘れ物取りに来ただけだ。すぐに帰る」

「その前に頼みがある。金貸してくれ」

ひげもじゃの顔がしわくちゃにゆがむ。

「何に使う気だ」

「決まっているだろ」

俺は言った。

「キレイなお姉ちゃんのところにいって、しっぽりとしけこむんだよ。美人と二人っきりだったもんでむらむらしちまって仕方ねえんだ」

　外はすっかり真っ暗になっていた。小さくなっていく幌《ほろ》馬車を見送りながら俺は背を丸めて家路へと急ぐ。さっき水も浴びたからニオイで気づかれる心配はない。ここのところご無沙汰だったせいか、すっかりなまっちまっている。以前ならなんてことなかったのに、今は体がぎしぎしと痛む。引っかかれた頬が痛い。ムチャしてくれるよ。

「早く帰らないとな。ポリーが帰ってたら面倒だ」

「ねえ、マシュー！」

　不意に路地から伸びた手に引っ張られる。バランスを崩しながら手の主を見て、俺は安堵《あんど》した。

「おどかすなよ、マギー。図体《ずうたい》はでかくても俺の心臓はダニよりちびっちゃいんだ。びっくりして止まっちまったら……」

　俺の軽口にも取り合わず、マギーは涙声で俺の胸にすがりついてきた。

「何があった？」

　彼女の両肩を抱きながら顔をのぞき込む。冗談を言っているような顔ではなかった。

「昨日からセーラが戻って来ないのよ。ねえ、セーラ見なかった」

「いや。見てないが……まだ戻ってないのか？」

「やっぱり、あなたじゃないのね。ああ、やっぱり」

　その場で崩れ落ちる。硬く冷たい床石に膝を付けながらも立ち上がる気配はなかった。

「どうした？　心当たりがあるのか」

「あの子を柄の悪い大男が連れて行くのを見たって。それでもしかしたらって……」

嫌な予感が膨れ上がる。セーラは可愛《かわい》らしい。それに頭のいい子だ。人身売買を生業にしている奴《やつ》らなら目を付けてもおかしくない。けれど、頭のいい子がおとなしく誘拐されるだろうか。抵抗するか、何かしらの痕跡を残しそうなものだ。

「場所はどこかわかるか」

「見ていた人の話じゃあ『石喰蛇通り』の辺りだって……普段ならあんな場所に寄りつく子じゃないのに……。衛兵や冒険者に頼んでもみんな首を振るばかりで、一人だけ助けるって言ってくれたけれど、あの人じゃあ……」

俺は空を見上げた。あの辺りは『三頭蛇《トライ・ヒドラ》』の根城だ。ガキ一人さらうのにムチャしやがる。いくら賄賂を与えようと、衛兵だって限度ってものがある。おそらく犯人はメリンダの件と同じ奴《やつ》だろう。……いや、待てよ。

「マギー、君の芸名って何だっけ？」

「どうしたの、急に」

娼婦《しょうふ》なんて商売していると、頭のおかしな男に絡《から》まれるのもしょっちゅうだ。そのために別の名を名乗る女は多い。

「それってメリンダって名前？」

「そうよ」

「もしかして君、姫騎士様と懇意にしていたりする？」

「知っていたの。ええ、そうよ」

熱に浮かされたかのようにうなずいた。

たちの悪い客に襲われそうになったところを助けてくれたのがきっかけらしい。分け隔てなく接するアルウィンに、この場末の娼婦《しょうふ》もすっかり夢中になったようだ。

「とってもいい人よ。セーラを助けるって言ってくれたのもあの人。でも助けるっていっても、ほかの仲間はみんな私の商売を知るなり白い目で見ちゃってさ……。なにさ、どいつもこいつも！　アソコおっきくするばかりでいざという時には何の役にも立ちやしない」

「あ、マシュー！」

俺の名を呼びながらエイプリルが路地に入ってきた。

「こんな夜中に一人で歩き回るもんじゃないよ」

いくらギルドマスターの孫娘だからといっても危険すぎる。

「それどころじゃないって。ねえ、セーラを見なかった？　いなくなっちゃったの」

「お前さんもか」

知りうる情報を話すと、エイプリルは真っ青な顔で壁にもたれかかる。

「じいさまに話してみたらどうだ」

ギルドマスターの権限なら冒険者を動かせる。正確な人数は知らないが、この街だけでも百人は超えるだろう。脳みその欠けた連中ばかりだが、腕だけは一丁前だ。

「ダメだよ」

悲しそうに首を振る。

「ギルドと何の関係もない人のために冒険者は動かせないって」

仮に依頼をギルドで受注したとしてもマギーは貧乏だ。はした金のために命をかけるほど、冒険者はお人好《ひとよ》しではない。『三頭蛇《トライ・ヒドラ》』と表だって事を構えたくないというのもあるだろう。

「ワタシ、みんなにお願いしたけれどアルウィンさん以外は誰も聞いてくれなくて」

ギルドマスターの孫娘という神通力《じんつうりき》も肝心のじいさまが及び腰では通用しなかったようだ。

「どうしたらいいの、こうしているうちにセーラは」

「とにかく落ち着けよ」

メリンダ……いや、マギーの肩を抱きながら言い聞かせるように言った。

「まだそうと確実に決まったわけじゃあない。いいか。おとなしく家で待っていろ。下手に動き回れば今度は君の身が危険にさらされる」

「でも」

「でももだってもなしだ。君にしか出来ないんだよ。迷子の娘を家で出迎えるってのはね」

マギーはしばし呆然《ぼうぜん》としていたが、やがて意を決したようにうなずいた。

「エイプリルは彼女を家まで送ってやってくれ。それくらいなら後ろの連中も文句は言わねえだろ」

俺が視線を向けると黒い影が物陰に引っ込む。天下のギルドマスターが大事な孫娘を護衛もつけずに物騒な夜の街をうろうろさせる訳がない。いつもああして後ろから見張っているのだ。しかしあくまでもギルドマスターの手下なので、エイプリルの命令に従うわけではない。

「ワタシも探すよ」

俺は首を振った。

「君のじいさんとデズが言うとおり、俺はロクデナシだ。けれど、これだけは分かる。君は帰るんだ」

「……」

「頼むよ。これ以上、俺に恥ずかしいマネさせないでくれ」

子供に説教だなんて柄でもないってのに。

エイプリルは不承不承という感じでうなずいた。

「ワタシ、もう一度じーじ……お爺《じい》様に頼んでみる」

「俺はその辺りを探してみる。何かわかったら報告するよ」

「お願いよ。マシュー、あなただけが頼りなの。ほかの男は全然頼りにならなくって……」

その後二言三言なぐさめてから俺はその場を離れる。お願いよ、というマギーの声を聞きながら俺は居たたまれない気分になっていた。『三頭蛇《トライ・ヒドラ》』と事を構えれば、今の俺なんぞ百も数えない間に冥界行きだ。

きっとセーラは戻って来ないだろう。年相応に可愛《かわい》らしくておしゃまで母親に懐《なつ》いていた子は二度と帰ってこない。頭のいかれた連中の慰み者にされるか、子供を殴らないとイケないような変態の相手をさせられるか。どのみち、ろくな最後ではないだろう。何の罪もない少女が殴られ、顔を紫色にして、血を流し、泣き喚《わめ》き、母親に助けを請《こ》いながら尊厳を奪われ、やがてボロぞうきんのように死んでいくのだ。最後に見る光景はどこかの金持ちのベッドの上か、生きながらに埋められた穴から見る夜空か。今から自分を殺そうとする男の笑顔か。

——反吐《へど》が出る。

胃のむかつきをこらえながら部屋に戻る。鍵が開いている。こんなボロ部屋に泥棒か？　と恐る恐る部屋に入る。

燭台《しょくだい》ごとロウソクを引き寄せて火を付ける。イスに黒い影が座っている。明かりを近づけて俺は一瞬息をのみ、盛大に吐いた。

「おどかすなよ、ポリー」

返事はない。テーブルに突っ伏したまますすり泣いている。またか、と内心うんざりしながら優しく揺り動かす。

「どうしたんだい。また殴られたのかい。大丈夫だよ。君は悪くない」

急に手首をつかまれた。ぎょっとしたところでポリーが顔を上げた。安化粧が涙と鼻水で流れ落ちて、無残な姿だ。抱きたくて買った女がこれなら怒り出す男は多いだろう。

「使っちゃった……」

「何を?」

「これ……」

テーブルの上に差し出されたのは小さな布の袋だ。中は空だ。

「銀貨が入ってたの。数えてないけど彼は三十枚って言っていたわ」

娼婦《しょうふ》としての稼ぎでないのは明らかだ。彼女の相場にしては高すぎる。物好きはいるだろうが、それなら身請けでもした方が早い。おまけにろれつが回っていない。相当酔いが回っているな。

「お客さんがね、子供探しているって。小さくて可愛《かわい》い子。だからね、教えてあげたの。大切な用があるからって呼んであげた」

心臓が締め付けられた。

「君が、セーラを売ったのか?」

「悪いと思ったのよ。だからね。マギーにせめてお金あげようと思ったの。でも行く途中で申し訳なくなって、ああ、本当に悪いことしちゃったなって思ったからガマンできなくって」

酔い潰れるまでしたたかに飲んだくれた、というわけだ。なるほど、母親と同じ商売だったしセーラとも顔見知りだったはずだ。それでだまされたのか。

「ねえマシュー」

　ポリーがすがりついてきた。

「ゴメンなさい、わたしが悪いのよね」

「その男っていうのはどんな奴《やつ》なんだい」

「ねえ、怒っているの？　そうよね、わたしみたいなバカは死んだ方がいいわよね」

「いいかい、ポリー」

　真正面から肩を抱いて見つめ合う。こうしてお互いに見つめ合ったのは久し振りのような気がする。互いの傷をなめ合い、すがりつくだけの関係は心地よかったのも事実だ。けれどこうして互いの目を見つめ合っていても何も響いては来ない。俺の心にも、彼女の心にも。

「俺は君を責めちゃいない。怒ってもいない。俺はただ、セーラがどこに行ったかを知りたいんだ。七歳の小さな子が母親と引き離されて、悪党の手に渡っている。時間がない。こうしている間にもどこか遠くに売り飛ばされる。分かるだろう」

「そうね、すっごく分かるわ」

　ポリーは何度もうなずいた。

「やっぱり、わたしが悪かったのよ。ねえ、マシュー、捨てないで。わたし、ゴメンなさい、謝るから」

不意に俺の手からすり抜けると、膝を突いて泣き崩れる。

その後も繰り返し謝罪を口にしたが、セーラやマギーへの詫《わ》びはただの一言もなかった。

俺は隙を見て彼女から離れると、押し入れに放り込んでいた古道具入りのずた袋を抱え、逃げるようにして出口へと向かう。今の俺では捕まれば抜け出すのは難しい。

「待って！　置いていかないで！」

ポリーは這《は》うようにして俺を追いかけてきたが、イスに足を取られてすっ転ぶ。床に顔を打ち付け、髪を振り乱しながら手を伸ばす。

「ねえ、行かないで、マシュー。お願い。捨てないでよ、ねえ！」

俺は外に出ると振り返りながら言った。

「君は悪くない」


階段を降りて外に出る。当てはある。『三頭蛇《トライ・ヒドラ》』の荷物置き場なら『石喰蛇通り』の外れにある倉庫だ。おそらく、そこに子供を集めて、少しずつ街の外へ連れ出すつもりだろう。いくらこの街の領主がぼんくらでも大手を振って誘拐した子を連れて歩けやしない。それに壁に囲われたこの街では、出入りには門を通る必要がある。今日はもう閉まっている。ムリヤリ通ろうとすれば大騒ぎだ。

おそらくは明日の朝、『三頭蛇《トライ・ヒドラ》』にもらった賄賂で懐《ふところ》をぬくぬくさせた腐れ衛兵のいるところを偽装した馬車で通るってところか。

外はもう真っ暗だが、時間はない。明日になればセーラは街の外へ売り飛ばされるだろう。

俺の足は自然と『石喰蛇通り』へと向かっていた。荒事ならデズに頼るのが一番だが、あいつにも立場がある。今回の件で冒険者ギルドは無関係を貫いている。ギルドの意に反して、下手にやくざと事を構えたらクビになっちまう。

あーあ、マシューよ。お前さんはいつの間にそんなおバカさんになっちまったんだ。セーラがどこぞの変態に慰み者にされようと、マギーが戻らない娘を嘆こうと、俺には何の関係もないってのに。全部目をつぶってほっかむりしてりゃあ、明日の朝日も拝めようってのに。非力な能なしが乗り込めば確実に死ぬ。他人のために命をかけるなんぞ、柄でもないってのに。

「待ってくれ」

すると目の前にフードを被《かぶ》った女が現れた。声ですぐに分かった。アルウィンだ。びっくりはしたが、声は出さなかった。

「デズというドワーフから聞いた。お前がこの辺りに住んでいると」

口の軽いもじゃひげめ。今度三つ編みにしてやる。

「頼む、手を貸してくれ」

「報酬は？」

うつむいていた顔を上げ、フードを取り払うと、毅然《きぜん》とした口調で言った。

「お前に身を任せてもいい」

顔を赤らめてはいるが、その目に迷いはなかった。

「……まだ残っているからな」

俺はうめきながら溢《あふ》れ出《で》る感情を整理できずに頭をかきむしる。

「どうしてそこまで？」

「ジャネットは私の目の前で死んだ」

それが『迷宮』で死んだ、アルウィンの仲間だとすぐに気づいた。

「前に言っていたな。私が苦しんでいると知っている仲間はどれだけいるかと。彼女がその一人だった。いや、唯一の友だった。そんな仲間を私は失った」

その時の光景を思い出したのだろう。血の気が引いて真っ白だ。

「ジャネットだけではない。あの時、父は魔物に頭から食われ、母は踏み潰された。全部、私の目の前だ。大切な者たちが目の前で奪われても、私は何も出来なかった」

例の魔物の大量発生の時か。きっとその時からアルウィンは心に傷を抱えていたのだ。それでも王国と民のために自分を殺して戦い続け、精神をすり減らし、魂の均衡を失っていったのだろう。

「私は臆病だ。周囲の者が言うほど立派でもない。弱くて、情けなくって、間違った道を選ぶような女だ。でも、そんな私でも子供をさらうような悪漢どもを許せない気持ちはある」

「……」

「ジャネットは私の弱さも知っていた。お前と同じように、王国の再興より私が大事だと言ってくれた。ここでメリンダたちを見捨てれば、私はまた後悔する。私は後悔したくない。お前が教えてくれたんじゃないか。後悔は『飲む』ものではない、と。勇気も正義もない私だが、せめて少しでもこの街の秩序と正義を守れたらそれでいい」

「そうか」

彼女は吟遊詩人が語るような強い女性ではない。むしろ、どこにでもいる女性だ。弱さを抱え、周囲の期待に押しつぶされそうになって、後悔し、嘆き、苦しみ、それでも強くあろうとする。傷つき倒れても立ち上がる。立ち上がろうとする。困難の中でこそ光り輝く。闇夜に輝く星。泥中に咲く一輪の花。

誇り高いのだろう。お姫様だからではない。アルウィン・メイベル・プリムローズ・マクタロードだからだ。

俺とは大違いじゃないか。

「……覚悟を決めたのなら俺に言うことはない。手伝うよ」

アルウィンはほっとした様子で息を吐いた。可憐《かれん》な笑顔だ。

これまで色々な女に惚《ほ》れてきた。抱いた女はその百倍はいるだろう。けれど、アルウィンへの気持ちは今までのそれとは別な気がした。こいつが愛情なのか憧れなのか忠誠心なのか、あるいはまた別の何かなのかは分からない。確かなのは、この女のために命をかけるのも悪くないってことだ。

「本当なら前払いでしっぽり、と言いたいところだが時間がない。報酬は後払いで構わない」

「助かる」

「どうせ目的地は同じだ。道連れがこんな美人なら言うことはない」

アルウィンはにやりと笑った。

「必ず、助け出そう」


『石喰蛇通り』にある『三頭蛇《トライ・ヒドラ》』の倉庫は石を積んだ上に漆喰《しっくい》で塗り固めている。湿気対策も何もあったものじゃないが、頑丈だけが取り柄だ。こいつを壊すのはちょいと厳しい。人の背丈より高い両開きの扉。その前には案の定、たき火をしながら見るからにいかつい顔つきの連中が見張りをしている。

物陰から様子をうかがっていると、倉庫の前に幌《ほろ》馬車が駐まった。出て来たのは、みすぼらしい子供達だ。両手を縛られ、口を布で塞がれている。一列になって倉庫へ押し込まれる。

やはり、あそこで間違いなさそうだ。

ここに来る道すがら考えていた作戦を伝える。

「とりあえず、俺が連中の注意を引く。その隙に君は裏口から潜り込んでさらわれた連中を助け出してくれ」

裏口には錠前が掛かっているが、姫騎士様の剣ならぶった切るのも簡単だろう。

「セーラは知っているよな。見かけたら伝えてくれ。『お母さんが待っている』ってな」

アルウィンはうなずくと意味ありげに俺を見た。

「死ぬなよ」

「そんなつもりは更々ないよ」

彼女の背中を見ながら俺は息を吐いた。俺の人生もここで最後かも知れない。恐怖はなかった。散々好き放題やって来たのだ。幕を下ろすのならそれまでだ。それまではあがくだけあがきまくってやるさ。

「よう、元気かな。諸君」

アルウィンの姿が裏口の方に消えたのを見計らって、俺は手を上げながらゆっくりと近付く。たちまち顔の怖い連中に肩をいからせながら取り囲まれた。俺より背が低いので威圧感はさほど感じないが、その気になれば俺の土手っ腹に刃物をぶちこみかねない目をしている。

「失《う》せろ」

顔に獅子《しし》の入れ墨を彫り込んだのが開口一番、凄味《すごみ》を利《き》かせながら言った。

「そう言うなよ」

俺は肩をすくめた。

「お姉ちゃんと遊べる店探してたら迷っちまってさ。戻る道知らない？」

返事の代わりに腹に衝撃が走った。目の前の男にぶん殴られたようだ。腹を押さえてうずくまる。ひでえな。

「消えろ」

目の奥の光が鋭くなる。これ以上粘ったら次は刃物をぶち込まれるだろう。

「分かったよ。分かったからそう怖い顔すんなよ」

へらへらと笑いながら立ち上がる。

「実はおたくらにいい話を持って来たんだ。この倉庫さ。狙われてんだよ」

目の前に刃物を突きつけられる。入れ墨男が素早い手つきで懐《ふところ》から抜き放ったのだ。

「話せ」

「そんな物騒なの突きつけなくっても話すってば。もう」

笑いながらズボンのポケットに手を伸ばす。

「実はさ。お姉ちゃんの店を探す途中で聞いちまったんだよ。なんか目付きの悪い奴《やつ》らがさ。ここを吹き飛ばそうかって話してたんだよ。あれはさ多分、『白　猿《ホワイト・モンキー》』あたりの……」

ポケットから手を出すと同時に白い玉が転がり落ちる。地面に落ちると裂け目から灰色の煙が勢いよく吹き出した。冒険者時代に散々作らされた『煙玉』の腕はまだ落ちちゃいなかった。あっという間に俺の周りを煙が包み込む。

「げぼっ、なんだこりゃ！」

「てめ、なめたマネしやがって！」

後ろにいたのが俺に殴りかかってくるが、とっくにお見通しだ。しゃがみ込むと同時に横に転げ回って囲みから脱出する。

「そういきりたつなよ」

こっちだって必死なんだ。立て続けに『煙玉』を放り投げる。騒ぎを聞きつけて駆けつけた連中も煙《けむ》に巻《ま》かれる。

「こいつはおまけだ」

ずた袋からとっておきの玉を取り出すと、下手投げで勢いよく転がす。普通に投げたんじゃあ届かないか、明後日《あさって》の方向に行っちまうからな。黒い玉は石畳を転がりながら狙い通り、たき火の方へと向かっていく。これだけ暗けりゃ見張りはたき火の一つもするだろう。そう見込んだ甲斐《かい》はあった。俺はとっさに目を閉じ、耳を塞いで屈《かが》み込む。

黒い玉がたき火に飛び込んだ。爆音と閃光《せんこう》が同時に巻き起こる。まぶた越しに白い光が暴力的に叩《たた》き付《つ》けられる。

立ち上がると、辺りは大混乱に陥っていた。月明かりの下、煙《けむ》に巻《ま》かれて咳《せ》き込む奴《やつ》もいれば、目をおさえてのたうち回る奴《やつ》、鼓膜をやられたのか大声で怒鳴り散らしているのもいる。

さすが元『百万の刃《ミリオンズ・ブレイド》』のデズさんが作った『爆光玉』だ。えげつねえ。もしもの時にと、大昔に作ったのをとっておいたのが役に立った。

「あいつだ！　殺せ」

立ち直ったのが俺を指さして命令する。逃げ出したいのはやまやまだが、まだアルウィンたちがどうなったか分からない。倉庫から出て来たのも含めると、十人以上が俺に向かって来る。

「人違いだよ！」

俺はそう叫びながら『煙玉』を放り投げる。だが、手の内を読まれているせいで、顔を手で押さえながらすぐに煙の壁を突き破ってくる。背筋を冷たいものが流れる。やべえな。『煙玉』は使い切っちまった。『爆光玉』はさっきのが最後の一個だ。

なんとか脱出しようと回り込むように逃げ回るが、のろまなマシュー君はあっという間に回り込まれてしまう。

「くそったれ」

空になったずた袋を放り投げる。風に乗って地面を滑るように飛んでいく。入れ違いに、『三頭蛇《トライ・ヒドラ》』の手下どもに再び囲まれてしまった。『煙玉』を警戒してかやや遠巻きではあるが、この人数なら十数える間もなく俺を殺せる。

「『煙玉』とは古くさい手を使うじゃねえか」

さっきの入れ墨男が吐き捨てるように言った。

「テメエ冒険者上がりか」

「さあね」

ここで俺の正体をばらしても何の得もない。顔とあちら以外は、へなちょこの色男マシューさんと知られたらそこで寿命は尽きる。

「どうします？　レジーさん。口を割らせますか」

のっぽの薄ひげがレジーと呼ばれた入れ墨男に問いかける。あいつがリーダーのようだ。

「殺せ」

あっさりと言い放った。

「どこの誰かなんぞ関係ねえ。ウチに逆らった連中は全員、血祭りだ」

「けれど、こいつが冒険者ならギルドを敵に回すんじゃあ……」

鮮血が走った。レジーの短剣が、隣にいたのっぽの首を切り裂いたのだ。首を押さえながら、信じられないって顔をしてうつ伏せに倒れる。地面に血だまりが広がる。この分だとすぐに失血死するだろう。

「弱気な奴《やつ》は必要ねえ。どこの何様だろうと、ウチにケンカ売る奴《やつ》は全員敵だ」

ごくり、と誰かがのどを鳴らす音がした。レジー以外の手下どもが内心のおびえを封じ込めるかのように俺に殺意を向けてきた。

さあて、どうやってこの状況を切り抜けようか。最悪の状況を覚悟した、その時だ。

倉庫の扉が音を立てて開いた。血しぶきを上げて、男が仰向けに倒れる。そいつを踏み越えてきたのは、フードを付けた我らが姫騎士様だ。

どうやらあちらは上手《うま》くいったらしい。

「早く乗れ！」

声をかけると、次々と子供たちが幌《ほろ》馬車の荷台へと駆け込んでいく。セーラの姿もある。無事だったか。その間にアルウィンは馬車周りの連中を一撃で切り伏せる。さすがの腕前だ。近くに敵がいなくなったのを確かめると、御者台に乗り、馬に鞭《むち》を入れる。甲高い嘶《いなな》きに続いて馬車が徐々に加速していく。

「止めろ！」

レジーが苛《いら》ついた声で命じるが、誰だって二頭引きの馬車なんかに真正面から突っ込もうとは思わない。

「乗れ！」

アルウィンが馬車の進路をわずかに変えて俺の方に向かってくる。ありがたい。なんとか飛び乗ろうと、懸命に足を動かす。

「よこせ！」

視界の端で、レジーが手下から奪い取るのが見えた。ボーラという投擲《とうてき》武器だ。ロープの先端に重しを付けており、そいつをぶん投げて獲物を絡《から》め取る。レジーが振り回すと、馬めがけて放り投げようとする。やべえ。

　俺は馬車へ飛び乗ろうとしてそのまま馬車の荷台を蹴り上げる。反動を利用して方向を変え、放たれたボーラを空中で体ごと絡《から》め取る。俺の体は地面に転がり、馬車は街の中心部へと駆け抜けていく。闇の中へと消えていく寸前、アルウィンが俺の名を呼んだような気がした。

「どうやら、うまくいったみたいだな」

　ほっと息を吐いた瞬間、蹴り飛ばされる。痛みを堪えながら振り返ると、レジーが顔を大猿のように歪《ゆが》ませていた。

「やってくれたな」

　短剣を片手に近付いてくる。逃げ出したいのだが、ボーラが絡《から》んで上手《うま》く立ち上がれない。おまけに『爆光玉』から回復した連中も鉄の棒や斧《おの》や槍《やり》を手に近付いてくる。

「どうした、『煙玉』はもう出さないのか」

「あいにく品切れでね。次の入荷まで七日ばかり待っててくれないか」

「俺は今すぐ欲しいんだ」

　また蹴り飛ばされる。今度はあごだ。仰向けにすっ転ぶ。それからはお楽しみの私刑《リンチ》の時間だ。殴る蹴る踏みつける叩《たた》き付《つ》ける。好き放題やってくれる。俺だからいいようなものの、普通の人間ならとっくに死んでいるところだ。殺すつもりだから遠慮がない。体を丸めて耐えているが暴行は止まらない。一体どれだけぶん殴るつもりなのだろう。痛いのが続くのも困る。涙が出そう。

薄れ行く意識の中、俺を見下ろすのはレジーとその手下ども。どいつもこいつも殺気だった顔で武器を振り上げる。ここまでか。首筋でもかみつけば一人くらいは道連れに出来るかね。最後の抵抗とばかりに何とか身を起こそうとした。

「待て！」

一陣の風とともに鋭い刃が閃《ひらめ》いた。悲鳴を上げて倒れていく手下どもの間から現れたのは、『深紅の姫騎士』様だ。

チンピラどもとは腕が違う。あっという間に三人を切り伏せる。さしものレジーも形勢不利とみて後ずさる。

するとアルウィンは小さな笛を取り出し、思い切り吹いた。聞き覚えのある音色に顔色が変わる。衛兵たちの呼び笛だ。

「クソッタレ！」

呪いの言葉を吐き捨てて、レジーたちはバラバラに散っていく。

「大丈夫か」

その隙に彼女はボーラの縄を切ると、俺へと手を差し伸べる。一瞬、惚《ほう》けちまったがその手を取り、立ち上がる。

「ひどいケガだな。大丈夫か、立てるか？」

ぴんしゃんしているよ。そう言うつもりだったが、出て来たのは別の言葉だった。

「……どうして戻って来た？」

「決まっているだろう。お前を助けに来たんだ」

さも当たり前のように言った。

「私は、仲間を見捨てはしない」

俺は笑いがこみ上げてきた。柄にもなくうれしくなっちまった。こんなクソッタレのクズなんぞのために。俺もヤキが回っちまったな。

「あの子たちは無事だ」

「そいつはよかった」

ボコボコにされた甲斐《かい》があるってもんだ。出来れば、されたかなかったけれどな。

「奴《やつ》らはもう終わりだ。今回の騒ぎで衛兵隊が動いた。本格的に『三頭蛇《トライ・ヒドラ》』撲滅へと乗り出すそうだ。これで、この街も少しはよくなるだろう」

いくらワイロをもらっているといっても限度がある。衛兵には『まだら狼《おおかみ》』や『魔《ま》俠《きょう》同盟』といった対立組織からワイロをもらっているのもいる。普段は牽制《けんせい》し合っているが、そいつらからすれば『三頭蛇《トライ・ヒドラ》』の人身売買の証拠なんぞ、媚《こ》びを売るいい機会だ。そういう連中からすれば、アルウィンという旗頭は都合がよかったのだろう。結局は政治や権力闘争であり、正義じゃねえ。とはいえ、ちょいと動きが早すぎる。誰かケツを叩《たた》いた奴《やつ》がいるな。たとえば、裏社会の連中にも一目置かれていて、孫娘の涙に弱いじじいさまとか、な。

娼婦《しょうふ》やその娘はどうなってもいいが、孫には嫌われたくないってか。つくづく人間が出来ていらっしゃる。

「……さっきの笛は？」

「さっきそこで衛兵に借りた」

「間接キス？」

「バカを言うな、ちゃんと拭き取ってある」

ぷい、とむくれたように言う。やだ、可愛《かわい》らしい。

「……どうした？　何を笑っている」

「いや、君のおかげで思い出した」

「何を」

「俺が、俺が思っているよりもう少しマシな奴《やつ》だったってな」

あとはアルウィンに任せて、俺はねぐらへと戻る。まだ体中痛むものの生来の頑丈さのせいか、少し休んだらどうにか動けるようになった。

今頃、ポリーは泣き疲れて眠っている頃だろう。そして俺の顔を見たらまたすがりつきながら甘え、泣き喚《わめ》くのだ。そう思うと胸の中で久し振りに燃え上がったものがまた冷えていくのを感じる。音を立てないようにこっそりと戻ると鍵は開いていた。手近にあったロウソクに火を付ける。

部屋の中は惨憺《さんたん》たるものだった。イスはひっくり返り、タンスからは服や下着や引っ張り出され、床には割れた花瓶の破片と一緒に銀貨や銅貨も散らばっていた。また癇癪《かんしゃく》を起こしたようだ。疲れる体にむちを打ちながら拾い上げようとした時、壁の異変に気がついた。

潰れた果実がへばりついていた。赤い汁がそこかしこに飛び散っているのかと思ったがそうではなかった。恐ろしく乱れているが、これは文字だ。

『捨てないで、マシュー』。

不意に寒気を覚えた。へばりついた果実が重みに耐えかねて滑り落ちる。思わず後ずさるとベッドの縁にぶつかった。振り返ると布団《ふとん》の中が盛り上がっているのが見えた。恐る恐る中を開ける。ポリーの死体はなかった。代わりに俺の服が全部引っ張り出され、刃物か何かでズタズタにされていた。途中で自分の手を傷つけたらしく、赤い染《し》みが火傷《やけど》の跡のように広がっていた。

「まずいな」

今までの癇癪《かんしゃく》や泣き言とは訳が違う。ポリーは正気じゃない。魂の均衡が崩れたのだ。探し出さないと何をしでかすか分からない。俺は外に出ると彼女を探した。

「ポリー、どこにいるんだ。出ておいで。すまなかった。話し合おう」

夜の街を歩きながら呼び続けたが見つからなかった。朝になり、衛兵やヴァネッサにも連絡し、見つけたら教えてくれるように頼み込んだ。

疲労に睡眠不足が重なり、ふらつく体を引きずりながら部屋に戻る。片付けないといけない、と思いながらも俺の体は自然とベッドへ向かっていた。ぼろきれと化した衣服を放り捨て、倒れ込む。やるべきことは山ほどあったが、まずはポリーを探さないといけない。そう、もうポリーはこの部屋にはいないのだ。寂しさもある。悲しくもある。もちろん、彼女の身を案じてもいる。けれど、それと同じくらい……あるいはそれ以上に、ほっとしていた。そう考えた途端、俺は深い眠りについた。


数日後、ヴァネッサのところに向かった。彼女は残念そうに首を振った。

「ダメ。私の方もつてを当たってみたけれど、見つからなかったわ」

「俺の方もだ。娼婦《しょうふ》仲間にも当たってみたが、誰も見てないってよ」

それどころかセーラへの一件がウワサとなって広まっていた。娼婦《しょうふ》たちの情報網は存外に広くて早い。彼女たちの世界にもルールがある。道理を踏み外したポリーはこの先、この街で娼婦《しょうふ》としてはやっていけないだろう。商売をしようとすれば、私刑《リンチ》の的だ。

これは不確かな話なんだけど、と前置きしてヴァネッサが続ける。

「いなくなった晩に、似たような子が馬車に乗るのを見たって……」

「街を出たってこと？　それともさらわれたってこと？　どこの誰に？」

「分からないわ」

遠目だった上に日も昇りきらない時分の出来事だったから、馬車の形もはっきりしないという。確実なのは、街の外へ向かったということだけだ。

人さらいの標的は子供だけではない。むしろ成人した女の方が需要は高いはずだ。誘拐されたとしてもどこの誰ともわからない上に、日が経《た》ちすぎている。ポリーはもうこの街にはいないだろう。あるいは、死んでいる可能性もある。あわれなポリー。いい子だった。頭が悪くって、世渡り下手で、怠け者だったけれど、優しい子だったよ。

「どこに行っちゃったのよ……」

ヴァネッサが顔を手で覆う。すすり泣く彼女の肩をそっと抱く。その純粋さが、うらやましかった。俺にはどうあがいても、ポリーを思って涙するなんて出来そうになかった。

「ああ、そうだね。かわいそうな子だよ、ポリーは」

慰めの言葉一つにしても、緩みそうになる顔をこらえなければ言えないのだから。

ヴァネッサの気持ちも落ち着いたところで俺はおいとますることにした。

「それじゃあ行くよ。希望は捨てないでいようじゃないか。俺も君も」

鑑定部屋を出るとくしゃみが出た。身震いする。今日は冷える。ここのところ色々ありすぎて疲れた。今日は一日、ベッドで休みたいが、そうもいかない。まだ最後のお仕事が残っている。一度外に出て遅い朝食を適当に済ませ、冒険者ギルドの二階で待つ。居眠りしながら待っていると、扉をノックする音がした。どこか遠慮がちな叩《たた》き方だ。やってきたアルウィンは腰に剣は差しているものの、いつもの鎧《よろい》を外していた。

「急に呼び出してすまない。一応、君に確認しておきたくってね」

そこでアルウィンは赤面する。

「約束の話か。もちろん、忘れてはない……その」

「ああいや、そうじゃなくってね」

目を伏せてもじもじし始めたのを手で制する。

「乗り気なのは、ありがたいけどそっちじゃないんだ。言ってみれば、その前段階というか、確認がしたくってね」

ギルドを出てアルウィンと連れ立って歩く。もちろん、姫騎士様は目立つお方なので、フード付きのマントを着けている。

「そうそう、オスカーの件は片付いたよ。あいつは二度と戻ってこない。翡翠《ひすい》のネックレスは、まだ見当たらなくってね。今探している最中だ。もうちょい待っててくれ」

「そうか」

めでたい報告にもどこか上の空だ。

大通りを外れ、細い道を曲がるごとに雰囲気が見るからに悪くなっていく。やってきたのは『コカトリス町』だ。『石喰蛇通り』の隣であり、『魔《ま》俠《きょう》同盟』の縄張りでもある。目的の場所にたどり着いた。角を曲がれば背の高い壁がイヤでも目に入る。『魔俠同盟《まきょう》』のアジトだ。屋《や》敷《しき》の前には当然、武装した手下が何人も控えている。

「あれを見てみなよ」

言われるままのぞき込んだアルウィンの目が見開かれる。

小さな子供たちが鉄格子《てつごうし》付きの馬車に乗せられるところだった。両手を縛られ、おそろいの貫頭衣を身につけ、この世の全てに絶望した顔で一人、また一人と、無頼漢どもに押し込められる。アルウィンが腰の剣に手をかける。俺はその上から自分の手を重ねる。

「あれは犯罪じゃあない。合法だ。あの子たちは自分の親に売られたんだよ」

奴隷売買は金になるし、子供を売る親だっていくらでもいる。この街にも、どこの国にも。世界中どこでも。

衝撃を受けた様子のアルウィンに、俺は続ける。

「『三頭蛇《トライ・ヒドラ》』は金がないから強引な手を使おうとした。だから潰される。組織が潰れたらまた別の組織がそいつらのシマを乗っ取るだけさ。あの程度で、この街の正義も秩序もびくともしやしないよ」

ひどく疲れたようにアルウィンは顔を上げた。

「これを見せつけるために、わざわざ私をここへ？」

俺は首を振った。

「これはほんの前振りの前振りだよ。あえて言うなら、君がまた危険な橋を渡らないように釘《くぎ》を刺しておくためだ」

　この前みたいな偶然は続かない。下手をすれば二人とも死んでいた。

「次はこっちだ。さ、行こうか」

　彼女の手を取り、引っ張っていく。『コカトリス町』を抜けるまで、後ろ髪引かれるようにアルウィンは何度も振り返っていた。


『灰色の隣人《グレイ・ネイバー》』の東側にある街門に着くと、エイプリルが手を振りながら駆け寄ってきた。

「もう遅いよ」

「そう言うなよ、こうして間に合ったじゃないか」

　頬を膨らませるエイプリルの頭を撫《な》でてやる。

「やめて、髪がくしゃくしゃになっちゃう」

　俺の手を払いのけて手ぐしで髪を整える。

「ほんと、信じらんない」

「悪かったよ。すまない」

　そこでエイプリルが急に神妙な顔をする。

「セーラとマギーさんから聞いた。命がけで助けてくれたって」

「助けたのはこちらの姫騎士様だよ」

「ううん、囮《おとり》になって、悪い奴《やつ》にいっぱい殴られたって」

「気にするなよ。ケンカは弱いがね。頑丈なだけが取り柄なんだ」

「えい」

いきなりエイプリルに突き飛ばされる。バランスを崩して尻餅をつく。

「ひでえな、何するんだよ」

「さっきのお返し」

と、また髪の毛を手でなでさする。

「ほんと、弱っちいんだ」

エイプリルはくすぐったそうに微笑《ほほえ》んだ。

「ありがとうね、マシューさん」

俺は苦笑しながら尻に付いたホコリを払う。

「あ、お姉ちゃん」

振り返ると、マギーとセーラの親子が待っていた。二人とも旅支度を調えてある。すぐ横には隣町へ行く乗合馬車だ。

「この前はどうもありがとうございました。キレイなのにすっごく強いんだね。びっくりしちゃった」

どうやら親子ともどもすっかり姫騎士様のファンになってしまったようだ。

「こら、セーラ」

娘の粗相をたしなめるが、アルウィンは構わない、と首を振る。

「メリンダ、いやマギーだったな。街を出て行くのか」

「あんなことになりましたし、それに、この子の父親が私たちを探しているというので……。早い方がいい、とマシューに勧められて。馬車代も出してくれまして……」

暴力を振るう旦那から逃げるためでもある。会ったことはないが、右目の上にヤケドのようなアザがある男だという。旦那の件がなくっても、この街にいたら長生きはしない。娘のためにもよそへ行った方がまだ希望は残っている。

隣町まで行って少し歩けば国境だ。冒険者といえども簡単には追ってこられないはずだ。

「ま、しっかりやりなよ。こいつは餞別《せんべつ》だ」

布袋を渡してやると、マギーが息をのんだ。小銭ばかりだが、家の中からかき集めた。金貨にすれば一枚か二枚くらいはあるんじゃないだろうか。

「え、こんなに?」

「ポリーが君たちに迷惑をかけたからな。迷惑料代わりだと思ってくれ。あいつは来られないが、何度も君たちに謝っていたよ」

「うん、許す!」

セーラの宣言に、俺は笑った。

「なら、これは私からだ」

大金貨が一枚。これ一枚で金貨十枚分はある。……お金持ちは違うね。

エイプリルはセーラに本を渡す。小さな子供向けの、文字を学ぶための本だ。俺もお世話になっている。

「これ読んで勉強してね。落ち着いたら手紙ちょうだい。書けたらでいいから」

「え、べんきょう？」

嫌そうな顔をする。

「待っているから」

エイプリルが言い聞かせるように言うと、小さな声でわかったとつぶやいた。

乗合馬車の出る時間だ。

セーラは馬車の窓から身を乗り出し、姿が見えなくなるまで何度も手を振っていた。

エイプリルは門のそばまで掛けていくと、手を振りながらまた「手紙ちょうだいね」と叫んでいた。

その背中を見つめながらアルウィンが口を開いた。

「これが、お前の言っていた前振りか？」

「そうだよ」

俺は言った。

「君がぶち壊したのは、帰ってくるはずのない娘を待ち続ける母親の、風が窓を揺らす音にも反応しちまうような不毛な人生だ。で、守り通したのは夜中怖い夢を見た女の子が、お気に入りのぬいぐるみと一緒にママのベッドに潜り込みながら子守歌を聴く権利だ。正義だの秩序だのよりこっちの方がよっぽどイケてると思うけどね、俺は」

「……そうだな」アルウィンはうなずいた。

「きっとその方がいい。イケ……てる？　な。うん、イケてる」

「それで、だね」

ようやく本題に入れる。

「俺が確認したかったのはだね、結果は君の理想とは違ったようだけれど約束は有効なのか、そいつを確かめたくってね」

どうだい、とのぞき込むように問いかける。アルウィンは目を見開き、手をぎゅっと握り締めたが、不意に脱力し、首を振った。

「いや、何もない。これでいいんだ。……これでよかったんだ」

「そうかい、それは安心だ」

俺はほっと胸をなで下ろす。

「これで俺も心置きなく君とずっこんばっこんできるってもんだ。こんな美人の初物をいただだけるなんて、ついぞなかったものでね。どうにもむらむらしちゃって」

あけすけな物言いに、アルウィンが赤面する。

「わ、わかっている。今更イヤとは言わない。それで……」

彼女が何か言いかけるより早く、俺は言った。

「けれど、俺にも都合ってものがあってね。少しだけ待っていてくれると嬉《うれ》しいね。なあに、ほんの百年くらいさ。もしかしたら二百年くらいになるかも知れないがね。まあ、それまで好きにしててくれよ」

「え？」

「体、ちゃんと治しなよ。君ならきっと素晴らしい女王様になれる」

事態を摑《つか》めないのか呆然《ぼうぜん》とする彼女に背を向け、俺はその場を去った。

第四章　ヒモは世渡り上手

物語なんかだと、殴られて気絶して、気がついたら見知らぬ場所に閉じ込められている、なんて展開がよく出て来る。けれど俺の場合、なまじっか頑丈に出来ているせいか気絶もせず、ただなすがままに猿ぐつわを噛《か》まされ、縛られているだけだった。それからポリーとその仲間らしき男たちの手で馬車に押し込められた。馬車に揺られ揺られて、降ろされたのは街の北側にある高級住宅街の一角にあるお屋敷《やしき》だ。

そこの地下室に運ばれると、イスに縛り付けられた。石の壁に床には血の跡。どこの金持ちかは知らないが、オイタをするために部屋をこしらえるとはいい趣味している。入ってきた鉄の扉も鍵が掛けられている。頭も痛いので目を閉じて待っていると、水をぶっかけられた。そこにいたのは見知らぬ貴族とそいつの私兵らしいのが数名、そしてポリー。

「目が覚めた？　一年ぶりね。会いたかったわ」

勝ち気で余裕のある笑みだった。おまけに馴《な》れ馴《な》れしい話し方。短い金髪に、そばかすのある愛嬌《あいきよう》のある顔立ち。俺の知っているポリーとは全く違う。髪は染めたり切ったりはできても、性格なんて簡単には変わらないはずだ。

「久しぶりだね。雰囲気変わったからびっくりしたよ」

「そうでしょ」

　ポリーは得意げに足を踏み鳴らす。

「これがわたし。本当のわたしなの。ほら見て。素敵でしょ」

　芝居がかった口調で歌い出したかと思うと、手を伸ばして踊り出した。

「がっかりしたよ」

　俺はこれ見よがしにため息をつく。彼女の首の後ろには黒い斑点が浮き出ていた。

「君まで、『クスリ』に手を出すなんて」

　一年前のポリーは陰鬱な女だった。酒を飲んで癇癪《かんしゃく》を起こして暴れもした。けれど、『クスリ』には決して手を出さなかった。

「でも気持ちいいのよ。もうすっごいの。今までうじうじ悩んでいた自分がバカらしくなったわ。頭だってそうよ。今までずっと靄《もや》がかかったみたいだったのに、これをなめるだけですっきりするの」

　俺の目の前で、顔ほどもある大きさの袋を振る。

「マシューもどう？」

「お断りだ」

　きっぱりと言った。あの手の『クスリ』に手を出したのは、姫騎士様だけじゃない。

『百万の刃《ミリオンズ・ブレイド》』……いや、傭兵《ようへい》時代から手を出して自滅していった大馬鹿を何人も見てきた。だから俺は『クスリ』が大嫌いだ。

「あら、残念」

ポリーはいたずらっぽく笑うと袋に指を突っ込み、白い粉をなめとった。表情が恍惚《こうこつ》に変わる。この様子だと手を出した『クスリ』は『解放《リリース》』だけじゃないな。

「今までどこに誰といたんだい？」

ポリーのような女は一人では生きられない。必ず誰かが側にいたはずだ。

「王子様よ」

『クスリ』が頭に回ったのかと思ったが、その目には確かに憧れと崇拝が含まれていた。

「あなたに捨てられてすぐにわたしのところに現れたのよ。そしてわたしをこの汚れた街から救ってくれた。わたしの王子様」

「ああ、あれか」

そこで俺はポリーの後ろにいる男を見た。三十を越えたところだろう。なでそろえた赤い髪に岩っぽいが気品のある顔立ち、鍛え上げた体つきに身に纏《まと》うのは仕立てのいい服。

「君の趣味も変わったな。あんなへなちょこチキンがお好みなのかい？」

「なるほど、ウワサ通りの『減らず口《ワイズクラック》』だな」

男が偉そうな足取りで俺の前に立つ。

「オマケに品性の欠片《かけら》もない、能なしのクズと来ている」

「アンタよりマシだよ。マクタロード王国の元・お貴族様」

男の顔色が変わった。

「よくわかったな」

「ジョークなら笑えないぜ。紋章は隠しているようだがね。その服、ウチの姫騎士様とよく似ている。この辺りじゃあまり見かけない格好だ。おまけに仕立てもいいと来ている」

だとしたらこいつの正体なんか見当が付く。マクタロード王国の元貴族。王族とまではいかなくても伯爵以上ってところだろう。そうなると俺を誘拐した理由も見えてくる。

「アルウィンをおびき出すエサ、か」

王位継承権争いか何かでジャマなのだろう。けれど真正面から戦えばまず勝ち目はない。へなちょこチキンもそこそこ使えるようだが、アルウィンの方が一枚も二枚も上手だ。

「勘がいいな、その通りだ」

何故《なぜ》かふんぞり返る男をポリーがうやうやしく紹介する。

「この方はローランド・ウィリアム・マクタロード様よ。あなたの読み通りマクタロード王国侯爵家のご令息よ。しかも今度、当主になるんですって」

「だと思ったよ。品のない顔している。ゴブリンのおケツみたいだ」

おケツに……もとい、へなちょこチキンに殴られる。

「失礼はダメよ。この方は姫騎士様の従兄弟《いとこ》で、マクタロード王国王位継承者の一人なんだから。申し訳ございません、ローランド様」

王子様のご機嫌を損ねるのはマズイと思ったのか、ポリーが神妙に頭を下げる。侯爵家の三男坊で、兄弟が例の魔物大量発生のせいで全員死んだため、家督を継ぐのだという。

「元、だろ」俺は鼻を鳴らした。

「もうとっくにつぶれた国だ」

今度は俺の腹を蹴飛ばしあそばれる。イスごとひっくり返ったら、ポリーがまた起き上がらせてくれた。あんがとよ。殴らせるために起き上がらせてくれて。

「王子様に質問なんだが、ポリーを助けたのは何故《なぜ》だ？」

俺に捨てられたと勘違いし、錯乱して夜の街を駆け回っていた女だ。外見だってひどいものだっただろう。

「偶然だ。運命と言い換えてもいいがな」

夜の街で馬車を走らせていると、奇声を発した女がぶち当たってきたのだという。

「見ればひどい様子だったのでな。災難に遭ったのだろうと保護したのだ。この街にも詳しいようだから案内役にもうってつけだと思ってな。それによく見れば可憐《かれん》な顔立ちをしていた」

まあ、とポリーが頬を染める。なるほど、夢見がちなポリーには、見た目のいいへなちょこチキンが王子様に見えたのだろう。

「そして、挙げ句に『クスリ』漬けにしたのか」

俺には王子様の魂胆が透けて見える。『クスリ』の効用を確かめるための実験台だ。無知で身分の低い娼婦《しょうふ》は好都合だろう。そうしたら存外に働き出したので、なだめすかして手下に使っているってところか。用済みとなれば、すぐにでも始末できる。ていのいい道具だ。

「お前に捨てられたとかで、自信を失っていたようなのでな。景気づけだ。少量なら問題ない」

「底なし沼に突き落とす側のセリフだよな、それ」

少しだけ、ちょっとだけ、一回だけ。自分は大丈夫。平気、ほかにもやっている人はいる。崖で足を踏み外したら、真っ逆さまに落ちるしかないってのによ。どこかの姫騎士様もそうだった、らしい。バカヤロウが。

「お国も滅びたってのに、通りすがりの女に慈悲をくださるとは、お優しいことで」

「滅びてなどいない。マクタロードは復活する。必ずだ！　偉大なる神の下、新たな国家として生まれ変わるのだ」

「そうじゃないとアンタは困るよな」

わざわざ異国に来てまでつまらない策を練るくらいだ。どうせ能なしの穀潰しだろう。

「けど、俺なんぞ人質にしなくったって、暗殺者くらいいくらでもいるだろう」

「ただ殺せばいいというものではない」

当然、アルウィンの死で得をする人間が疑われる。下手をすればローランド自身の王位継承権も危うい。本来ならば『迷宮』で魔物に食われるのが一番だったが、ローランドの予想に反して攻略を続けている。

「本来なら一年前、あの女を『クスリ』漬けにしてやる手筈《てはず》だったのだ。『クスリ』なしでは何も出来ない奴隷にな。それで『クスリ』と引き換えに秘宝を取り上げる予定だった」

「……」

やんごとなきお方がこんな街に来たのはそのためか。素晴らしいね。屁《へ》をこいて死ねよ。

「だが、その必要もなくなった。貴様という野良犬《のらいぬ》をくわえこんだからな」

それで生き残りの貴族どもの間では『深紅の姫騎士』の名は失墜。継承権を剝奪という話も出て来たそうだ。そんな権限もねえくせに、偉そうなゴミどもだ。とっとと燃えちまえ。

「だから今まで放置していた。だが、事情が変わった」

ほかの王位継承者が何人も急死し、再び王国の残党の中でアルウィンを擁立する動きが出て来たのだという。

「信じられん！　なぜあんな『淫乱』が次期女王なのだ！」

「能なしやへなちょこチキンよりマシって話だろ」

また殴られた。まあ、素手なので大したダメージはないし痛くもないが、気分はよくない。

「そもそも王位継承権だの次期女王だのと、楽天的すぎやしないかね。まだアンタらの国土は魔物とその小便とクソであふれかえっている、ってのによ。『卵がかえる前にひなを数えるな』ってことわざ知らないか？」

「黙れ！」

「だいたい、王国再興には『千年白夜《せんねんびやくや》』を踏破して、秘宝を手に入れないといけないんだろ。その前に姫騎士様を追放しちまったらどうやって取り戻すんだよ。もしかして、アンタが潜るのか？」

「別にあそこだけが土地ではない。王国再興などいくらでも方法がある。むしろ魔物の大群を追い払うよりよほど現実的だろう」

同感だよ。俺も何回もそう言っているんだけれどね。

「彼女を呼び出してどうするつもりだ？　殺すのか」

「どうもしない」ローランドはせせら笑った。

「おぞましいウワサを確かめるだけだ」

「上手《うま》い事言ったつもりなんだろうけど、下半身はバレバレだぜ。息子さんは正直だな」

拳が飛んでくる。これで四発目だ。

「ポリー、こいつのアレを切り落とせ！」

「よくそんなこと思いつくね。ちぢみあがっちまうよ」

ポリーが懐かしそうに俺の股間を見つめる。

「その割にはずいぶん元気そうだけれど」

「反抗期でね、親の言うことなんか全然聞きやしない」

「何なら親離れさせてあげてもいいけど」

「親の言うことにも逆らってばかりのきかん坊だがね、これでも血の繫がった我が子なんだよ。すねかじるくらいがうれしいもんだよ。君も可愛《かわい》がってくれたじゃないか」

「じゃあ答えて」

そこでポリーが目を錐《きり》のように尖《とが》らせる。

「『三頭蛇《トライ・ヒドラ》』の『解放《リリース》』は今どこ？」

「何の話だ？」俺は首をかしげる。

「オスカーって覚えている？　ほら、ヴァネッサの恋人だった」

「そんな奴《やつ》もいたなあ」

もう顔も思い出せない。

「彼がね、『三頭蛇《トライ・ヒドラ》』が手に入れた『解放《リリース》』の一部をこっそり着服したのよ。ローランド様にお譲りするためにね。ところが直前になってオスカーはどこかへ雲隠れしちゃって。そうこうしているうちに『三頭蛇《トライ・ヒドラ》』までつぶれちゃって『解放《リリース》』は手に入らなくなった」

「今頃、どこかで豪遊でもしているんじゃないのかい？」

「そう思ったからこの一年間、あちこち探し回ったの。でも見つからなかった」

「ダメだったのか」

気にするなよ、と言いかけたところを轟音《ごうおん》で遮られる。

ポリーが無言で戦棍《メイス》を壁に叩《たた》き付《つ》けたのだ。先端が壁にめり込み、石の破片がこぼれる。さっき殴られた時もそうだったが、いくら鉄の塊だからって女の力で殴ってこれだけの威力が出るはずがない。おそらくは『クスリ』の影響だろう。限界以上の力を引き出されている。へなちょこチキンの実験の成果か。

「そうなの、失敗しちゃったの」

ポリーはにっこりと笑った。

「あとはこの街だけ。多分、オスカーはもう誰かに殺されちゃったのね。色々悪いこともしていたから恨まれていたみたいだし」

「かもね」

「けれど、大量の『解放《リリース》』が出回った様子もない。つまり、この街のどこかに隠されているって、ローランド様は踏んだのよ」

「そいつはご愁傷様」

つまりこの街には手つかずの『クスリ』が隠されているってわけか。

「勘弁してくれよ。俺はオスカーとは親しくもなかったし、『解放《リリース》』の在処《ありか》だって知らない。本当だ。神に誓ってもいい」

「あら、いつのまに信心深くなったの？　昔のあなたは神様なんて大嫌いで、教会なんて見るだけで蹴るか、つば吐くか、小便引っかけていたじゃない」

若気の至りを知られているってのは、やりにくいな。

「知らないっていうのは本当みたいね。そっちはまあいいわ。でもあなたが盗み出した分ならどうかしら？」

俺は一瞬、途方に暮れた顔をする。

「あなたしかいないのよ。一年前、『三頭蛇《トライ・ヒドラ》』は倉庫にたんまりと『解放《リリース》』を溜め込んでいたそうよ。ところが、衛兵が乗り込んだ時には倉庫は大火事。中身は黒焦げだったって。でも、荷物の一部がまるごと消えていた。生き残りたちはほとんど捕まっちゃったし、あそこから持ち出せたのは、姫騎士様かあなたくらいよ」

「ああ、あれね」

俺は得心がいったとばかりにうなずいた。

「そりゃ、子供が捕まっていた分のスペースだよ。君も知っているだろう？　あいつらは誘拐もやっていた。そこを救い出したのが、我らがアルウィンだよ」

「ウソ」

ポリーは一言で切り捨てた。

「証拠は挙がっているのよ。少しだけれど、最近また『解放《リリース》』が出回っているの。しかも

『三頭蛇《トライ・ヒドラ》』で作っていたのと同じものがね」

俺は目をみはった。

「あなたが流しているんでしょ」

「違うよ。俺じゃない。本当に何も知らないんだ」

『解放《リリース》』がまた出回っている？　『虎手《タイガー・ハンド》』のテリーはさっきぶち殺したばかりだ。あいつの残した『クスリ』か？　それとも別の奴《やつ》か？

「とぼけるならやっぱり痛い思いをしてもらうことになるわね。悪くないわよ。結構ゾクゾクするから」

「もしかして趣味変わった？」

俺はため息をついた。

「昔はお馬さんごっこが好きだったのに」

「今も好きよ。でも動くよりムチを入れるのも大好きなの」

悪い遊びを覚えちゃったな。

「俺は女の子に痛めつけられる趣味はないんだ。痛めつける方もないけれど」

「でも、あなたを痛めつけたくって、うずうずしている人はいるみたいなの」

ポリーが手を叩《たた》く。進み出てきたのは、二十歳過ぎくらいの男だ。薄汚れた皮鎧《よろい》にすり切れたブーツに革手袋。冒険者風の装《よそお》いだが、手に持っているのはトゲトゲのついた鉄の棒やいびつな形の刃物と、おっかない道具ばかりだ。冒険者から拷問吏に転職したってわけか？　まあ、近頃は不景気だからな。

「テメエがマシューーか」

ぎらぎらと殺意をみなぎらせる。

「テメエをブチ殺す日がようやく来たか。待ちわびたぜ」

「俺、アンタとどこかで会ったっけ？　あ、もしかして四年前にエサ横取りしちゃったお猿さん？　ゴメンね、俺あの時腹減っててさ」

裏拳で殴られる。

「俺の名前はノーマン！　お前が殺したネイサンとニールの弟だ！　ナッシュが姿を消す前に教えてくれたんだよ！　ナッシュもテメエが殺したんだろ！」

納得しながらもうんざりする。今度絶対におごらせてやるぞ、あのもじゃひげ。

「俺たち四兄弟もとうとう俺が最後になっちまった……。だが、神様は見ているもんだ。こうして兄貴たちのカタキを討てる。ほっとしたぜ」

「とりあえず俺としてはお前さんで打ち止め、と知ってほっとしているところだよ。パパとママに伝えておいてくれる？　もう少し控えましょ——」

目から火花が飛び散った。さっきの裏拳といい、なかなかいいパンチを打つじゃないか。

「喋《しゃべ》らないならあなたの歯を抜いて、顔の皮を剝ぐそうよ。怖いわね。どうする？」

「どうするも何も、知らないものは仕方がないよ」

ポリーの脅しも右から左へ受け流す。

「忠告だ、ポリー。さっさとこいつらと手を切れ。取り返しの付かない失敗をしてからじゃ遅い。一年前のこと、忘れたのかい？」

そこでポリーから笑顔が消えた。

「それって、マギーのこと？」

「そうだ。はした金のために、君が娘のセーラを悪党に引き渡した。そのせいで彼女はとても辛《つら》い思いをした。後悔しただろ？　おまけにもらった金で全部飲んじまった。それで君は俺にすがりついて泣いていたじゃないか」

「そうね、そうだったわね」

ポリーはうつむきながら暗い顔でつぶやく。

「わたし、バカだったわ。何も考えずにセーラを売っちゃった」

「賢くなったって自分で言ったじゃないか。失敗しない人間なんていない。大事なのは、そこから何を学ぶかだ。だったら、何が正しいかどうかも分かるはずだ」

「そうよ、マシュー。あなたの言うとおりだわ」

ポリーは何度もうなずいた。

「だからね」

顔を上げた。俺はぞっとした。この場に不釣り合いなほど晴れ晴れとした顔をしていた。自分の正義を髪の毛一本も疑わない、純粋な笑顔だ。

「今度こそ誰にも売られないようにしたの」

俺の頭は空白になった。ポリーの言葉の意味を正確に理解してしまった。だからこそ、その答えを受け入れるのを拒絶したかったために。

「ほら、見て」

ポリーは袋に手を入れると、俺の足下にそれを放り投げた。息が詰まる。自分の直感を恨めしく思ったのは久しぶりだった。

子供の手首だ。

「一ヶ月くらい前だったかしら。オスカーを探している途中で偶然見つけたの。マギーと二人でとっても楽しそうだったわ。でも、またわたしみたいなのが二人を引き裂いちゃうと悲しいでしょ？　だからね、二度と離れられないようにしてあげたの」

喜々として語る。一度は惚《ほ》れた女にここまでゲロ吐くほどの嫌悪《けんお》感を覚えたのは初めてだった。

「二人の手首を切り取った後でね、お互いの手をつなぎ合わせてあげたの。素敵でしょ？　これでもう誰も引き離せないわ」

身もだえしながら自分の言葉に酔いしれる。隣のノーマンだけでなく、大好きな王子様も眉をひそめているのに気づいていないようだ。

「でもね、血止めを間違えてね。二人とも死んじゃったの。ああ、心配しないで。ちゃんとお墓だって作ってあげたのよ。もちろん二人一緒よ。これで親子は永遠に引き離せないわ。これってすごいと思わない？」

ポリーの笑い声が聞こえた。一年前にも聞いていた。陰鬱で気弱で謝ってばかりだったが、たまに控えめに笑う顔が好きだった。彼女を変えたのは何か？　辛《つら》い過去か、ローランドか、『クスリ』か、それとも俺か。確かなのは、もう俺の知っているポリーはどこにもいない。

手首は塩漬けになっていたのか、形を保っている。皮膚は変色しているが、指に付いたインクの汚れやペンの跡がはっきりと見て取れた。ふと、待ちぼうけのおちびの姿が頭をよぎった。

「残念だよ、ポリー」

俺はため息をついた。

「悪い遊びを覚えちまったな」

俺のつぶやきも聞こえないのか、ポリーは歌劇の主役のように踊り続ける。そう、哀れな親子を喰《く》らい殺した悪魔の話の。

「思い出話はそこまでにしようか」

ローランドが手を打つ。

「聞いたとおりだ。正直に話さないというのなら君も哀れな少女と同じ目に遭う」

ノーマンも会話に入ってきた。

「簡単に死ねるとは思うなよ。テメエは痛めつけて痛めつけて、自分から『殺して下さい』って俺に懇願するようになるんだからよ」

バカバカしい。

「俺が懇願するとしたら姫騎士様にだけだよ。『もうちょっちお小遣い値上げしてください』ってな」

「――その件ならすでに断ったはずだ」

俺たちは同時に振り返った。それはこの場にいないはずの彼女の声だった。

鉄の扉が開いた。地下室への階段をチンピラ風の男が頭から滑り落ちてきた。白目をむいて気絶しているチンピラをまたいで現れたのは、我が麗《うるわ》しき姫騎士様。アルウィン・メイベル・プリムローズ・マクタロードだった。

「しつこいぞ、マシュー」

アルウィンは地下室をぐるりと見渡すと、小さな手首を見て痛ましそうに眉をひそめる。短く祈りを捧《ささ》げると、自分のマントをその上に被《かぶ》せた。

そしてローランドを見て、つまらなそうに言う。

「久しいな、ローランド。まさかこんな場所で出会うとは思わなかった」

「バカな。何故《なぜ》、ここが……」

ローランドは返事の代わりに呆然《ぼうぜん》とつぶやく。

「その男は目立つからな」

形のいい顎で俺を指し示す。

「早朝とはいえ、人の目はあるものだ。馬車に乗せられるのを物乞いが見ていた。顔はよく見えなかったそうだが、『でかい図体《ずうたい》のくせに女の細腕にもかなわないような雑魚《ざこ》は、この街で一人だけ』だそうだ」

「失敬だな」

俺は頬を膨らませる。アルウィンは俺を視線で黙らせると、ローランドに向き直る。

「一年ほど前から行方不明になったと聞いていた。てっきり、どこかの教会の門を叩《たた》いて修行しているのかと思っていたが……太陽神に宗旨替えした結果がこれか。情けないな」

なんだと？

「黙れ！」

ローランドが激高する。

「あの災厄の後もそうだ。先祖代々の信仰を捨てるのかと非難する者もいたが、家族を失った苦しみは私も分かる。魂の安寧が得られればと思い、あえて反対はしなかった。ところが貴殿は責務をなげうって、信仰にうつつを抜かす有様《ありさま》だ。だからお父上から見捨てられたのだ」

「見捨てられたって……こいつが侯爵家を継ぐんじゃねえのか？」

俺が疑問を投げかけると、アルウィンは首を振った。

「確かにそういう話が出た時もあったがな。太陽神の教会へ勝手に家宝の宝石を寄進して、勘当されたのだ。今の彼はただのローランドだ」

なるほど、文字通り元・お貴族様だったわけか。宗教に入れ込んで人生を踏み外しちまったってわけね。同情はしねえけど。

「家宝などただ持っているだけで意味がない。私は太陽神の声を聞くのだ！」

太陽神をあがめる宗教家の中には『啓示』を得るため、と称して過度な修行を強いて信者を死なせたり大金をせしめているクズが多い。どう考えてもイカレた寝言なのだが、騙《だま》されるバカはどこにでもいる。

「聞いて気分のいいもんじゃねえと思うがな」

忘れようったって忘れられねえ。おまけに気分が滅入《めい》る。

「あなたがアルウィンなのね」

横からポリーが呑気《のんき》な口調で割って入る。先程までの話などまるで聞いていなかったかのように。実際、耳に入っていないのだろう。俺といた頃から、都合の悪いことはまるで聞こえない子だった。目を輝かせ、興味深そうにアルウィンの周りをゆっくりと回り出す。

「キレイな人。やっぱり姫騎士様は違うわ。でもごめんなさい。あなたの招待状はまだなの。舞踏会はまた今度ね」

「ああ、そういえばそんな風習もあったな」

今気づいたかのようにアルウィンは言った。

「王族への招待を手紙一枚で済ませるなどあり得ぬからな。必ず直接か主催者本人か、身分と信頼のある使いの者が来ることになっている。これは忠告だが、聞きかじった知識をひけらかすのは止めておけ。恥をかくだけだ」

「へえ、やっぱりお姫様は下々の連中とは違いますこと。勉強になりましたですわ」

ポリーは感心したようにデタラメな敬語を並べると、俺の背後に回り、取り出した短剣を俺の喉元に突きつける。

「それじゃあ、直々にお願いいたしてまつりましょうか。武器を捨てて。じゃないとあなたの恋人と二度と抱き合えなくなるわよ」

アルウィンは唇を引き結び、眉をひそめた。一見すると困っているようにも見えるが俺には分かる。あれは怒っている。

「そういえば自己紹介がまだだったわね。わたしはポリー。マシューの前の恋人なの」

それに気づいた様子もなく、ポリーが俺の頭を抱えてしなだれかかる。

「ねえあなた大丈夫？　マシューったらあっちの方はものすごいでしょ。明日もお仕事だっていうのに寝かせてくれなくて」

「……」

ああ、アルウィンの怒りが膨れ上がっていく。

「脅しだと思っている？　昔の恋人を傷つけるはずがないって。おあいにく様」

ピタピタ、と短剣の腹で俺の喉を叩《たた》く。その気になれば俺の喉をかっきるのは一瞬だ。

「早く武器を捨てて！」

アルウィンはポリーの命令を無視して不服そうに言った。

「その男は私の恋人ではない」

ポリーは意味がわからない、と渋い顔をした。

「じゃあ、なんなの？」

「その男は、私のヒモだ」

地下室に沈黙が降りた。続いて爆笑。

「やだ、最高。『深紅の姫騎士』様って、スキモノなのね。『勇者は七人の妻を迎える』ってことわざがあるけれど、これじゃ逆よね」

ポリーは腹を抱えて笑っている。

「見下げ果てたものですな、アルウィン姫殿下」

ローランドが手に持った鈴を鳴らす。その途端に武装した男たちが地下へとなだれ込んでくる。どいつもこいつも、ごろつきや冒険者崩れって感じだ。二十人以上はいる。マズイな。一対一ならアルウィンはまず負けない。だが、この狭い部屋の中では数の力で押されたら不覚を取りかねない。

何より狭い部屋にむくつけき男が密集するのは気分が悪い。吐きそう。

「低俗な者どもと交わり、堕落された。やはり、『迷宮』の宝を手に入れて王国を再興するなど夢物語だったのですよ」

「そうだな」

アルウィンは得心した風にうなずいた。

「貴殿の言う通りだ。堕落したのだろう。私は、私が考えているよりも勇敢でも強くもなかった。弱く、臆病で、卑劣で、怠惰で、無知で、不安定だった。失ったものは大きく、取り返しが付かない。もし、あの場に今の私がいたら力ずくで引き留めていただろう。『現実を見ろ』、とな」

だが、と彼女はそこでふてぶてしく笑った。そう、『ふてぶてしく』だ。

「堕落したからこそ、荒くれ者の世界に飛び込んだからこそ、見えたものもあった。昔の私は清く気高く美しいお姫様だったかも知れないが、泥にまみれ、汚れた今だからこそ身につけたものもある」

「たとえば？」

俺が水を向けると、アルウィンは冷ややかに笑った。

「私が一人で来たと誰が言った」

上で轟音《ごうおん》が起こった。地下室が揺れて砂埃《すなぼこり》が落ちる。

「なんだ、何が起こっている？」

ローランドが四《よ》つん這《ば》いになりながら顔を蒼白《そうはく》にしている。

地下へ降りる階段をチンピラ風の男が転がり落ちてきた。続けて二人、三人と滑り落ちてくる。見れば全員、腹を殴られている。騎士風の男に至っては鎧《よろい》が陥没して肉に食い込んでいる。ムチャしやがる。不規則な足音がした。

短い足で難儀しながら階段を降りてきたのは案の定、ひげもじゃだ。しかも角付きの兜《かぶと》に赤銅色《しゃくどう》の鎧《よろい》、武骨な作りの戦鎚《ウォーハンマー》は『三十一番』、あいつのお手製だ。あれで殴られたら巨大なドラゴンでも殴られたところが潰れる。『移動要塞《モバイル・フォートレス》』のデズが完全装備でやってきたのだ。

太陽神の塔以来、もう作れない武器なんか見たくもねえってんで物置の奥にしまいこんでいたのを引っ張り出してきやがった。笑うしかない。

「にやにや笑いやがって。気持ち悪ぃな」

「イカした格好じゃねえか。嫁さんとデートか？」

「寝ぼけてろ穀潰し」

心にもない悪態をつくと、デズは斬りかかってきた男を殴り飛ばし、俺を縛っていたロープを引きちぎった。振り返ると、アルウィンは悪漢どもと切り結んでいた。やはり多勢に無勢で苦戦しているようだ。

「とっとと助けに行けよ」

「いいのか？」

側を離れたら俺が危険になる、という意味だろうが問題ない。

「アルウィンに傷でも付いてみろ。そのひげ全部引っこ抜いてやるからな」

「分かったよ」

俺の腹に一発入れてからのろのろと救援に向かう。歩みはとろいが確実だ。直線上にいる連中が軒並み吹き飛んでいく。ぶん殴って倒したのを片手で拾い上げると小石のように放り投げて、アルウィンと切り結んでいた男にぶつける。体ごと突っ込んでくる奴《やつ》は戦鎚《ウォーハンマー》で挽肉《ひきにく》にお料理だ。千を超える魔物も顔色一つ変えずにぶちのめす。昔の俺でもあいつと戦って勝てるかどうかは分からない。逃げ出す奴《やつ》も出てきた。

「その男だ！　そいつを人質にしろ！」

高みの見物としゃれこもうと思ったら、ローランドが余計な命令を出しやがったものだから、悪漢どもが俺にまで向かってきた。おいおいまずいぞ。

逃げ出したものの、すぐに壁際《かべぎわ》に追い詰められちまった。目の前には俺と背丈の変わらない大男が二人、それとノーマン。

「覚悟しやがれ」

吐く息も荒く、ムチの代わりに刃こぼれだらけの剣を俺に突きつける。

「指示を聞いてなかったのか？　人質にしろ、と言ったんだ。殺せじゃない」

「関係あるか！」

斬りかかってきたのをかろうじてしゃがみ込んでかわす。石壁に剣が当たってまた刃こぼれが増えた。衝撃で手がしびれたようだが、それでもノーマンは怒りも露《あら》わに襲ってくる。

「兄貴のカタキだ！」

何とか横っ飛びにかわしたものの、体勢が崩れてしまった。ふらついたところに大男二人に両側から押さえつけられてしまう。

ふりほどこうにも力は出ず、ノーマンが残忍な笑みを浮かべて剣を振りかぶった。

やべえ、と汗がどっと吹き出た。

必殺の間合いから振り下ろされた剣は俺の横をかすめ、石壁に突き刺さって止まる。ノーマンは目を見開き、口を開けて、床に倒れ込む。背中に斜めの傷が刻まれており、血が噴き出している。

「まったく、惜しいことをした」

戦士は忌々《いまいま》しそうに言った。

「姫様の頼みじゃなければ俺が殺しているところだ」

「よう、坊やも来てくれたのか」

アルウィンのパーティーメンバーであるラルフだ。

「坊やじゃない。姫様にお仕えする戦士だ。誰が好き好んでお前みたいなゲスを助けるか」

ノーマンが倒されたので、大男二人は逃げてしまった。脱力して壁に座り込んだ俺をラルフ坊やが冷たく見下ろす。

「そっちじゃない。君がアルウィンのために来たってところだよ」

「当たり前だろう」

心外と言いたげに眉をひそめる。

「俺は姫様のために剣を振るう。それだけだ」

「愛しているよ、ラルフ」

「気色の悪い事を言うな」

「いいじゃねえか。言わせてくれよ。別に取って食いやしねえって」

「ふざけるな」

俺の腕を取って立ち上がらせる。

「上にはもう敵はいない。お前は上に行っていろ。ジャマだ」

「へいへい」

ここで意地を張るほど子供じゃあない。足手纏《あしでまと》いになるのは目に見えている。デズがいれば問題はないだろう。隙を見て階段の方へと向かう。一足先に上でのんびりさせてもらうとするか。もう少しで階段という時、混乱の中で立ち尽くす女を見かけた。ポリーだ。視線の先にはアルウィンがいる。その目には殺意と狂気、そして愉悦が混ざっていた。隙を見て刺し殺そうという魂胆のようだ。出来れば八つ裂きにしたい、と雄弁に物語っている。たった八歳の女の子の手首を切り落としたみたいに。

「やあ、ポリー。迷子かな」

気がつけば俺は彼女に呼びかけていた。はっとポリーは振り返った。

「『解放《リリース》』の在処《ありか》が知りたいんだろう。教えてあげるよ。付いて来るといい」

一方的に宣言してから階段を駆け上がる。引っかかるという確信はあった。ポリーは焦《あせ》っている。『クスリ』を見つけられなかったらローランドに捨てられるかもしれない、と。

「待ちなさい！」

振り返ると、ポリーが短剣を振り上げて追いかけて来た。作戦成功だが素直に喜べなかった。衝動的にやらかしてしまったせいで、後のことを何も考えていない。下手すれば俺の方が八つ裂きだ。けれど、やるしかない。一年前のやり残しを今こそ果たす時だ。

「逃がさないわ！」

一気に階段を駆け上がってくる。やはり『クスリ』のせいなのか、瞬発力も上がっている。

このままではすぐに追いつかれちまう。

地上に出た。屋敷《やしき》の廊下だ。床には赤い絨毯《じゅうたん》まで敷いてある。窓から外は見えるが、あいにくの曇り空だ。クソッタレ。扉を閉め、時間稼ぎにカンヌキをかけようとしたところで手が止まる。カンヌキの棒が折れている。この壊れ方から察するに犯人はデズだ。文明ってものを知らないのか、あの野蛮もじゃめ。

ほかに突っ込めそうなものも見当たらず、諦めて走り出したところで背後から勢いよく扉が開く音がした。外へ逃げようにも、屋敷《やしき》の出口は不明。迷子になっている間に追いつかれる。窓から逃げようにも格子窓《こうし》のはめ殺しだ。仕方がなく、目に付いた階段を駆け上がる。何か策があっての話じゃあない。止まっていたら殺されるって危機感からの判断だ。笑ってくれよ。

「ねえ、待ってよマシュー。話し合いましょう。昔みたいに」

「ならその刃物を捨ててくれよ」

背後からの気配にびくつきながら踊り場に飾ってある花瓶を床に落とし、壁のタペストリーを剝がしては放り投げ、鎧兜《よろいかぶと》をひっくり返す。無駄な足掻《あが》きとは百も承知だが、黙って殺されるほど聖人にもなれないマシューさんだ。

「逃げないで、逃げないで……」

ぶつぶつとつぶやきながら追ってくる。放り投げた花瓶か何かが当たったのだろう。額から血がにじんでいる。血を流した女が目を血走らせ、刃物を振り回す姿には、色々縮こまっちまいそうだ。

　非力なりにがんばっているのに距離はまったく広がらない。むしろ少しずつ縮まっている。汗みずくになりながらも階段を駆け上がっていると、少しだけ明るくなった気がする。窓の外を見れば鈍色の雲がさっきよりも薄くなり、隙間から太陽の光が天の柱のように降り注いでいる。しめた。

　もう少し粘れば、と思い息を切らせながら階段を駆け上る。まだかまだか、とテメエの貧弱さに焦《じ》れながら階段を駆け上がる。早く進めよ、バカヤロウ。死にてえのか。懸命に自分を奮い立たせながら進む。見えた。雄叫《おたけ》びを上げて体当たりのように突き当たりの扉を開ける。そこには青い空が広がっていた。吹き抜ける風がほてった体に気持ちいい。屋敷《やしき》の屋上はバルコニーになっていた。申し訳程度の手すりの下は石の敷き詰められた広場だ。おそらくここから家来に指示を出すのだろう。俺としてはあの侯爵もどき様の処刑台でも置きたいところだ。いい案だと思うがね。

　一瞬遅れて女屍食鬼《グーラ》のような形相でポリーが飛び込んできた。俺は振り返るなり拳を固め、太陽の光を浴びながらまっすぐに打ち出した。

　手応えはなかった。

　紙屑《かみくず》のようにポリーは吹き飛び、扉を越えて階段横の壁にぶつかった。

「あ、が……」

口から血を吐き、何事が起こったのかと目を白黒させている。それでも壁にもたれかかるようにして立ち上がる。足が生まれたての仔牛《こうし》のようにふらついている。

浅かったか。一発で殺すつもりだったのだが、振り返りながらだったのと力が戻ったばかりで目測が少々ずれたようだ。追い打ちをしようにも日陰に入っている。

「もしかしてもうイっちゃったのかい？　君は昔っから感じやすかったからね」

肩をすくめながら冷やかすと、ポリーは折れた歯を吐き出してから腹立たしそうに言った。

「女を痛めつけるのは趣味じゃないって言わなかった？」

「今のは正常位さ」

殴ったうちにも入らない。

「ふざけないで！　『クスリ』はどこなの！」

「だからそれを今から教えてあげるんだよ。ベッドの中でね。おいで。可愛《かわい》がってあげるから」

手招きする。ポリーが歯を鳴らす。血の混ざったつばを吐くと短剣を構えまっしぐらに突っ込んできた。

俺が待ち構えるように殴りかかると、寸前で向きを変え、旋風のような勢いで背後に回り込んだ。手にした短剣の鈍い煌《きら》めきが光の軌跡を描く。

にたり、と後ろで笑う音が聞こえた気がした。

なかなかやるじゃないか。身体能力だけではない。この一年で修羅場も潜ってきたのだろう。殺意が斜め後ろから迫る。

俺の脇腹目がけて放たれた刃は空を切る。ポリーともども俺の足下を素通りしていった。着地すると、振り返ったポリーは悔しさと驚きで顔を歪《ゆが》ませていた。

「何なの、今の……。前と全然違う。もしかして、だましてたの？　本当は戦えるくせに！　わたしにすがりついて、体を売らせて！　卑怯《ひきょう》者！　クズ！」

「誤解だよ」俺は天を仰いだ。

「申し訳ないが、今の俺にはほかに愛する女がいる。そいつを思うだけで力がわいてくる。愛のパワーってやつさ」

「このっ！」

短剣を投げ付けてきた。同時に懐《ふところ》から取り出したもう一本の短剣で体ごとぶつかってきた。

俺は飛んできた短剣を受け止めると握力で握りつぶす。手の中に残った鉄の破片をポリーに投げつけた。顔に当たった。動きの止まったところで距離を詰め、彼女の手首を摑《つか》んだ。

「痛いわ、痛いのマシュー。どうしてこんなひどいこと……」

「君の趣味に付き合うことにしたのさ」

ぎゅっと強く握りしめる。

「痛めつけられるのが好きなんだろ？」

名残惜しいが、また空が曇ってきた。時間切れだ。

「お別れだよ、ポリー。君と出会えて良かった」

「何をするつもり？　ねえ、やめてマシュー。怖いわ。わたし、死にたくないの。助けて」

「きっとマギーも同じことを思っていたよ」

俺は言った。

「多分、セーラもね」

俺は思い切り手を振り回した。引っ張られてポリーの足が浮く。勢いの付いたところで手を放すとポリーは後方へと飛んでいく。絶叫が上がる。何度か回転しながら手すりを越えたところで、姿が消えた。そのまま地上へと真っ逆さまに落ちていったかと思ったが、バルコニーの縁にわずかな指先が見えた。

ポリーはまだ落ちていなかった。高く上げすぎたせいで距離が伸びなかったらしい。

俺は無言で近づき、彼女を見下ろす。その顔は恐怖に引きつっていた。この高さならまあ、いいとこ即死、悪ければ全身の骨が砕けてもだえ苦しみながら死ぬ羽目になる。

「悪かったわ、ねえ。助けて、マシュー。あなたが好きなの。あなたのためならまた体を売ってもいいわ。またやり直しましょう」

「それはもういいんだ。終わったんだよ、ポリー」

哀れみをこめながら俺は足を上げる。

「マギーとセーラにも謝るわ。わたしが悪かったの。ごめんなさい。だから」

俺は首を振った。

「君にもうその価値はないよ」

ポリーの指先を思い切り蹴り飛ばした。絶望に満ちた顔がゆっくりと遠ざかっていく。尾を引くような悲鳴を聞きながら背を向ける。階段へ着く前に悲鳴はかき消えた。屋上を出て扉を閉めた。

地上に降りるとポリーは石畳に頭から突っ込んでいた。目を見開き、熟れきった果実みたいに割れた頭から血は出ているし、首も変な方向に曲がっている。

「それじゃあ、これでお別れだ。また出会えて嬉《うれ》しかったよ。君の幸せを祈っている」

一年前には言えなかった別れの言葉を残してその場を後にする。返事はなかった。男女の別れに言葉など不要だ。ただ互いの幸せと幸運さえ祈れたらそれでいい。

「無事か」

屋敷《やしき》へ戻ろうとすると、アルウィンが扉から出て来るところだった。さすがにあの人数はこたえたのか、疲れた顔をしている。

「お陰様でね」

ハグの一つでもしようかと思ったら腹を殴られ、うずくまる。太陽はまた雲に隠れていた。

「こちらは片付いた。ローランドも捕らえた。あとは衛兵に任せればいいだろう」

『クスリ』に手を出すような男だ。どうせ叩《たた》けばホコリも出るだろう。ノーマンのように本職の冒険者もいたようだが、自業自得《じごうじとく》だ。

「ちょっとお疲れかな」

「少しな」

青白い顔でうなずく。アルウィンにのし掛かっているのは、疲れだけではなさそうだ。

「片付いたのなら家に帰ろう」

手持ちはないが、家に帰れば材料もある。

「そうか」

ほっとした顔をする。あれは今やアルウィンの命綱だからな。

「マシュー！」

そこへデズが駆け足でやってきた。

「ようデズ、助かったぜ。ありがとうよ、愛している。けど、お前には言いたい事が……」

「のんびり話している場合じゃねえぞ！」

ひげの奥から唾を飛ばす勢いで喚《わめ》く。

「あのぼんくら貴族、とんでもないのを飼ってやがった。下手すりゃこの辺りの連中がみんなやられちまうぞ」

「何を飼っていたって？　子猫か？　それとも子猫か？」

「お前の軽口は本当に時と場所を選ばねえな！　殴り飛ばされてえのか！」

ここで本当に殴るのがデズだ。相変わらず重い拳を打ちやがって。マジで痛い。

「魔物だよ。あのボンボン、巻物《スクロール》で封印されていた魔物を解放しやがった」

また厄介なものを。世の中には珍しい魔物を集めてペットにしようってノータリンがいる。生きた魔物の売買はどこの国でも禁止されている。当然この街でも、だ。けれど禁止されると欲しくなるのが世の常だ。裏では高額で取り引きされている。巻物《スクロール》で閉じ込めれば、デカブツでも持ち運びは簡単だ。

「一体どんな……」

質問の必要はなかった。

地響きがした。屋敷《やしき》の壁に次々とヒビが入る。窓を見れば、中で巨大なものが這《は》いずり回《まわ》っている。何事かと身構えていると、扉が開いてラルフ坊やが飛び出して来た。

「逃げて下さい、姫様！」

爆音と同時に屋敷《やしき》が吹き飛んだ。瓦礫《がれき》が濁流となって俺たちに降り注ぐ。とっさにアルウィンにのし掛かろうとするが、その必要はなかった。デズが落ちてきた屋根瓦やら柱や石壁のカケラを全部弾《はじ》き飛《と》ばしてくれた。ラルフ坊やも無事だ。

「あいつは……」

瓦礫《がれき》の山をかき分けて現れたのは蝙蝠《こうもり》の翼を生やした、濃緑色の大蛇だ。尻尾は槍《やり》のように尖《とが》っている。そいつは二又に分かれた赤い舌をチラつかせ、瓦礫《がれき》の上でとぐろを巻いている。

俺は一度だけ見たことがある。

「リントヴルム……」

アルウィンが呆然《ぼうぜん》とつぶやいた。

アルウィンの仲間を食い殺した魔物だ。あれと同じ個体かどうかはわからないが、彼女の顔色は真っ青だ。仲間の死は心の傷になっている。

「こりゃあ、まずいな」

まだ復活したてで、暴れる様子はないが、そのうち腹を空かせてその辺りの人間に襲いかかる。街中で戦っていい魔物じゃあない。被害が大きくなる。

デズもいるのだし、本調子なら何とかなるが、あいにくの曇り空だ。

「とりあえず、生き残った連中を逃がして、ギルドへ応援要請だな。衛兵どもには手が余る」

「そんなところか。あいつの足止めは俺がする。オメエも姫さん連れて逃げろ」

アルウィンの様子がただ事でないのは、デズにも察しが付いたようだ。

「足ねえけどな」

デズからの突っ込みはなかった。非常時のせいか気づかなかったらしい。寂しいねえ。

「待て」

アルウィンが呼び止めた。

「あれの相手は私がしよう。デズ殿は後詰めをお願いしたい」

「大丈夫なのか？」

「そうも言っていられないだろう。あれが暴れれば被害は大きくなる。私なら大丈夫だ」

「青白い顔で手を震わせながら言うセリフじゃあないよ」

「……そうだな」

素直に認める。

「けれど、ここで立ち止まったらジャネットは何のために死んだ？　私はここで立ち上がって、誰よりも前に立ち、戦わねばならない。けれど、私は、今の私は、あいつを目の前にして足がすくんでしまっている。教えてくれ、マシュー。私はどうすればいい？」

それは、とアルウィンの切実な問いかけに口を開きかけた途端、リントヴルムが巨体をくねらせて瓦礫《がれき》の上を滑り降りてきた。生臭い悪臭を撒《ま》き散《ち》らし、突風のような威圧感をまといながら突っ込んでくる。

逃げるヒマはない。さしもの俺も覚悟しかけたが、偶然ってのは恐ろしい。曇り空の隙間から日が差し込んできたのだ。

怒号と悲鳴と瓦礫《がれき》を蹴散らす音を聞きながら俺は手を伸ばした。

衝撃が全身を貫いた。さすがに重い。俺の両足が地面に食い込む。

両腕にリントヴルムの頭を抱え込みながら踏ん張るのは俺でも大変だ。一つ目巨人《サイクロプス》を持ち上げたときよりしんどいかも知れない。それでもやらないと全員命がないってんだから、辛《つら》いところだよ。

「お前……」

ラルフ坊やが目を丸くしているけれど、まあ、気にしないで欲しい。よくある話だ。火事場の馬鹿力って奴《やつ》だよ。

「せえの」

全身の血管が浮き上がるのを感じながらリントヴルムを持ち上げ、ひっくり返す。地響きと土埃《つちぼこり》が舞い散る。

「貸せ！」

この一言でデズはきちんと理解してくれる。愛用の戦鎚《ウォーハンマー》『三十一番』をこちらに放り投げる。そいつを片手で受け取ると、白いあごの下が見えたところに思い切り振り下ろす。ウロコが砕け、肉が弾《はじ》け、牙が折れ、血が吹き飛ぶ。あそこがリントヴルムの急所だ。強く殴られると、まともに動けなくなる。

血反吐《ちへど》を吐いて苦しがるリントヴルムにもう一丁、というところで急に体がまた重くなる。持っていられずに『三十一番』を地面に取り落とす。見上げれば太陽はまた雲の上だ。子供の機嫌みたいにころころ変わりやがって。

その間にリントヴルムは距離を取って瓦礫《がれき》の中に逃げ込もうとする。無駄な足掻《あが》きを。

「そうそう、さっきの話だけどな」

改めてアルウィンに向き直る。

恐怖を克服する、なんて並大抵の話じゃあない。一生掛かったって出来るかどうかだ。けれど、手っ取り早く勇気を出す方法なら知っている。

「そういう時はこう言うんだ。『くそくらえ《Kiss my ass》!』ってな」

世の中なんて、理不尽なことばかりだ。勝ち目のない戦いに挑み、圧倒的な暴力に打ちのめされる。どんなに大勝ちしたやつも最後には死というカードを切られて全部失う。この世界では誰もが負け犬だ。だからといって負けっぱなしではいられない。怖くっても敵《かな》わなくってもやり切れなくってもあがくしかないのだ。このクソッタレの世界で。お行儀よくなんかしていられるかってんだ。

「貴様、姫様に何を教えている!」

「これでいいんだよ」

今必要なのは、意地を張る元気だ。悪態でも何でも立ち上がる力さえあればそれでいい。ラルフのくせに目くじら立てるな。

「そうだな」

アルウィンは立ち上がり、剣を抜き放った。鏡のような輝きが曇り空と彼女の横顔を映し出

していた。

それに呼応するかのようにリントヴルムが動き出した。巨体を苦痛にもがきながら大儀そうに動かし、瓦礫《がれき》の上をまた這《は》い降りてくる。鈍く禍々《まがまが》しくきらめく金色の瞳を見据えながらアルウィンは決然と言った。

「『くそくらえだ《Kiss my ass》！』」

第五章　命綱のその先で

『灰色の隣人《グレイ・ネイバー》』を混乱におとしいれたリントヴルムの騒動は無事に終結した。『深紅の姫騎士』ことアルウィン・メイベル・プリムローズ・マクタロードとその仲間たちが協力して倒したのだ。俺もちょびっとだけ活躍したけどね。こういうものは姫騎士様の手柄にしておいた方が何かと都合がいい。俺にとっても、誰かにとっても。屋敷《やしき》一つ瓦礫《がれき》に変えた以外、被害は少なかった。死人の多くは『迷宮』に捨てられる。ポリーもまた身元不明の死体として処分される。ヴァネッサには彼女との再会と死をまだ伝えていない。

リントヴルムを持ち込んだローランドは行方不明だ。一度は捕まえたものの、騒ぎの途中で逃げ出したところで瓦礫《がれき》の下敷きになったのではと言われているが、まだ死体は見つかっていない。

衛兵どもが調べたところによると、巻物《スクロール》はこの街の裏社会から手に入れたものらしい。冒険者ギルドから盗まれ、裏社会を経由してローランドにたどり着いたのだろう。その余波でいくつかの取引現場が手入れを受けたが、悪党どもの屋台骨は小揺るぎもしない。冒険者ギルドのギルドマスターも被害が少なかったということで、領主から形ばかりのお叱りを受けただけで済んだ。悪い奴《やつ》ばかりがのさばるのが世間だ。

「それでは、行ってくるぞ」

「はいよ、気を付けてな」

今日はまた『迷宮』へ潜る日だ。リントヴルムの件もあってしばらく控えていたのだが、童貞聖騎士ラトヴィッジの代わりも見つかったらしく、これからまた本格的に『迷宮』攻略が始まる。宝を手に入れてマクタロード王国を復興するまで、アルウィンの冒険は終わらない。

「そうそう、忘れてた」

はいよ、と手渡ししたのは小さな袋だ。

「そうか」

何気ない仕草をしながらいそいそと袋を開け、中身を取り出す。緑色をしたあめ玉だ。

「君の好物だろ」

「そうだな」

真面目な顔を取り繕い、懸命に演技をしているのはよくわかった。後ろにはラルフたちも控えている。

俺は袋から一個取り出す。

「はい、あーん」

「いらん！」

アルウィンは赤面して怒鳴った。

「自分で食べられる」

「まあ、いいから」

アルウィンはちらりと後ろを見た。それからあめ玉を凝視する。一瞬物欲しそうな顔をしたのに気づいて咳払《せきばら》いするが、それから遠慮がちに口を開けた。

「はい、あーん」

歯に当てないようゆっくりと唇まで持っていく。緑のあめ玉が赤い唇に触れたところで濡《ぬ》れた舌があっという間にあめ玉を絡《から》め取り、口の中へ引き寄せた。

「ん……」

口に含むと舌先で転がす。右に左にとせわしなく動かしながら唾液と体温で溶かしていく。整った頬が内側から押されて右に左に膨らむ。喉が鳴った。一瞬、恍惚《こうこつ》とした表情を浮かべ、すぐ元通りになる。

「以前から気になっていたんだが」

後ろで見ていたラルフが疑わしそうに目を細める。

「そのあめ玉、どこで買ったんだ？　見かけない形だが」

「そりゃそうさ。俺の手作りだからな」

「変なモノを入れてないだろうな」

「まさか。ただの薬草だよ。体にいいってんで、彼女も気に入ってくれている」

「味見をしてもよろしいですか」

と、アルウィンにお伺いを立てる。疑《うたぐ》り深《ぶか》い奴《やつ》だ。ご主人様のものに手を出すんじゃねえよ。

「欲しけりゃやるよ、ほら」

ポケットから紙に包んだあめ玉を放り投げる。ラルフはそれを受け取ると、しばしためらった後で頬張る。

「……ちょっと苦いな」

「お砂糖は控えめにしてあるからな」

「まあ、おかしなものは入れていないようだな」

「当たり前だろ」

俺は笑った。

「しっかりアルウィンを守ってくれよ」

「言われるまでもない」

ラルフは心外と言いたげな顔つきをした。

「では行ってくる」

と、その前にアルウィンからもらったのは留守中のお小遣いだ。金貨が一枚。

「ご武運を」

俺は笑顔で彼女たちに手を振った。決してお小遣いが上がったからではない。別れの時は笑顔で見送るのが筋ってものだ。とはいえ、俺だってそうそう娼館《しょうかん》に行こうとは思わない。金はもっと有意義に使うものだ。

「よう、おちび」

やってきたのは、エイプリルが出入りしている養護施設《ホーム》だ。

高い塀に囲われた敷地《しきち》で子供たちが駆けずり回っている。そんな中、一人だけ壁にもたれながら座り込んでいる。膝を抱えて、日陰に溶け込むように動かない。

エイプリルは一瞬とがめるような視線を向けてきたが、すぐにうつむき、顔をそむける。

「遊んでやらなくていいのか？」

子供たちが遠巻きに俺たちをちらちら見ている。

「そんな気分じゃないし」

「そっか」

俺は隣に座った。エイプリルはすぐに遠ざかる。

「……八歳だよ」

「そうだな」

「なんで、別に悪い事なんて何もしていないのに。お母さんとこれからずっと幸せに暮らしていくはずだったのに。あんまりだよ」

　セーラとマギーの死はエイプリルにも伝わっている。ポリーのことは隠し、頭のおかしな強盗に殺された、ということになっている。というより伝えたのが俺だ。あのくそじじい、嫌な役目押しつけやがって。

「かわいそう……」

「そうだな」

「痛かったよね、辛《つら》かったよね」

「だろうな」

「さっきから何なのよ！」

　やっと俺の方を向いた。

「同じ事ばっかり言って！　なぐさめとかいらないから！」

「そんなつもりはないさ。ただ君に頼みがあってね」

　ほら、と差し出した本を見てエイプリルが小さく声を上げた。小さな子供向けの、文字を学ぶための本だ。

「また、字教えてくれよ。ほかの奴《やつ》にも教わったけど、お前さんのが一番分かりやすい」

　エイプリルはぎゅっと自分の手を握った。

「そんな気分じゃ……」

「なら、あっちのちびどもに頼む。俺みたいに、いい年こいて字を書くのも難儀するような奴《やつ》は少ない方がいいからな」

俺は立ち上がると、子供たちに手招きする。

「おーい。来いよ。おちびども。今からこのお姉ちゃんが本読んでくれるってよ」

俺の呼びかけに子供たちが一人、また一人と集まってくる。

「ちょっと、マシューさん。ワタシ、やるなんて一言も……」

「じゃ、あと頼むわ」

抗議の言葉をさえぎって俺は養護施設《ホーム》を後にした。敷地《しきち》を出る瞬間、少しだけ振り返る。エイプリルは困った顔をしながらも集まってきた子供たちに向かって本を開いた。

人間、悲しいときは忙しいくらいがちょうどいい。余計なこと考えずに済むからな。経験者が言うのだから間違いない。おかげでもらったばかりのお小遣いがもうおじゃんだ。本なんて賢者様の読むものだからまあ、高いこと高いこと。

だから酒代を節約するためにひげもじゃ先生にたかりに行くのは自然な流れだろう。今日が非番だというのも俺はちゃんと知っているんだ。

「ところでよ」

夕方、ギルド近くの酒場で飲んでいると、珍しくデズから話を切り出した。

「オメエ、なんだって誘拐なんかされたんだ。何やらかした？」

そういえばあの日以来、デズと会うのはこれが初めてだった。ポリーとのやり取りを一部始終話すと、デズはご自慢のひげをなでさすった。

「『解放《リリース》』ねえ……。確かに、最近また広まっているってのは俺の耳にも入っているが、妙なんだよな」

「何が？」

「衛兵どもが売人どもを取り調べちゃいるが、何にも出て来ねえか別の『クスリ』だ。別の街から流れてきた奴《やつ》が小遣い稼ぎに売りさばいている、って連中は考えているようだが」

「だったら目立つだろ」

よそ者の好き勝手を許すほど、ここの暗黒街は弱虫でものろまでもない。

「同感だ。俺はむしろこの街に詳しい奴《やつ》、あるいは連中の仕業じゃねえかって思う。裏の連中を出し抜くには、土地鑑がねえとムリだ」

「買った連中から聞き出せばいいんじゃねえのか？」

「衛兵どもが何人かとっ捕まえたらしいが、売人と直接会ったやつはいねえんだ」

デズの話によると、こうだ。買いたいやつは街のあちこちにある壁に符牒《ふちょう》で書き込む。たとえば『若白鮎《あゆ》一匹三枚』、『黒バラトゲなし三本』って感じだ。それを見たであろう売人が壁に金と時間と場所を指定する。たいていは『毒沼横町』の橋の上だという。時間になって橋の上から金を落とす。しばらくしてから橋の下に行くと金は消えていて、代わりに『クスリ』が置いてあるって寸法らしい。

「手が込んでいるな」

やはり売人は、この街の人間だろう。

「その出回っている『解放《リリース》』って、のはやっぱり……」

「『三頭蛇《トライ・ヒドラ》』が作ったものらしいな。連中の作っていたのは倉庫ごと全部燃えちまったって話だから、テメエの前の女の言っていたものだろう」

俺には区別が付かないが、同じ『解放《リリース》』でも材料が微妙に違うらしい。

「オスカー本人が戻ってきたか、オスカーから『クスリ』を奪った奴《やつ》がほとぼり冷めるまで待ってから売り出し始めた。でなきゃ、どこかに隠してあったのを偶然誰かが見つけたか、ってところじゃねえのか」

「そうかもな」

だとしても、どこの誰かは分からないとこれ以上は調べようがないな。

「おい、何考えてやがる」

デズがもじゃもじゃ眉毛の下から俺を胡散臭《うさんくさ》そうににらみつけてきた。

「昨日の今日だぞ。余計な事に首突っ込むんじゃねえよ」

「また面倒な事になるって言うんだろ」

俺は立ち上がった。酔いが回りきる前に確認しておきたい。

「その時はよろしく頼む」

「ふざけるな！」

デズが後ろから叫んだ。

「勝手に野垂れ死にしてろ！　もう二度とお前なんか助けねえぞ！」

「俺は何度だってお前を助けてやるぜ、親友」

これ以上、仲間は失いたくないからな。

「じゃあな、ここの払いはよろしく」

酒場を出ると耳をつんざくような罵声が飛んできたので、数歩よろめいた。


やって来たのは『毒沼横町』といって『石喰蛇通り』の東側にある小さな一角だ。この一角だけ盆地のようになっているので自然と建物に高低差が生まれる。だからあちこちに橋と壁が出来る。さっきデズに聞いた、取り引きに使われた壁の一つがこの辺りにあるという。

「ここか」

手にしたランタンを近づけると俺の背丈ほどの石壁に、俺みたいなアホでも読める文字で卑《ひ》猥《わい》な落書きがびっしり書き込まれている。同時に、ちょっとした掲示板代わりにも使われていて、『クスリ』のようなヤバイ取り引きに使われるそうだ。欲望丸出しの文言や女房《にょうぼう》への愚痴や女の呪詛《じゅそ》の中からそれらしい符《ふ》牒《ちょう》を見つけた。

「『甘蛇酒』が一回二本か。ふっかけてやがる」

『甘蛇酒』も『若白鮎《あゆ》』や『黒バラトゲなし』のように、『解放《リリース》』の隠語として使われる。一回は一袋。一本は金貨十枚だから一袋金貨二十枚になる。おおよそおおよそ、相場の倍というところだ。

『甘蛇酒』の横には金額と一緒に場所と時間も書いてある。誰かが消そうとした跡がある。おそらく衛兵どもだろう。だが、水で拭いたくらいでは消えそうにない。下手くそな文字は、筆跡で悟られないためだろう。それでも何かないかと俺は赤黒い文字に顔を近づけ、ゆっくりと指先でなぞった。そこで俺は閃《ひらめ》いた。

「……なんてこった」

俺は顔を手で埋めた。

そうと知った以上、迷っている時間は無かった。ほかの連中がこの事実に気づくのは時間の問題だ。その足で『油絵通り』の『山猫の黄昏亭《たそがれ》』へと向かった。酔っ払いの喧噪《けんそう》を聞きながら二階へ上がり、扉をノックする。最悪、ぶち破るつもりで叩《たた》いていると、中から見慣れた優男が出て来た。

「どうしたのさ、マシュー。こんな夜中に」

返事をする前に俺はスターリングの部屋に入り込み、扉を閉めた。

「ちょっと、どうしたのさ。気が早すぎない？　まだ日付は変わってないよ」

スターリングは困惑しながらも愛想笑《あいそわら》いを浮かべる。俺は無視して、白い布を剝ぎ取り、丸い石ころを一個一個取り除いていく。箱の下から出て来たのは、大量の小さな袋だ。そのうちの一つを開けると、白い粉がこぼれ落ちた。俺はスターリングに向き直ると、冷ややかに言った。

「お前さん、いつから『クスリ』の売人になったんだ?」

喉を詰まらせたような声が漏れた。目が泳ぐ。汗が垂れる。本当に分かりやすい奴《やつ》だ。

「ど、どうして?」

「『毒沼横町』の壁だよ。あそこの『クスリ』の取り引き、あれ書いたのお前だろ」

「ち、違うよ。何を証拠に」

「これだ」

俺がランタンで照らしたのは床の赤い汚れだ。

「あの壁に書いてあったインクが同じなんだよ。お前さんがジュムスの血から作ったって言うこの色とニオイがな」

筆跡はごまかしたつもりだったようだが、詰めが甘い。雨で流されないようにしたんだろうが、逆効果だ。

愕然《がくぜん》とするスターリングに俺は肩を叩《たた》いてやる。

「心配するな。お前さんを衛兵に突き出すつもりはない。だが、『クスリ』の出所を裏の連中が探している。このままじゃあ『偽金《にせがね》』の時の二の舞だ」

ちょいと脅《おびや》かしてやると、それだけで青くなって震えだした。小心者のくせに目先の儲《もう》け話に飛びついて危険な橋を渡る。学ばねえな。

「言え、どこで手に入れた。それともまた誰かに頼まれたのか？」

「ぼ、僕じゃないよ、ヴァネッサだ」

俺は呆《あき》れてしまった。

「バカ言うな。彼女がこんなマネするわけが……」

「本当だよ。『クスリ』を持っているのはヴァネッサだ。ヴァネッサの家の床下で見つけたんだ」

そこで俺はピンときた。隠したのはオスカーだ。『三頭蛇《トライ・ヒドラ》』から掠《かす》め取《と》った『クスリ』を恋人の家に隠しやがったのだ。鑑定には優れた知見の持ち主だが、恋愛には節穴だ。適当な理由を付けて家を留守にさせるくらい、訳はない。

ヴァネッサはギルドでも優秀な人材で、信頼されている。冒険者の間でも人気が高い。下手に探ろうとすれば冒険者ギルドを敵に回す。隠し場所にはうってつけだ。もしかしたら最初からそのためにヴァネッサに近付いたのかも知れない。持ち主が消えて放置されていた『クスリ』を偶然、今の恋人であるスターリングが発見して、売《う》り捌《さば》いたのだ。

「ねえ、固いこと言わないでよ。みんなやっていることだよ。分け前もあげるからさ」

気色の悪い猫なで声を出す。また今度も何やかんやいって助けてくれるだろう。そう期待を込めて媚《こ》びを売る。決して悪人ではない。ただ、意志が弱くて流されやすいだけなのだ。

「いいじゃないか。『解放《リリース》』はほかの『クスリ』とは違うよ。こいつは神様からのお告げだからね」

「何の話だ？」

「あれ、知らなかったの？」

スターリングが意外そうな声を上げる。

「元々『解放《リリース》』を作ったのはね、神父様なんだって」

悩み苦しむ信徒に対して配ったのが広まったきっかけだという。その後は聞かなくてもわかる。裏社会の手に渡り、大陸中に広まっていった。

「世も末だな」

「でね、その神父様が作り出したきっかけっていうのが、なんと神様の『啓示』なんだ。『お前はこれより先、我が意思のままに、その慈悲を振るうがよい』って言葉とともに頭の中に作り方が流れ込んできたって」

俺はスターリングの肩をつかみ、揺さぶる。

「その神父ってのはどこのどいつだ。言え」

今の言葉、忘れたくても忘れられねえ。文言こそ違うがその言い回しは、あの飲んだくれ太陽神だ。一言一句、声まで思い出せる。

「知らないよ。サニーヘイズの神父ってだけで名前なんか知らないよ、本当だよ」

半泣きで抗議の声を上げるスターリングから手を離す。サニーヘイズといえば、あの『太陽神の塔』の近くにあった街で、太陽神信仰の聖地だ。

どうなっている？　自分の信者に『クスリ』作りを命じただと？　神が中毒者増やして一体何の得があるってんだ？

「第一、とっくに死んじゃったよ。自分で首くくっちゃったって」

「そうか」

その神父は善意のつもりだったのだろう。悩み苦しむ信徒を救うために、神の『啓示』に従った。ところが裏社会の連中の手に渡り、大勢の人間を苦しめた。罪の意識に耐えきれなかったのだ。

「神様のお導きで作られた、ありがたーい『クスリ』なんだからさ。ね、いいでしょ」

まだ未練があるらしい。一度味を占めたからにはまたやるだろう。スターリングはそういう男だ。

「ダメだ」

俺はランタンを床に置いた。

「まだヴァネッサのところに隠してあるのか？」

「びっしりだよ。僕が売ったのなんか、ほんのちょっとだ。本当だよ」

こいつの言い訳に耳を傾けている暇はない。

「とりあえず案内しろ。処分方法はそれから決める」

「えー、今から？」

「明日の朝には路地裏でドブネズミみたいに転がっていたい、ってんなら止めはしねえけどな」

「ちょっと待っててよ。今着替えるから」

背を向けて服を脱ぎだした。俺はその間に足音を忍ばせながら作りかけの彫刻のところに置いてあるノミを手に取る。指先で軽く刃先に触れて、切れ味を確かめる。それを手の内側にしまい込むと背後からスターリングに近付く。

「それでさ、『解放《リリース》』なんだけど、やっぱり……」

ノミを振り上げ、振り返ったスターリングの喉元に突き立てた。体重をかけて押し込んだノミが深々と持ち主の喉に食い込む。悲鳴を上げられず、薄暗い部屋の中、スターリングは目を見開き、青白い顔をしながらぶっ倒れた。食い込んだノミに手を当てながら苦悶《くもん》の表情を浮かべ、転がり回る。イーゼルに載った書きかけの絵が次々と倒され、床に落ちていく。最初は火が付いたように暴れ回っていたが、だんだんと勢いが弱まり、命の火が消えていくのを俺は黙って見続けていた。

「うるせえぞ！　毎度毎度、金もねえのに盛ってんじゃねえ！」

下の酒場から罵声が飛ぶ。騒がしくするのは毎度のことのようだ。

スターリングが最後の力を振り絞るかのように俺のところに這《は》い寄《よ》ってきた。真っ赤になった手で床を引《ひ》っ掻《か》きながら。呼吸困難の苦痛と死の恐怖に涙しながら。

「…………！」

何事か言っていたようだが声はならず、口を打ち上げられた魚のように開けながら俺へと手を伸ばす。助けを求めるために。

俺の足下まで来たところでスターリングは力尽きたらしく、うつ伏せのまま動かなくなる。百数えてから瞳孔が開いているのを確かめる。

暴れ回ってくれたおかげで物取りの仕業に見せかける必要もない。『墓掘人《グレイヴディガー》』に依頼するまでもないだろう。

わずかな返り血を拭き取るといくつかの証拠を始末する。フードを被《かぶ》り、身を屈《かが》めながら外へ出た。

別にスターリングのことは嫌いではなかった。何度も鬱陶しいとは思ったし、しょっちゅう厄介事を引き起こすのも面倒臭いとは思ったが、それはそれで楽しかったのも事実だ。けれど、やってはいけない領分を踏み越えた。スターリングにとっては、いつもの火遊びだったのだろう。俺にとってはそうではなかった。今回の件を見逃せば、いつか取り返しのつかない事態になる。

――この街に『解放《リリース》』をばらまく連中は生かしておけない。それだけだ。

人目がないのを確かめ、ランタンのシャッターを落として階段を降りる。明日には死体も見つかるだろう。ぼやぼやしているヒマはない。

次はヴァネッサの家だ。彼女のシフトは把握している。今日はギルドに泊まりだ。いつもは使用人のばあさんも寝泊まりしているのだが、今日は孫のところに泊まりに行っている。今夜中に片付ける必要がある。昼間の留守中にしようかとも考えたが、俺がうろついているのを誰かに気づかれたくない。

幸い、恋人の住む『油絵通り』と目と鼻の先にある。石造りの二階建てだ。人通りも少ない。

針金で鍵をこじ開け、中に入る。勝手知ったる友人の家だ。間取りも把握している。一階が台所とばあさんの部屋。二階がヴァネッサの居間と寝室になっている。家の中は静まりかえっている。外の喧噪《けんそう》を聞きながら目を細め、静かに階段を上がる。スターリングは床下で見つけたと言っていた。

一階はばあさんの目がある。この家に地下室はない。オスカーとて自分が取り出しやすい場所に隠すはずだ。

二階に上がると、甘い匂いが鼻をくすぐる。アルウィンとはまた違った香《かぐわ》しさだ。ゆっくりじっくり嗅いでいたいが、ここはぐっと我慢の子だ。身を屈《かが》めながら狭い寝室に入る。明かりも付けられないので、四つん這《ば》いになり、ベッドの下を探る。スターリングが気づいて、まだヴァネッサが気づかない場所となれば限られる。指先で床板の浮いている箇所を見つけた。ベッドの下に頭を突っ込み、床板に指をかける。あのスターリングでも取り外せたのだからと甘く見ていた。今の俺には一苦労だ。ようやく剝がしたところでその下にあるものを引き寄せる。小袋だ。

ベッドから這《は》い出《で》ると、袋を開けて中身を手のひらにのせる。さらさらと白い粉がこぼれ落ちる。目を凝らし、匂いも嗅いでみた。『解放《リリース》』に間違いないようだ。あとはこいつをどうにかして全部処分するしかないのだが、どうするべきか。

不意に目の前が明るくなった。

「何をしているの？」

振り返ると、怯《おび》えた表情のヴァネッサがロウソクの明かりを俺に突きつけていた。

バカな、戻って来るのが早すぎる。動揺する俺の目に映ったのは、ヴァネッサが反対の手に持っている袋だ。肉や野菜にワインまで入っている。俺は自分のうかつさを呪った。そうか、明日はスターリングの誕生日だった。それを手料理で祝うために、ヴァネッサは別の人間とシフトを交代したのだ。

「マシュー、あなた……」

「待ってくれ、違うんだ」

　騒がれる前に両手を挙げて敵意のないことを示す。

「勝手に入ったことは謝る。けれどこれには理由があるんだ」

　呼吸を整えながらなるべくゆっくりと話す。ベラベラとまくし立てれば言い訳めいて胡散臭《うさんくさ》くなる。

「スターリングが今度は『クスリ』に手を出しやがった。裏の連中に見つかれば命はない。俺はそれを食い止めるために来たんだ」

「スターリングが？」

　怪訝《けげん》そうな顔をしながらも声からは警戒感が薄れている。

「原因はオスカーだ。君の元カレだよ。あいつが君の家に『クスリ』を隠したんだ。心当たりはあるんじゃないのか？」

　実際にあるのだろう。ヴァネッサが目線を上に向けながら鼻にしわを寄せる。

「そいつをあのバカが偶然見つけた。しかも、それを着服して売《う》り捌《さば》きやがった。裏の連中に嗅ぎつけられる前に、全部回収して処分しないと命がない。あいつも、君もだ」

　ウソは言っていない。もし裏の連中に露見すれば『クスリ』を奪った犯人をスターリングと思うだろう。そうなれば恋人のヴァネッサも巻き添えになる。

「それで俺はあのバカに代わって『クスリ』を取りに来たって寸法だ」

「……そうなの？」

「ウソだって思うんならベッドの下覗《のぞ》いてみなよ。ハッピーになれる粉がわんさと詰まってい
るぜ」

手にした『解放《リリース》』の袋を差し出すと、ヴァネッサは恐る恐る手に取り、粉を手に取る。

「……間違いなさそうね」

「だろ」

「もう！　なんだって誕生日にまで問題を起こすのよ、最悪」

がしがしと頭をかきむしる。

「とにかく引っ張り出すぞ。手伝ってくれ」

「わかったわ」

ヴァネッサはうなずくと買い物袋と燭台《しょくだい》を床に置き、ベッドの下をのぞき込む。その後ろ姿を見下ろしながら俺は後ろめたさを覚えた。

たった今、俺は彼女の恋人を殺してきたばかりだ。亡骸《なきがら》はアトリエで血だまりに沈んでいる。そうとも知らずにヴァネッサは、親切心と恋人を助けたい一心から協力してくれている。

おまけに『解放《リリース》』を処分した後は、彼女とともにスターリングの死体を発見しなくてはならない。きっと号泣するだろう。ロクデナシの男にばかり引っかかるのも、「支えてあげたい」という優しさと包容力のためだ。情の深い女なのだ。

罪悪感はある。けれど後には引けない。『解放《リリース》』は処分できたが、一足違いで裏社会の連中にスターリングは殺された。少し筋書きを書き換えただけだ。問題ない。

ヴァネッサと出くわしたのは予想外だったが、まだ修正はきく。

「あら?」

ベッドの下から不思議そうな声が聞こえた。

「何かしら、これ」

這《は》い出《で》てきたヴァネッサが握りしめていたのは、たくさんの小袋と、小さな包みだ。

「袋と一緒に床下に入っていたの」

ヴァネッサが包みを解く。手紙と一回り小さな袋が入っていた。

「封もしてあるから誰かに出すつもりだったみたいね」

一体誰が、とつぶやきながらヴァネッサが手紙を裏返す。読み書きは得意ではないが、見当は付いた。ここにものを隠しておける人物など、スターリングを除けばオスカーだけだ。

ヴァネッサが封を引きちぎって手紙を取り出す。

「宛名は……ローランド・ウィリアム・マクタロード」

その名前を聞いた瞬間、頭の中で一枚の絵が描き上げられていく。そうだ。へなちょこチキンとオスカーは顔見知りだった。オスカーはあいつのために『三頭蛇《トライ・ヒドラ》』を裏切り、『解放《リリース》』を着服した。それだけ重要なお客様だ。そんな奴《やつ》が手紙を出すとしたら? へなちょこチキンにとってジャマな人間は？　オスカーが握っていた秘密は？

「時間がない。そいつは俺が預かろう」

とっさに手を伸ばす。読ませるわけにはいかなかった。俺の直感が正しければ、手紙には見られてはいけない名前が書いてある。多少強引だろうと、なりふり構っている余裕はなかった。

手紙を取り上げようとした瞬間、ヴァネッサの手から小さな袋がこぼれ落ちて中身が出てきた。

アルウィンの持っていた、翡翠《ひすい》のネックレスだ。

あの野郎、こんなところに隠してやがったのか。どうりでねぐらをいくら探しても見つからなかったわけだ。

「ねえ、マシュー」

振り向くとヴァネッサは手紙を抱きながら後ずさっていた。ロウソクの明かりでもわかるほど青ざめている。

「あなた知っていたの？　アルウィンが、『解放《リリース》』中毒だって……」

最悪の事態だ。

「一体何の話だい？」

「とぼけないで。ここに書いてあるじゃない。ほら、アルウィンの名前が」

どうにか絞り出した台詞《せりふ》も時間稼ぎにすらならなかった。頭のいい奴《やつ》ってのは、字を読むのも速いんだな。もっとみんなバカになりゃいいのに。

「オスカーのでっち上げだよ。ローランドってのは、王位継承権欲しさにリントヴルムまで使って大暴れしたバカ貴族だぜ。アルウィンの悪口ならいくらでも金を出すさ」

ヴァネッサは俺を目線で警戒しながら翡翠《ひすい》のネックレスを拾い上げる。

「でも、これ。アルウィンのものよね」

「安物だよ。祭りの出店に行けば銅貨で買える」

「私にその言い訳が通用すると思う?」

冒険者ギルドきっての鑑定士様の目はごまかせなかった。

「そうなのね、マシュー。あなたも知っていたのね。オスカーから預かったものはないかって、何度か聞いていたのはこれのことだったのね」

翡翠《ひすい》のネックレスを突きつける。俺は答えられなかった。ヴァネッサは沈黙を肯定と受け取ったようだった。一瞬、とがめるような哀れむような目を俺に向けると顔を振った。

「彼女、『迷宮病』なんでしょう?」

冒険者が『解放《リリース》』に手を染める理由の大半がそれだ。冒険者ギルドの鑑定士だけあって、その手の連中を山ほど見ている。

「責めているんじゃないわ。よくある話よ。『迷宮』なんて誰だって怖いもの。『深紅の姫騎士』様も例外じゃなかっただけでしょ」

俺は沈黙を続ける。

「マクタロード王国を救うためにムリをしていたんでしょう。バカね、こんなものにまで頼るなんて」

ヴァネッサが手の中の手紙をぎゅっと握りしめる。聡明《そうめい》な女性だ。だからこそ、アルウィンの現状を正確に把握できるのだろう。それが忌々《いまいま》しかった。

「悪いことは言わないわ。すぐにでも引退するべきよ。こんなことを続けていたら王国再興の前に彼女の体が壊れてしまうわ」

「……」

「『迷宮』の宝に頼らなくっても、王国を再興する手段はいくらでもある。新たな土地を開拓してもいいし、どこかに仕官して領地をわけてもらうとか、あとは……王族や大貴族との結婚という手だってある」

そこで俺に申し訳なさそうな顔をしながらも続ける。

「ほかにアルウィンが中毒だって知っているのは誰？　『戦女神の盾《イージス》』の人たちは知っているの？」

俺が返事をしないので焦《じ》れたらしく、わずかに声を荒らげる。

「答えたくないならそれでもいいわ。けれど忠告よ。もう二度と『解放《リリース》』に関わらせないで。宝も祖国も別の人に任せて引退すべきよ。それからきちんと治療して。時間はかかるだろうけれど、このままじゃアルウィンの命に関わるわ」

「……」

「あなたなら適当な理由をでっち上げられるでしょ。この際、妊娠させたでもいいわ。いくら王族だからって、彼女だけが犠牲になることはないのよ」

「そうだな」

ヴァネッサの言っていることは全く正しい。一年前から今の今まで、俺自身が思い続けてきたことそのままだ。真剣にアルウィンを気遣っている。

何よりヴァネッサもまた『クスリ』の犠牲者だ。『クスリ』のせいで父親は破滅し、家族は離散した。俺同様に『クスリ』を憎んでいる。中毒に苦しむ人間を救いたいと願っている。だからこそ、アルウィンを救うためなら秘密を暴露することも厭《いと》わないだろう。自分の同僚を人前で縛り上げさせたみたいに。

そういう人間だ。

「君の言うとおりだ」

けれど俺は知っている。アルウィンの決意の固さを。体も心もボロボロになりながら前に進もうとする。その愚かで脆《もろ》い崇高さを。だからこそもう、後には引けない。

俺は立ち上がる。その後ろ姿を見下ろしながらポケットの中から『仮初めの太陽《テンポラリー・サン》』を取り出す。この前の騒動の後、教会で拾っておいた。その時にはまさかこんな使い方をするとは思ってもみなかった。

『照射《イラディエーション》』」

その途端、球が浮き上がり、太陽の光を吸い取った球がまばゆい輝きを放つ。その途端、俺の全身に力が漲《みなぎ》ってくる。『呪い』のせいで太陽の光がなければまともに戦えない俺でも、夜中に本来の力を出せる。時間は短いが問題はない。

「なに？」

急に強い光を浴びてヴァネッサが顔を背ける。その隙に一瞬で距離を縮めると体当たりのように彼女を押し倒す。仰向けになった彼女の両手をつかみ、膝の下に敷いて馬乗りになる。端正な顔が恐怖にゆがむ。激しく身もだえするが、俺の体重、何より筋力の前ではびくともしない。

「やめて！」

懇願を無視して両手を伸ばし、その首を締め上げた。やるならひと思いに。苦痛を与えないように一瞬で、だ。俺の指が彼女の喉笛を押し潰し、首の血管を圧迫する。

「あ、が……」

ヴァネッサの目が充血する。困惑、苦痛、恐怖と、真っ赤になった目に感情が激しく渦を巻く。自分が何故《なぜ》首を絞められているのか？　何故《なぜ》俺が殺そうとしているのか？　口封じのためか？　お願い助けて。死にたくない。

ヴァネッサの体から力が抜ける。呼吸も止まっている。俺は手を放した。

翡翠《ひすい》のネックレスを懐《ふところ》にしまいこみ、頭上に浮かぶ球をポケットに突っ込む。買い物袋から肉や野菜を取り出す代わりに『解放《リリース》』の入った袋を詰め込む。全部は入りきらないが、あめ玉の材料には十分だ。残りはこの家ごと焼き払う。

台所から持って来た油を部屋中にぶちまける。ベッドの下は念入りにだ。燃え残っては元も子もない。

「ま、しゅ……」

振り返ると、床の上でヴァネッサが息を吹き返していた。首の骨も折れているはずだが、目から涙を流しながら俺を見ていた。

「どう、して……マシュー。わたし、は」

俺は首を振った。そして残った油を彼女の体に注ぐとロウソクの火を床の油に近づけた。

「君は悪くない」

部屋の中が炎に包まれる。俺は火に撒《ま》かれるより早くヴァネッサの家を出た。

何回か路地を曲がったところで振り向くと、夜空に黒い煙と火の粉が巻き上がり、風に揺らめきながら上っていく。

「火事だ！」

「火を消せ！　隣に燃え移るぞ！」

怒号を聞きながら俺はフードをかぶり直し、背を丸めて家路を急いだ。

人気がなくなったところで俺は歩みを緩め、自分の両手を見た。まだ感触が残っている。罪悪感はあったが後悔はしていない。

アルウィンの依存症は治っていない。『解放《リリース》』がなければ、まだ戦えない。もし一年前のようなペースで飲み続ければ、すぐ冥界行きになるだろう。かといっていきなり止めてしまえば、禁断症状に苦しむ姿を衆目にさらす羽目になる。今は俺が作った『解放《リリース》』入りのあめ玉で少しずつ、量を減らしながら慣らしている。ラルフ坊やみたいに怪しむ奴《やつ》をごまかすために、普通のあめ玉も用意して。手に入れた『解放《リリース》』は家の地下室に隠してある。

だから俺には『解放《リリース》』が必要だし、これを手に入れるのを誰かに知られるわけにもいかない。同時にこの街に『解放《リリース》』を蔓延《まんえん》させるのも防ぐ必要がある。誘惑に負けた姫騎士様が手を出してしまえば、今までの苦労が水の泡だ。そのためにこの一年間、アルウィンの醜聞を嗅ぎつけた連中を始末し、『クスリ』の売人を人知れず潰してきた。血塗られた、だが俺自身が選んだ道だ。

いつだったか、アルウィンに語ったヒモの語源を思い出した。海の中に潜る女たちの命綱を握る男たち。その間、男が何をしているか。女は何も知らないし、知る必要はない。ただ、その手を男は絶対に離さない。それさえ信じてくれればそれでいい。それだけでいい。

「さて、帰るか」

両手をポケットに突っ込み、背を丸めて誰もいない路地を歩く。そこで、ポケットに入れた

『仮初めの太陽《テンポラリー・サン》』の光が消えたのに気がついた。

「時間切れか」

ポケットから取り出すと、元の半透明な球になっている。

「ん？」

ふと見れば、球の中にある文様が前よりくっきりと浮かび上がっている。

「なんだ、これ？」

月明かりにかざしてみる。俺は目をみはった。浮かんでいたのは、あのドグサレゲス太陽神の紋章だった。

第六章　姫騎士様のヒモ

教会の鐘がもの悲しく鳴り響く。ヴァネッサの葬儀には大勢の人間が出席した。教会には冥福を祈る言葉に、すすり泣く声が重なった。

ヴァネッサの家はかろうじて全焼は免《まぬが》れたものの本人は黒焦げの死体で見つかった。首には絞められた痕跡が残っていた。犯人はまだ捕まっていない。恋人のスターリングも死体で見つかっている。おそらくスターリングが何かしらへまをやらかしてしまい、見せしめのために殺害された。ヴァネッサはそれに巻き込まれたのではないかともっぱらのウワサだ。みんな知っていたのだ。スターリングはいつかこうなるだろうと。心のどこかで予想していたのだ。

スターリングの葬儀も一緒に行われたが、みんなヴァネッサの死を悼《いた》み、悲しんでいる。彼女の亡骸《なきがら》は冒険者ギルドが管理している墓地に葬《ほうむ》られることになっているが、スターリングはこの街の貧乏人がそうであるように、『迷宮』に捨てられる。燃やして骨まで砕くから、ゾンビとして甦《よみがえ》ることもない。扱いの差はそのまま生前の善行と人望によるものだ。

葬儀には俺だけでなく、アルウィンやデズ、エイプリルも出席している。俺の隣で僧侶の祈りを聞きながら目を閉じている。三人は何も知らない。知る必要のないことだ。知られた瞬間、

俺は友情も親愛も失う。

普段は下品な口を叩《たた》く連中も今だけは神妙だ。エイプリルは泣きじゃくりながら祖父にしがみついている。

埋葬も終わり、デズは用事があるとかで、ギルドへと戻って行った。

俺は俯《うつむ》き加減のアルウィンと並んで家へと戻る。

街外れの墓地から家まで、大通りを歩く。

笑い声や足音、酒を酌《く》み交《か》わす音、引っぱたかれた子供の泣き声、この街の音はにぎやかだがいつも湿っぽい。

「彼女とは」

それまで無言だったアルウィンが口を開いた。

「あまり話したことはなかったが、私の目から見ても、可憐《かれん》な女性だったと思う」

「そうだね」

「私がこの街に来てから大勢の冒険者と死に別れた。……慣れたつもりだったが、まだこたえるな」

独り言のようにつぶやきながら胸にかけた翡翠《ひすい》をいじる。例のペンダントだ。アルウィンには故買屋に流れ着いていたのを見つけた、と言ってある。

「みんな一緒さ。それと、慣れるものじゃあない。親しい人間が死ぬのは、いつだって辛《つら》くて悲しくなくっちゃ」

そうじゃなきゃ、親しくなった甲斐《かい》がないってもんだ。失って辛《つら》いから、愛していたんだって気づく。そういうもんだ。

「泣く必要はない。けれど耐える必要もない。傷だらけでも泥塗《どろまみ》れでも人間は生きられる。あがけるだけあがくだけさ。死ぬのはいつでも出来るからね」

「そうだな」

表情は見えないが、強《こわ》ばっていた彼女の顔がほぐれる気配がした。きっと笑ったのだろう。

「さあ、帰ろう。一雨来るといけない」

さっきまで快晴だったのに、気がつけば鉛色の雲が出てきた。

「ん？」

雑踏の中、青白い顔の男が通り過ぎていく。あくびをしながら首の後ろを掻《か》いている。

俺は頭を起こした。

「どうした、マシュー」

「すまない。ちょっと用事が出来た。先に戻っていてくれ」

アルウィンが露骨に口を曲げる。

「また酒か？　それとも女か」

とんでもない、と俺は首を振った。

「今日、賭場《とば》が開くのを思い出したんだ。心配ないよ、カラッケツになったら戻る」

「尻の毛までむしられて来い！」

「まあ、お下品」

「貴様のせいだろう」

その通りなので俺は反論しなかった。

「それでだね、申し訳ないんだがまた少しばかり融通していただけると」

満面の笑みを見せたはずだが、アルウィンの視線はますます冷たくなっていく。

「貴様という奴《やつ》は……」

「なあ、頼むよ」

彼女の手のひらにあめ玉をのせる。

「それ食べて待っててよ」

「……わかった」

不承不承と言いたげにアルウィンはあめ玉を頬張った。ちなみに普通のお砂糖入りの方だ。

「夜までには帰るんだぞ」

「はいよ」

手を上げてゆっくりと向きを変え、アルウィンと別れる。

背を丸め、距離を取りながら男の後を付ける。路地裏に入る。向かっているのはとある酒場の裏手のようだ。有名な『クスリ』の取り引き場所だ。そこに売人もいるはずだ。

男が角を曲がった。いよいよか。足音を殺しながら近づこうとすると不意に角の向こうで慌てふためく気配がした。

「なんだ、テメエは？」

「おい、やめろ！」

悲鳴とともに誰かの倒れる音がした。仲間割れか？　それとも先客か？　壁に張り付き、こっそりと覗《のぞ》く。俺は息をのんだ。

建物に挟まれた薄暗い路地に一人の男が立っていた。手には血まみれの剣をぶら下げている。倒れているのは二人。さっきの青白い顔をした男と、売人らしき中年の男だ。二人とも真正面から切られて、死んでいるのは明らかだった。

切ったのは、俺の顔見知りだ。

「出て来い、マシュー。お前がそこにいるのはわかっている」

ローランドは振り向きもせずに言った。瓦礫《がれき》の下敷きになったと聞いていたが、無事だったのか。服はズタボロだが、怪我《けが》をしている様子はない。

額を嫌な汗が流れる。生きていたのにも驚いたが、この前とは雰囲気が違い過ぎる。つい数日前まで浮かれた甘ったれだった。ところが今は、人を殺したばかりだというのに妙に落ち着いてやがる。気味が悪いぜ。

「よう、へなちょこチキン。こんなところで奇遇だな。もしかして辻《つじ》斬り強盗に鞍替《くらが》えかな。侯爵家の御令息も地に墜《お》ちたもんだ」

ローランドは俺の挑発にも取り合わなかった。血がついたままの剣を鞘《さや》に収める。俺の目の前まで歩み出ると、両手を空に向けて伸ばした。

「これより貴様に我が神よりのお告げを伝える」

「は？」

俺がしゃべり出すより早く、ローランドはまるで感情の見えない顔で言った。

「【よくぞ試練を乗り越えた、人間よ】」

心臓が締め付けられた。声こそローランドだが、この喋《しゃべ》り方は忘れようったって忘れられねえ。太陽神。太陽神・アリオストルだ。あのクソまみれのせいで俺はどれだけ辛酸をなめさせられたことか。怒りや殺意、疑問、恐怖、頭の中をぐちゃぐちゃと熱い粘液のような思考が渦を巻く。巻きはしたが、やることは決まっている。ぶん殴るだけだ。幸いにも雲の切れ間から日が照っている。一瞬だが、十分だ。テメエから日向《ひなた》に出てきた間抜けを恨むんだな。

日の光を浴び、体中に力がみなぎっていくのを感じながら拳を振り上げる。じつは、ローランドが太陽神と無関係のイカレ野郎だったとしても構うものか。俺の目の前で下らねえモノマネをする方が悪い。一撃で顔面をおしゃかにしてやるつもりだったが、そうはならなかった。全力で放ったはずの拳はローランドの手のひらに軽々と受け止められていた。

「なんだと？」

ローランドはそのまま俺の拳を握りしめる。岩を砕き、鉄の鎧《よろい》に穴を開けてきた拳が軋《きし》みを上げる。反対の手で放った拳もあっさりと受け止められる。そのまま力比べのような形になる。押し返そうとするが、びくともしない。冗談だろう？　今の俺ならローランドなんぞ鼻くそ同然のはずなのに。

ローランドは不愉快そうに目を細めると、俺の体を軽々と放り投げた。背中から壁に叩《たた》き付《つ》けられる。

「静かにしていろ。みことばの途中であるぞ」

俺は動けなかった。叩《たた》き付《つ》けられたのは、たいして痛くもねえが、うかつに動くのは危険だと俺の勘が告げていた。ローランドが再び、空に向かって手を伸ばす。

「【そなたは、我の神器を手に入れ、それを使って血肉を捧《ささ》げた。第二の試練は合格だ】」

目眩《めまい》がした。ゲロ吐きそうな気分だった。第二ということは第一があったたってことだ。第一の試練は、例の太陽神の塔を踏破した件だろう。神器というのは『仮初めの太陽《テンポラリー・サン》』のようだ。

別に魔物を倒したとか、知恵比べに勝ったわけでもないのだが、手に入れた過程はどうでもいいらしい。問題は、血肉を捧げたってところだ。つまり……。

「ふざけんじゃねえ！」

テメエなんぞのために俺は彼女を殺《あや》めたわけじゃない。首を絞めた感触も、澱《おり》のような罪悪感も、死の淵で俺の名を呼んだ声と涙も、全部俺のせいだ。テメエを喜ばせるためじゃねえ！

そもそも何の説明もなく、勝手に「合格しました、おめでとう」だと？　寝言も大概にしやがれ。

「俺たちはテメエの信者でも奴隷でもねえ！　とっとと元に戻せ！」

「【次は第三の試練だ。心して待つがいい】……以上だ」

俺の言葉に取り合わず、ローランドは手を下ろして一方的に終了を告げる。

「まさか、貴様が我が神の『受難者』であったとはな」

冷笑を浮かべる。この前散々見た顔だが、今ではまるで作り物のようだ。

「なんだそりゃ？」

「太陽神様は『戦いの神』でもあり『試練の神』でもある。勇者や英雄となる素質のある者に何度も試練を与え、すべてくぐり抜けた者を『太陽宮殿』に招き入れ、永遠の命を与える。その試練を受けている途中の者を『受難者』と呼んでいる」

「アホか」

要するに、永久にあのボケカスハエたかり太陽神の奴隷ってことじゃねえか。

「それで、テメエは太陽神にケツの穴捧《ささ》げてその力を手に入れたってわけか」

「口の利《き》き方に気をつけろ」

ローランドが殺意のこもった目を光らせる。

「あの屋敷《やしき》で瓦礫《がれき》の下敷きになった瞬間、神の啓示が降りてきたのだ。【お前はここで死ぬべきではない。成すべき使命がある】とな。気がついたら屋敷《やしき》の外に立っていた」

ローランドは襟元をつかみ、引き下げる。あらわになった左胸に刻まれていたのは、太陽神の紋章だった。

「これこそ『伝道師』の証《あかし》だ。信者を増やし、神の奇跡を地上に再現し、時には大衆を教え導く。その大任を私が、仰《おお》せつかったのだ」

ゴミみてえな商売だな。ヒモの方が千倍はマシだぜ。

「私は歓喜したよ。信徒となってはや三年、私の信仰がついに認められたのだ」

ああ、分かったよ。太陽神の見る目は節穴以下だってな。

「それで、これからどうするつもりだ。その力で王国再興でも果たすのか？　それとも、故郷にあふれかえった魔物どもを倒すつもりか？」

「興味がない」

どうでもよさそうに首を振る。

「今更マクタロード王国などどうなろうと知ったことか。私は私の使命を果たすまでだ」

「巡礼か？　それとも剃髪《ていはつ》でもしてありがたい教えを広めようってか？」

「この街を浄化する」

頭の中が一瞬、空白になる。

「お前も知っているだろう。この街がいかに汚れているか。街の人間がいかに堕落しているか。この土地には不要なものが多すぎる。いずれ太陽神様が降臨されるその時までに地上を清らかにしておく必要がある。手始めがこの街だ」

「出来るわけねえだろ」

この街の『闇』は深い。多少強い腕っぷしがあったところでどうにもなりゃしねえ。どうにかなるなら今頃ここの支配者はデズだ。

「出来る出来ないは問題ではない。神の意志を実行する。それが私の使命だ」

懐《ふところ》から取り出した小さな袋を破り、手のひらの上にぶちまける。白い粉だ。

「『解放《リリース》』か？」

「私が何故《なぜ》、これを手に入れたかったと思う？」

静かに笑うと、口の中に全部放り込んだ。その瞬間、左胸に刻まれた紋章がまばゆい輝きを放った。ローランドの体が震える。

「こうするためだ」

その瞬間、ローランドの肩が膨れ上がる。同時に脇腹、太股《ふともも》、腰、右胸と体の内側から誰かが殴りつけたかのように盛り上がっては縮まる。まるで体の中で小さな悪魔が暴れ回っているみたいだ。

「お前たちは、これをただの麻薬と思っているようだが、そうではない。太陽神様の御許《みもと》に近づくための翼。汚れた肉体を崇高な魂にふさわしい姿に作り替える鍵」

変化が収まると、そこにいたのは、俺より頭一つは大きい大男だ。それだけじゃない。服は破け、肌は血のように赤く染まり、骨が浮き出て、斑《まだら》模様になっている。頭から毛が抜け落ち、耳たぶも消え去り、膨れ上がった頭から三つのトサカと、とがったくちばしが伸びている。まるで鶏の頭を膨らませたかのようだ。両目からは瞳が失われ、代わりに太陽神の紋章が浮かんでいる。

「すなわち、『解放《リリース》』だ」

バケモノと化したローランドは厳かな口調で言った。

なるほど、売人たちを殺したのは『解放《リリース》』を奪い取るためか。

「先に言っておくが、貴様が飲んだところで力は得られぬ。信仰を持たぬ者は御身に近づけぬ。この姿は、信者の中でも選ばれし者の証《あかし》だ」

「むしろほっとしたよ」

アルウィンがこんなバケモノにならなくって。

「この街にも太陽神様の信者は大勢いる。この姿を見れば、太陽神様の偉大さを知り、さらに信仰心を深めることだろう」

むしろカルト宗教から抜け出したいって思うだろうぜ。

「信者が……『伝道師』が増えれば、『解放《リリース》』さえあれば、この力があれば、浄化も夢ではない。ジャマをするというなら貴様も殺す。『受難者』は貴様だけではない。ここで死ぬようならそれまでの者だっただけの話だ。太陽神様も貴様の命については触れていない」

「それまた結構、コケコッコー」

俺はポケットに手を突っ込む。

「けど、俺は真っ平だ」

手にした球を投げつけながら合い言葉を唱える。

「『照　射《イラディエーション》』」

浮き上がった球がまばゆい光を放つ。ローランドもこれにはたまらず目をそらす。使えるものは何でも使うのが俺の主義だ。見てろ、太陽神。テメエの与えた『神器』でテメエの下僕をすりつぶしてやるよ。

「地獄に帰りやがれ！」

不意打ちで放った拳だったが、あっさりと受け止められる。

「ムダだ。すでに私の力は……え？」

俺の腕をつかんでいる間に俺はローランドの懐《ふところ》に潜り込む。みぞおち辺りに肩を乗せ、立ち上がる勢いを利用して一気にひっくり返す。巨体とはいえ今の俺なら簡単だ。ローランドの背中が地面にひっくり返る。

肺の空気を全部吐き出したような声が上がる。その隙に俺はローランドの腰から剣を引っこ抜き、やっこさんの心臓に突き立てた。血しぶきが飛ぶ。数回ひねった後で引っこ抜き、もう一度心臓を貫いた。ローランドは二度痙攣《けいれん》してから大量に吐血し、そのままがっくりと動かなくなった。

「余裕ぶっこきすぎたな」

いくら神の力を得たとしても戦いの経験はそのままだろう。実戦経験の乏しいお坊ちゃんなど、いくらでも出し抜ける。

「さてと、あとはこいつの死体を……」

また『墓掘人《グレイヴディガー》』に始末してもらうしかない。とはいえ、このバケモノを見たら腰抜かすかもな。

とりあえず鈴を取り出そうとした時、足首を掴《つか》まれた。まさか、と思いながら見下ろすと、口元を道化師のように真っ赤にしたローランドが嗤《わら》っていた。足首に激痛が走る。顔をしかめた瞬間、俺の体は宙を舞っていた。

一瞬、二階の屋根の上まで飛んだ。かと思ったら、急降下していき、近くにあった建物の窓に突っ込んだ。窓ガラスと窓枠を砕きながら石の床に激突した。とっさに頭だけはかばったものの、全身を貫く衝撃に目がくらんだ。今のはさすがに効いた。

確かここは廃屋のはずだ。ウワサではどこかの金持ちが没落してそのままになっている屋敷《やしき》だという。大広間か何からしく、天井は高く、だだっぴろい空間が広がっている。頭上にはロウソクのこびりついた燭台《しょくだい》が吊《つる》され、黒く焦げた暖炉には薪一つないのが寒々しい。いずれもうっすらとホコリを被っている。明かり取りの窓がいくつかあるので視界は問題なさそうだ。

ローランドはどこだ？　揺れる視界の中、姿を探そうとして頭の中に鐘が打ち鳴らされる。

不意に頭上に影が差した。とっさに転がると、すれ違いに剣が深々と地面に突き刺さっているのが見えた。

どうやら地上からここまで飛び上がってきたらしい。巨体の割に身軽なことで。

「しぶといな」

ローランドは感心半分忌々《いまいま》しさ半分って感じで言った。見れば、胸の傷が急速にふさがっていく。

「まさか、本当に不死身なのか？」

「ああ、私もびっくりしたよ。瓦礫《がれき》に潰された時は意識がなかったからな。心臓を潰されるとこんなに痛いとは思ってもみなかった」

冗談めかして胸の傷をなでさする。心臓を貫かれても平気な顔してやがる。あのゴミクズ能なしクサレカスボケ太陽神め。へなちょこチキンになんてもの与えていやがる。こいつをどうやって倒す？　飛ばされても『仮初めの太陽《テンポラリー・サン》』が付いてきてくれるのはありがたいが、使用時間は減るばかりだ。

あいにくと空はまたも曇り空。日光は期待できない。

ローランドが剣を投げつけてきた。閃光《せんこう》のような軌跡をどうにか見切ってかわしたものの、体勢が崩れる。そこをあいつが暴れ牛のような勢いで突進してくる。とっさに受け止めようとしたが、軽々と吹き飛ばされて壁に叩《たた》き付《つ》けられる。肺から空気が強制的に吐き出された。膝を突いたところでローランドの拳が飛んできた。大振りの拳に合わせて拳を振り上げる。

衝突した瞬間、骨が痺《しび》れたような気がした。俺の腕は軽々と弾《はじ》き飛《と》ばされる。がら空きになった俺の顔に向かってローランドは反対の腕を振るった。倒れ込むようにして勢いを逃すのが精一杯だった。気がつけば壁に叩《たた》き付《つ》けられていた。首がへし折れるかと思った。

意識が飛びそうになるが、舌を噛《か》んで持ちこたえる。闇に包まれそうな視界に、銀色の軌跡が飛び込んできた。寝転がってかわすと、一歩遅れてローランドの剣が床に突き立てられた。

顔を二回叩《たた》いて意識を覚醒させる。飛び込んできたのは、ローランドのバケモノ顔だ。目覚めが悪い。

「諦めろ。マシュー。お前に勝ち目はない」

「嫌だね」

状況は最悪だが、諦めるわけにもいかない。

「夜までには帰るって約束しちまったからな」

さもないと、真っ暗な部屋でロウソクも付けねえで待っているぞ、あの姫騎士様は。

「どうあがこうと太陽神様からは逃れられないぞ、ウジ虫が。それとも、マデューカスと呼んだ方がいいかな」

ほう、と俺の口から声が漏れる。

「俺の過去を知っているのか？」

「『太陽神《ソル・ニア・スペクタス》はすべてを見ている』」

「なるほどね」

なら俺に掛けられた『呪い』も先刻承知か。さっきから『仮初めの太陽《テンポラリー・サン》』もちらちら見ていやがるのは、そういうことか。

俺は立ち上がった。

「だったら、俺が『巨人喰い《ジャイアント・イーター》』と呼ばれていたのも知っているよな。どうしてだと思う？」

「巨人族でも倒したか？」

興味もなさそうに言った。俺は首を振った。

「そいつもあるがな。どっちかというと後付けだ。今から見せてやるよ」

拳を鳴らし、手招きする。

「『巨人喰い《ジャイアント・イーター》』マシュー様の底力をな」

「面白い」

つぶやくなり床に刺さった剣を引き抜こうとする。

「させねえよ」

柄を握った手を蹴り上げる。普通ならば手を放すところだろうが、腕力が桁外れな分、剣の方が耐えきれなかったようだ。刺さったところからぽっきりと折れる。

舌打ちしながらローランドが短くなった剣を振り回す。なるほど、剣術は悪くないようだ。おまけに速度もえげつない。俺の目ですら剣筋が捉えきれない。普通の奴《やつ》ならとっくに八つ裂きだろう。

「けれどまあ、その程度だ」

振り上げた手首をつかみ上げる。いくら巨体になろうと、腕の動きと目線がバカ正直だ。

「この前は散々殴ってくれたよな。覚えているぜ。四発……いや、さっきので五発だ」

借りは返す主義だ。

「それ一発！」

無防備になった脇腹に拳をたたき込む。骨を砕いた感触がした。ローランドの体が折れ曲がる。

「もう一丁！」

今度は下からすくい上げるようにローランドの顎を殴り飛ばす。血痰《けったん》を吐きながら仰向けにひっくり返っていく。

「まだまだ！」

摑《つか》んでいる手首を引っ張ると、今度はローランドから殴りかかってきた。閃光《せんこう》のような拳も大振りでは初動も遅くなるし、でかくなった分軌道も読みやすい。カウンター気味に放った拳で、ローランドの顔が弾《はじ》ける。

「これで四発目だ！」

「させるか！」

ローランドが素早く俺の手首を摑《つか》む。互いの片手首を握り合うような格好になる。ローランドの得意げな顔が見えた。勝った気になるのは早すぎるぜ。俺は腕を曲げ、ローランドを引き寄せる。

「オラ！」

がら空きになった顔面に頭突きをかました。額に生温《なまぬる》いものがかかる。

「これで最後だ」

膝でやっこさんの股間を蹴りつける。

ローランドが真っ青になった。うめき声を上げて剣を取り落とす。

「ちっ！」

拾われるのを嫌ったのだろう。俺が反応するより早く、落ちた剣をつま先で蹴飛ばす。勢いよく飛んでいき、壊れた窓を越えて下へ落ちていく。乾いた音が遠くで鳴った。これでお互いに素手だ。

「なるほど、駆け引きや経験で差を埋めるつもりか」

ローランドが反対の手で俺の手をつかむ。互いの手を持って組み合う形になる。

「だが、純粋な腕力勝負であればこちらに分がある。先程のようにはいかんぞ」

殺すつもりで殴ったのにもかかわらず、ローランドはまだ向かってくる。砕いてやった骨も金玉も再生しつつあるようだ。

「そうとも限らないぜ」

壊れた窓から吹き込む風が強くなってきた。力比べはまだ拮抗《きっこう》している。押し切ろうとしても下手に力を抜けば一気に押し込まれる。筋肉が限界を訴えて軋《きし》みを上げる。ローランドの額に汗が浮かぶ。

「どうした、随分辛《つら》そうじゃないか」

「お前こそ、もう限界じゃないか。見ろ」

目線だけ動かせば、『仮初めの太陽《テンポラリー・サン》』の輝きが弱まっているのが見える。明滅しながら少しずつ光が弱まっている。

「時間が経《た》てば神器の効力は消える。そうなればお前はまたもとの能なしに逆戻りだ」

「ベラベラと喋《しゃべ》りすぎだぜ、へなちょこチキン」

俺は鼻で笑った。

「テメエが俺のことを太陽神から聞いたように、俺もテメエのことをアルウィンから聞いたぜ。テメエが国でどんな扱いだったかってな」

ほんのわずかに、ローランドの口がゆがむ。

「愛人の子だからって兄弟からはいじめられて親からは無視されて、おまけに頭も悪くて家庭教師からもムチで折檻《せっかん》されてたってな。それで目覚めちまったか？　変態野郎。だから友達もいない、寂しい少年時代を過ごす羽目になったんだ」

「……黙れ」

額に青筋が浮かぶ。

「そう照れるなよ。例の魔物騒ぎの時は視察に出ていて留守だったってのは建前で、本当はテメエの家族見捨てて逃げたんだろ？　その中には嫁さんと息子もいたって話じゃねえか。かわいそうになあ」

ギチギチと歯ぎしりの音が聞こえる。

「今も悲鳴が聞こえてくるようだぜ。『お父様、お父様。助けて。どうして僕を置いて逃げたの？　そんなに魔物が怖かったの？　それとも、アルウィンのお尻を追いかけたかったから僕たちがジャマになったの？』『そうだよ、パパはアルウィンのおケツが大好きなんだ。だからお前たちなんか魔物のクソになろうとどうだっていいのさ、ハッハー！』」

「黙れと言っている！」

ローランドが吠《ほ》えた。筋肉がちぎれ、腕の血管が破裂するのも構わずのしかかってくる。こらえきれず、俺の体は滑るように後退していく。あっという間に壊れた窓まで追い詰められる。このまま突き落とすつもりだろう。ここが踏ん張りどころだ。落ちたら勝ち目はなくなる。

「さっきまでの聖職者みてえな面とは大違いだな。そっちの方がお前さんらしいぜ」

「その『減らず口《ワイズクラック》』を今すぐ塞いでやる！」

「いやだね」

俺はにやりと笑った。

「美人のキスなら大歓迎だがね」

「どうやら、その必要もなさそうだな」

俺のそばで固い音がした。足下に丸い球が転がる。

『仮初めの太陽《テンポラリー・サン》』だ。

時間切れだ。もう一度使えるようにするためには、半日は陽光に当てておく必要がある。もちろん予備はない。

ずん、と体が重くなる。

まただ。いつものように体中が重くなる。深い泥の底に突き落とされたように。もがいてももがいても抵抗する術もなく、沈んでいく感覚。

太陽神の『呪い』が再び俺をがんじがらめにしやがった。

重みに耐えきれず片膝を突く。頭上から嘲笑が聞こえる。一気に押し潰そうと圧力が強まる。

「残念だったな、負け犬め！」

寝ぼけるなよ、へなちょこチキン。そんなもん最初から分かりきっている。そうさ。今までの俺は、太陽神なんて理不尽なバケモノに叩《たた》かれて尻尾垂れて、みじめに鳴いて、逃げ出すだけの負け犬だった。それでも、負けっぱなしじゃ終われねえ。終わりたくねえ。いくら相手が強かろうと、なめられっぱなしじゃあ俺が俺である意味がねえんだよ。

何が神だ。

そんなもん『くそくらえだ！《Kiss my ass》』。

「終わりだ！」

い、
ここだ！

俺は思いきり息を吸い込むと、腹の底から雄叫《おたけ》びを上げる。

俺から自由を奪い取り、縛り上げている力を一気にはね除ける。

ローランドの懐《ふところ》に潜り込むと足首と膝の反動を使い、一瞬で持ち上げる。ローランドの目が見開く。

雄叫《おたけ》びを上げながら、ローランドの体を足下に叩《たた》き付《つ》ける。石の床に亀裂が走る。うつ伏せに倒れたローランドを踏みつけると、顎に指を掛け、思い切り引っ張る。声にならない悲鳴が振動となって手に伝わってきた。

顔が熱い。指が震える。汗が噴き出る。クソ、思ったより固え。バケモノになったから普通の人間より頑丈になってやがるのか？　皮が破けて血が吹き出ているせいで、摑《つか》みにくい。それでも手を緩めるわけにはいかない。歯を食いしばり、尻に力を入れて後ろへ仰《の》け反《ぞ》る。気を抜くとまた全身が重くなる。これが最後のチャンスだ。

みちみちとちぎれる音がする。骨の折れる音がしたのはいつだっただろうか。もう限界だ。やばい。死ぬ。死ね。いい加減にしろ。さっさとくたばれ！

「せえの！」

渾身《こんしん》の力を込めて後ろへ体重を掛けると手がすっぽ抜けた。勢い余って尻餅をつく。ぜえぜえと荒い息を吐く。手も顔も血でべとべとだ。洗いたいけれどもう限界だ。疲れた。そのまま仰向けに倒れ込む。

逆さまになった視界の奥で、ローランドの生首が転がっていた。

俺の足下では首なし死体が転がっている。ちぎれた切れ目からは首の骨がむき出しになっている。血が滝のようにあふれ、床に勢いよくしたたり落ちていく。体中痙攣《けいれん》させるばかりで立ち上がる気配はない。

「バカ、な」

うつろな目でローランドの生首がつぶやく。

俺は全身の痛みをこらえながら、四《よ》つん這《ば》いで近づくと生首をこちらに向ける。

「元気がないね。もしかしてケツでもかゆいのかな」

返事の代わりは苦しげなうめき声だ。

首のちぎれ目が少しずつ黒い灰に変わっていく。

昔から不死身のバケモノを倒す方法は、首をはねると相場が決まっている。こいつも例外ではなかったらしい。よかった。これでダメなら土の中に生き埋めにするか、海に沈めるか、粉微塵《みじん》にして土壁に混ぜ込むくらいしか思いつかなかった。

「本当なら剣か斧《おの》で首を切り落とすところなんだがね。手近に手頃な刃物もなかったもんだから引っこ抜くしかなかったんだよ」

「な、ぜだ。お前には、太陽神様の……」

「ああ、あれね」

別に『呪い』が解けたわけでもない。一時的に解くようなマジックアイテムも持っていない。

「俺の意地だよ」

大間抜け太陽神のせいで俺は思うように力が使えなくなった。百使えた力が一しか使えない状態だ。逆に言えば、一万の力を出せば一時的に百の力が使える、というわけだ。

　時間にすればほんのわずかだし、体だってズタボロだ。全身に激痛が走り、立ち上がるのもままならない。今回みたいな状況でなければ、チンピラ相手にだって使えない。ぶっちゃけ役に立たなかった力だ。それでも、ほんのわずかの間でもヘナチン太陽神の『呪い』に抵抗できる。俺という男の肉体と魂を振り絞ってつかみ取った、なけなしの意地だ。デズにすら話していない。正真正銘、最後の切り札だ。

「そうそう、『巨人喰い《ジャイアント・イーター》』の由来だったな。簡単だよ。俺がな、俺より強い奴を倒してきたからだよ」

　世間は広い。俺より腕力のある奴《やつ》、戦い方の上手《うま》い奴《やつ》、経験豊富な奴《やつ》、俺にない力を持つ奴《やつ》、そんな奴《やつ》はいくらでもいた。勝ち目の見えない戦いもあった。けれど、俺はそいつらと真正面からぶつかり、勝ってきた。大番狂わせの『巨人殺し《ジャイアント・キリング》』を繰り返して俺は今、ここにいる。

「お前さん、あのビチグソ太陽神の使いだったよな。なら俺からの返事だ」

　俺は親指を立てると自分の首をかっ切る仕草をした。

「いつか必ずテメエの首、引きちぎってやるから待ってろ、クソッタレ」

　思い知らせてやろうじゃねえか。負け犬にだって牙も爪もあるってことをよ。必ず地べたに引きずり下ろして、世界中のありとあらゆるクソとキスさせてやる。

「勝ち誇るのは今のうちだ、『減らず口《ワイズクラック》』」

ローランドが皮肉っぽく笑う。

「再臨の日はいずれやって来る。貴様は復活の贄《にえ》となるか、途中で死ぬかの二択しかない」

「ウジ虫《むし》太陽神の首をねじ切るって選択肢もあるぜ」

ほかの選択肢を無視して、強制的に都合のいい二択を強いる。典型的な詐欺師の手口だ。

「ほかの『伝道師』もやがてこの地にやってくる。終わりだよ。お前もこの土地も」

「なんだって、この街にこだわる？」

「……この地に、『迷宮』がある故に」

そこで俺は気づいた。『迷宮』の最深部にある『星命結晶《せいめいけっしょう》』か。世界中で攻略されていない『迷宮』はここだけだ。太陽神の狙いもそれか。

「なら、これも伝えておけよ。『欲しけりゃテメエで取りに行きやがれボケ』ってな」

「その必要はない」

ローランドはうわごとのように言った。すでに黒い灰は顎の辺りまで浸食している。

「『太陽神《ソル・ニア・スペクタス》はすべてを見ている』」

「そりゃいい。ついでに俺のクソしているところも見せてやるよ。特等席に案内してやるから、とっとと降りてこいって伝えてくれ」

ローランドは何も答えなかった。黒い灰はもう顔の下半分まで届いていた。目線だけで何か俺に訴えかけたような気もしたが、その意図を問いただす方法はもう残っていなかった。

やがて黒い灰はローランドの首全体を覆い、冷たい風に乗って消えていった。胴体の方も少し遅れて黒い灰になって消えていった。残ったのは衣服や靴だけだ。俺の手や服に付いた血まで黒い灰に変わり、風に解けていく。

「あばよ、へなちょこチキン」

不意にまばゆい光が目を焼いた。

窓の方を見れば、雲の切れ間から太陽が顔を覗《のぞ》かせている。

「見ているんだろ、便所虫」

太陽神の目的が何であれ、これ以上思い通りになるつもりはない。神様なんて肩書きと、力を奪われた『呪い』に俺はびびっちまった。俺は逃げたんだ。太陽神から、自分自身の無力感から。そうやって大陸の端まで逃げた先で、訳のわからない企《たくら》みと出くわした。もし逃げられないのなら、腹くくって立ち向かうしかない。

何よりあのクソ野郎にこれ以上、デカイケツで居座られるのは我慢ならねえ。『解放《リリース》』の製造法を考えたのがあいつだというのなら、アルウィンを元に戻す方法だって何かわかるかもしれない。

テメエの奴隷になれだと？　寝ぼけやがって。

「俺の返事はこれだ」

空に向かって高々と中指をおっ立てた。また太陽は雲に隠れて見えなくなる。

「さて、これからどうするかね」

死体の処理をしなくていいのは不幸中の幸いだが、服も体もボロボロ。おまけに派手にやり過ぎた。すぐにでも誰かが駆けつけてくる。見つかると厄介だ。けれど、走るほどの体力はまだ回復しきっていない。なのに、誰かが階段を駆け上がってくる気配がする。もう来たのか。勘弁してくれよ。ほかに逃げ道はない。俺は四つん這《ば》いで壊れた窓まで移動すると、下を覗《のぞ》き、顔をしかめる。

「仕方ねえな」

覚悟を決める。俺は転がるようにして飛び降りた。

一瞬の浮遊感の後、俺は頭からゴミの山に突っ込む。ゴミ処理用の穴だ。ここいら一帯の食べ残しや灰や燃えかす、生ゴミが集まっている。十日に一度、はした金で雇われた連中が回収し、仕分けして焼き場で処理したり街の外に住む農民たちに肥料として売られる。そいつがちょうどクッション代わりになってくれた。野菜くずや卵の殻を頭から取り除き、ゴミの山から這《は》い出《で》る。

「ひってえ臭いだな、おい」

これはアルウィンの前に出られねえな。百年の恋だって冷めちまう。俺なら逆の立場でも平気だけど。多分。

「うわ、なんだお前」

振り返ると、目の前に衛兵が立っていた。ちょびひげだ。この前もアストン兄弟に襲われていた時に駆けつけたな。ご苦労なこって。

「また汚い格好だな、ケガもしているのか？」

「怖いお兄さん方に絡《から》まれちまってね。ひでえ目に遭ったよ。殴られ蹴られて挙げ句にここに放り込まれちまった」

ちょびひげの問いかけに泣きそうな顔を作る。

「おまけに財布も空っぽだ。せっかく小遣いもらったばかりだってのによ」

財布を逆さまにして振ってみせる。何も出てこない。アルウィンからもらった小遣いは、ズボンのポケットに入れている。

「なあ、旦那。俺の小遣い取り戻してくれよ。なあ」

「諦めろ」

すり寄ろうとしたらちょびひげがすげなく言って俺を突き飛ばす。俺は尻餅をついた。

「ここはそういう街だ。嫌ならさっさと出て行くんだな」

「あんまりだぜ」

俺はがっくりと肩を落とす。

「それより、お前。怪しい奴《やつ》を見なかったか？」

「俺の金を奪っていった奴《やつ》ら以外で？」

「さっきそこで死体が二つ見つかった。多分『クスリ』がらみのトラブルだろう。まだそう遠くには逃げていないはずだ」

　ローランドが作った死体だ。厄介なもの残しやがって。

「さあてね」

　俺は首をかしげる。

「そういや、上の方でなんだか騒がしかったようだがね」

　上を指さすと、窓から顔を出したのは色黒だ。あいつも来ていたのか。

「ダメです。こっちには誰もいません。ただ、奇妙な服や靴が残っていました。争った痕跡も残っています。何か関係があるのかも」

「わかった、今そちらに向かう」

　ちょびひげが応じる。駆け出そうとしたところで俺と目が合う。鼻をつまみ、嫌悪《けんお》感をあらわにする。

「さっさと消えろ。さもないと牢屋《ろうや》にぶち込むぞ！」

「うへえ」

　這《ほ》う這《ほ》うの体でその場を後にする。背中に侮蔑と哀れみの視線を受けたような気がした。少し休むとどうにか歩けるようになったので通りに出ると、通行人が悲鳴を上げて遠ざかる。どうやら俺の格好は思った以上に悪目立ちしているようだ。頭に付いた菜の切れ端を払い落とすと背を丸め、激痛に耐えながら前のめりに歩く。

「なんだあいつ。きったねえな」

「ひっでえ臭い」

すれ違った連中が口々に俺を嘲る。

「あいつ、マシューか」

「あの姫騎士様の？　やだあ」

「薄汚い。死ねばいいのに」

迷惑そうな目をしながら顔をしかめ、距離を取る。まあ仕方がねえか。

かつての俺は『巨人喰い《ジャイアント・イーター》』なんて呼ばれた冒険者だった。人並み外れた腕っぷしで、名声も金も女も欲しいままにしてきた。色々あって全部失ってしまったが、代わりに得たものもある。世間からの冷たい視線と、麗《うるわ》しき姫騎士様のお側に仕えるって権利だ。彼女が深い闇の奥底で迷った時には、何があろうと引き上げる。

今の俺は、姫騎士様の命綱《ヒモ》だ。

終章　一年前・その後

「そう、ポリーはまだ見つからないのね」

俺の返事にヴァネッサは残念そうに目を伏せる。

「いなくなってそれっきりさ。職場の連中も見てないってさ」

そう言って俺はエールをあおる。馬の小便みたいだ。冒険者ギルド近くの酒場で安いのだけが取り柄だ。

「どこに行ったのかしら……」

「おかげで俺はすかんぴんだよ。参ったね、このままじゃ飲みにも行けやしない」

ポケットの中身を見せながら愚痴をこぼすと、ヴァネッサは仮面のような笑顔になる。

「あなたならすぐにお客も付くと思うわよ。相談に乗るけど、どうする？」

「やめとく。どちらかというと触りたい方なんだ」

顔を引きつらせると、言葉に気を付けろと言わんばかりにヴァネッサににらまれた。

「とにかく戻って来たら声をかけて」

「了解」

残念そうな顔を作りながら手を振る。ポリーはもう戻らないだろう。悲しみはある。けれど安堵《あんど》もしていた。だから顔を作らざるを得ない。

「ねえ、何話しているの？」

去りかけたヴァネッサに声をかけたのは、へぼ絵描きのスターリングだ。

「ああ、君。冒険者ギルドで働いている子だよね。鑑定とかやっている」

図々《ずうずう》しくも彼女の手を握る。

「止めとけ」

俺は親切に忠告する。

「彼女にはオスカーってこわーいお兄さんが付いているんだよ。手を出したらお前の腕なんか折られるぞ」

「こんな美人と付き合えるなら本望だよ」

へらへら笑ってやがる。いざ折られる時になってから泣き喚《わめ》くんだよ、こういう奴《やつ》は。

スターリングの説得は諦めて、ヴァネッサに声をかける。

「こいつはスターリングっていう、売れない絵描きだ。はっきり言って才能もなければ金も甲斐性《かいしょう》もない。この前、デズの嫁さんの肖像画を描かせたら頭からミミズの生えたカラスを持って来たんで、俺まで半殺しにされかけた。君が付き合うだけの価値があるとは思えない」

「へえ、画家なんだ」

興味深そうにスターリングの顔を見つめる。締まりのない顔がますますスライムみたいにとろけちまっている。

「どんな絵を描くの？　抽象画かしら。画法は？　絵の具は何を使うの？」

「いや、その」

こいつがまともに芸術を学んだという話は聞かない。素人《しろうと》の手慰みだ。道具だって古道具屋で適当に手に入れた。それでも傑作をものにする奴《やつ》はいるんだろうが、スターリングの美的感覚はとち狂っている。

「ねえ、あなたの話、もっと聞きたいわ」

なのにヴァネッサときたら芸術家の卵と勘違いして、興味津《きょうみしん》々《しん》だ。どうして、ろくでもない男とばかり付き合いたがるのかねえ。

「ま、お好きにどうぞ」

『クスリ』の売人より才能のない絵描きの方がなんぼかマシだろう。

盛り上がっている二人を残して、俺は酒場を出た。うっかり酒代を押しつけちまったが、仲介料の代わりだと思って勘弁してもらおう。

外に出ると夜風が身に染《し》みる。懐《ふところ》はもっと寒い。家賃の支払いも半年は溜《た》めている。ポリーがいた頃からも滞りがちだったが、いなくなってからは大家が毎日のように取り立てに来る。俺一人では払えず、追い出されるのも時間の問題だ。いざとなればデズのところに居《い》候《そうろう》する手もある。が、親子三人水入らずのところに転がり込めば友情にヒビが入りそうだ。

「ま、なんとかなるか」

『当たって砕けろ《Go for break》』、『なるようになる《Que sera sera》』が俺の人生訓だ。別に物乞いでも『ついばみ屋』でも生きていける。

「ここにいたか」

　背後から二度と聞くはずのない声がした。俺は反射的に足を止めて振り返った。

『迷宮』から戻ったところなのだろう。鎧《よろい》姿のアルウィン・メイベル・プリムローズ・マクタロードがそこに立っていた。

　真っ先に思い浮かんだのは『何故《なぜ》』という単語だった。彼女にとっては俺なんぞもう用なしのはずだ。それとも後顧の憂いを無くすために暗殺しようとでもいうのか？

「やあ、君か」

　内心の動揺を隠しながら俺は笑顔を取りつくろう。

「ああ、翡翠《ひすい》のペンダントの件か。今、あちこちの故買屋を当たっているところ。見つかったらヴァネッサに預けておくから」

「そうか。感謝する」

　アルウィンは深々とうなずいた。

「だが、今日来たのはその話ではない」

「この前の件だろ。こっちも事情があってね。もう少し掛かりそうなんだ。千年くらいかな」

「それまで私に待っていろと？」

ああ、姫騎士様には庶民の機微ってのは、分かりづらかったかな。

「あれはウソだよ。冗談だ。ただ君の覚悟ってのを試したかったんだ。自分を犠牲にしてまで娼婦《しょうふ》を助けるお方かどうかね。おめでとう。合格だ。賞品はあげられないが、もう二度と能なしのデカブツと関わる必要もない」

「私をたばかったというのか？」

声に凄味《すごみ》が増す。

「気を悪くしたのなら謝る。もう二度と君の前には姿を現さない。それでいいだろ」

「私を嘘《うそ》つきにするつもりか？」

もどかしさと苛立《いらだ》ちに俺は髪の毛をかきむしる。

「君はどうかしている。自分からこんな気持ち悪い男と寝ようってんだぞ」

まるで言葉が通じない。ふるいつきたくなるような美人なのに。自暴自棄になっているのか？　まともじゃない。

「約束したからな」

麗《うるわ》しき笑顔なのに俺の額からは冷や汗が流れる。

「寝たくないのならそれでもいい。代わりに頼みがある」

「なんだい」

「お前を、私のヒモにしたい」

俺は我が耳を疑った。

「君、意味が分かっているのか？」

「わずかな対価と引き換えに女性を助け、癒やし、慰める女性の指南役だろう」

さも当然のように言われると反応に困る。あの適当なデタラメをまだ信じていたとは。

「それが『百万の刃《ミリオンズ・ブレイド》』の『巨人喰い《ジャイアント・イーター》』マデューカスならば何の問題もない」

「……知っていたのか」

「名声は私の国にも届いていた。それに『移動要塞《モバイル・フォートレス》』のデズと、ああも親しげに話せる人間は限られている」

デズの方からばれたのか。うまくごまかせなかったのかよ、もじゃひげ。

「あいつは友達がいないから俺が構ってやっているんだよ」

「認めるのだな」

俺はがっくりとうなだれる。

「それとも、もう誰かのヒモに決まっているのか？」

「そういうわけじゃないが」

先日、自由契約になったばかりだ。

「ならば問題はあるまい。決まりだな」

俺はため息をついた。どういうわけか、アルウィンに気に入られちまったようだ。『深紅の姫騎士』様に俺なんぞがまとわりついたらどうなるかなんて、分かりきっている。嫉妬やバカな正義感丸出しの奴《やつ》らに絡《から》まれてろくな目に遭わない。その上アルウィンにはでかい秘密があるし、俺はスネに傷だらけだ。多分、また手を汚す時が来るだろう。それは場末のチンピラかもしれないし、俺の親しい人間かもしれない。むしろ、俺が路地裏で小便まみれになってくたばる姿の方が容易に想像できる。それでも、断るという選択肢はもう思いつかなかった。

どうせロクデナシの人生だ。いくら血まみれだろうと、汚物にまみれようと、『迷宮』の底にいる姫騎士様には見えないからな。

「分かったよ、ならまずは条件の話をしよう。とりあえず住むところなんだが……」

それから俺はアルウィンの家に転がり込むことになった。

そして今に至るってわけだ。

俺と彼女がこの後どうなったか？　やったかやってないのか。よく聞かれる。本当によく聞かれる。けれど、それを話すつもりはない。

これ以上、払いが嵩《かさ》むと今度は俺が『迷宮』に捨てられちまうからな。なあ、頼むよ。

あとがき

この度は『姫騎士様《ひめきしさま》のヒモ』をお読みいただきありがとうございます。本作は『第二十八回電撃小説大賞』の『大賞』受賞作です。小説を書き始めて幾星霜《いくせいそう》、何度もプロになる自分を想像しましたが、このような賞を本当にいただけるとは、幸運というほかはありません。大変驚いています。

風変わりな題名と思われたかもしれません。小説の発想は作家や作品によってまちまちですが、本作はその題名から生まれました。

数年前、某小説投稿サイトのランキングを流し読みしている時に、唐突にこの題名が頭に浮かんできたのです。

面白そうだ、と直感的に思いました。もしこの題名で小説を書くとしたらどんな話になるだろうか？　と、そこから設定や話を組み立てていきました。途中で仕事や別作品の執筆もあり、一時中断していました。ただ、未完成のままでは自分自身が先に進めないと思い、最後まで書き上げ、応募することにしました。受賞するとは思わず、一次選考を通ったら御の字くらいの気持ちでした。

だから今までやらなかったこともやりました。ヒーローらしくない行動もマシューにはしてもらいました。面白いと思うこと、格好いいと思うことをごった煮を通り越して闇鍋のようにぶちこみました。題名も悩みましたが、そのまま採用することにしました。作品自体、この題名なしには存在しなかったからです。急ピッチで完成させ、サイトから応募したのが締め切り当日の夕方でした。

結果はご存じの通りです。たくさんの偶然と幸運に恵まれて、この作品は世に出ることになりました。また販促・宣伝では大勢の先輩作家の皆様からもお力添えをいただきました。ありがとうございます。

改めて推薦文を下さった三雲岳斗《みくもがくと》先生をはじめ選考委員の先生方、電撃メディアワークス編集部および選考に携わったすべての方々、担当編集の田端《たばた》様、素晴らしいイラストを描いていただいたマシマサキ様、そして本作の出版に関わった全ての方々に厚く御礼申し上げます。

本作が皆様の心に残ることを祈って。

白金透《しろがねとおる》

次巻予告

姫騎士様のヒモ

He is a kept man for princess knight.

―第2巻―

Story

王都から送り込まれた、治安維持のための近衛騎士隊。

彼らの存在は、悪徳の迷宮都市の日常に波紋を広げる。

害虫たちが騒がしい街の中で、

一人の近衛騎士が謎の死を遂げたギルドの鑑定士――

自身の妹の死について独自に調査を進めていた。

その騎士の面影に、一人のヒモはなにを想うのか――。

加速する異世界ノワール!!

2022年夏
発売予定

◉白金　透著作リスト

「姫騎士様のヒモ」（電撃文庫）

本書に対するご意見、ご感想をお寄せください。

ファンレターあて先
〒102-8177　東京都千代田区富士見2-13-3
電撃文庫編集部
「白金 透先生」係
「マシマサキ先生」係

本書は第28回電撃小説大賞で《大賞》を受賞した『姫騎士様のヒモ』に加筆・修正したものです。

電撃文庫

姫騎士様《ひめきしさま》のヒモ

白金《しろがね》 透《とおる》

2022年２月10日　初版発行
2024年８月５日　３版発行

発行者　山下直久
発行　株式会社KADOKAWA
〒102-8177　東京都千代田区富士見2-13-3
0570-002-301（ナビダイヤル）
装丁者　荻窪裕司（META＋MANIERA）
印刷　株式会社暁印刷
製本　株式会社暁印刷

ISBN978-4-04-914215-0　C0193　Printed in Japan

電撃文庫　https://dengekibunko.jp/

電撃文庫創刊に際して

文庫は、我が国にとどまらず、世界の書籍の流れのなかで〝小さな巨人〟としての地位を築いてきた。古今東西の名著を、廉価で手に入りやすい形で提供してきたからこそ、人は文庫を自分の師として、また青春の想い出として、語りついできたのである。

その源を、文化的にはドイツのレクラム文庫に求めるにせよ、規模の上でイギリスのペンギンブックスに求めるにせよ、いま文庫は知識人の層の多様化に従って、ますますその意義を大きくしていると言ってよい。

文庫出版の意味するものは、激動の現代のみならず将来にわたって、大きくなることはあっても、小さくなることはないだろう。

「電撃文庫」は、そのように多様化した対象に応え、歴史に耐えうる作品を収録するのはもちろん、新しい世紀を迎えるにあたって、既成の枠をこえる新鮮で強烈なアイ・オープナーたりたい。

その特異さ故に、この存在は、かつて文庫がはじめて出版世界に登場したときと、同じ戸惑いを読書人に与えるかもしれない。

しかし、〈Changing Times,Changing Publishing〉時代は変わって、出版も変わる。時を重ねるなかで、精神の糧として、心の一隅を占めるものとして、次なる文化の担い手の若者たちに確かな評価を得られると信じて、ここに「電撃文庫」を出版する。

1993年6月10日
角川歴彦

電撃文庫DIGEST　2月の新刊

発売日2022年2月10日

第28回電撃小説大賞《大賞》受賞作

姫騎士様のヒモ

【著】白金 透　【イラスト】マシマサキ

姫騎士アルウィンに養われ、人々から最低のヒモ野郎と罵られる元冒険者マシューだが、彼の本当の姿を知る者は少ない。「お前は俺のお姫様の害になる――だから殺す」。選考会が騒然となった衝撃の《大賞》受賞作！

86―エイティシックス―Ep.11
―ディエス・パシオニス―

【著】安里アサト　【イラスト】しらび
【メカニックデザイン】I-Ⅳ

共和国へと再び足を踏み入れるエイティシックスたちに命じられたのは、彼らを迫害した人々を逃がすための絶望的な撤退作戦。諸国を転戦し、帰る場所を知った彼らは暗闇の中を進むた――。アニメ化話題作、最新巻！

新・魔法科高校の劣等生

キグナスの乙女たち③

【著】佐島 勤　【イラスト】石田可奈

九校戦を目前に控え熱気に包まれる第一高校。マーシャル・マジック・アーツ部も三高との練習試合に向けて練習に熱が入る。特に茉莉花は今回の練習試合に闘志を燃やしていた。最強のライバル・一条茜に茉莉花が挑む！

幼なじみが絶対に負けないラブコメ9

【著】二丸修一　【イラスト】しぐれうい

父親と喧嘩し家出した末晴に、白草からの救いの連絡が届く。末晴を敵視する紫苑の目をかいくぐり、白草の部屋へとたどり着いたは良かったが――。迫るバレンタインを前に、ヒロインたちの戦略渦巻く聖戦が始まる!?

ソードアート・オンライン　オルタナティブ

ガンゲイル・オンラインⅫ
―フィフス・スクワッド・ジャム〈中〉―

【著】時雨沢恵一【イラスト】黒星紅白【原案・監修】川原 礫

第五回スクワッド・ジャム。１億クレジットという大金をかけた賞金首にされてしまったレンは、一時的にビービーと手を組み死戦をくぐり抜ける。無事仲間と合流しＳＪ５優勝へ導くことができるのか？

護衛のメソッド2
―最大標的の少女と頂点の暗殺者―

【著】小林湖底　【イラスト】火ノ

刺客の襲撃を退けつつ、学園生活を送る灯理と道真たち最強の護衛チーム。そんな彼らの前に現れたのは灯理と同じ最大標的の少女・静奈。彼女も護ることになった道真たちは、新たな闘争と陰謀の渦に巻き込まれていく。

浮遊世界のエアロノーツ2
風使いの少女と果てなき空の幻想歌

【著】森 日向　【イラスト】にもし

両親との別れの本当の理由を知り、自分も誰かの役に立ちたいと願うアリア。同乗者・泊人の力になるべく飛空船の操舵方法を学び、免許を取る決意をする。一方泊人は探している「謎」の真実を知ることになって――。

ダークエルフの森となれ4
-現代転生戦争-

【著】水瀬葉月　【イラスト】ニリツ
【メカデザイン】黒銀　【キャラクター原案】コダマ

セリアメアと久瀬の策略によって窮地に追い込まれたシーナと練介。逃避行を図りつつも、逆転の一手を導き出す。共に生きていく未来を信じて戦い抜いた二人のもとに訪れるのは福音か、それとも……。

新作

友達の後ろで君とこっそり手を繋ぐ。誰にも言えない恋をする。

【著】真代屋秀晃　【イラスト】みすみ

「青春＝彼女を作ること？　それがすべてじゃないだろ」真の青春は友情だと思っていた。けど、関わりに飢えていた僕らは、みんなに言えない恋をする。これは、まっすぐな気持ちと歪んだ想いをつづった青春恋愛劇。

新作

今日も生きててえらい！
～甘々完璧美少女と過ごす3LDK同棲生活～

【著】岸本和葉　【イラスト】阿月 唯

年齢を誤魔化し深夜労働していた高校生・稲森春幸はある日、東条グループの令嬢・東条冬季を暴漢から救い出すもバイトをクビになってしまう。路頭に迷っていたところを東条さんに拾われ居候することに……。

第23回電撃小説大賞《大賞》受賞作!!
最終選考委員・編集部一同を唸らせたエンターテイメントノベルの
真・決定版!!
86
[EIGHTY SIX]
—エイティシックス—
The dead aren't in the field.
But they died there.
[著]
安里アサト
[イラスト]
しらび
[メカニックデザイン] I-IV
The number is the land which isn't admitted in the country.
And they're also boys and girls from the land.
ASATO ASATO PRESENTS
Illustration/Shirabi Mechanical Design/I-IV
電撃文庫